Os Românticos

E. P. Thompson

Os Românticos

A Inglaterra na era revolucionária

Tradução de
SÉRGIO MORAES RÊGO REIS

Prefácio de
DOROTHY THOMPSON

CIVILIZAÇÃO BRASILEIRA

Rio de Janeiro
2002

TÍTULO ORIGINAL EM INGLÊS
The Romantics – England in Revolutionary Age

CAPA
Evelyn Grumach

PROJETO GRÁFICO
Evelyn Grumach e João de Souza Leite

CIP-BRASIL. CATALOGAÇÃO-NA-FONTE
SINDICATO NACIONAL DOS EDITORES DE LIVROS, RJ

T39r Thompson, E. P. (Edward Palmer), 1924-1993
Os Românticos / E. P. Thompson; tradução de Sérgio Moraes Rêgo Reis. – Rio de Janeiro: Civilização Brasileira, 2002.

Tradução de: The Romantics – England in Revolutionary Age
Apêndice
ISBN 85-200-0610-8

1. Romantismo – História e crítica. 2. Literatura – História e crítica. 3. Romantismo – Grã-Bretanha – História e crítica. 4. Literatura inglesa – História e crítica. 5. Grã-Bretanha – História – Século XVIII. I. Título.

CDD – 809.9145
02-1755 CDU – 82.02"17"

Direitos desta edição adquiridos pela
EDITORA CIVILIZAÇÃO BRASILEIRA
um selo da
DISTRIBUIDORA RECORD DE SERVIÇOS DE IMPRENSA S.A.
Rua Argentina 171 – Rio de Janeiro, RJ – 20921-380 – Tel.: 2585-2000

PEDIDOS PELO REEMBOLSO POSTAL
Caixa Postal 23.052, Rio de Janeiro, RJ – 20922-970

Impresso no Brasil
2002

Sumário

Prefácio

Esta coletânea de estudos sobre a literatura romântica da década de 1790 constitui uma parcela do que deveria ter sido um estudo de escopo muito mais amplo sobre o assunto.

Aproximadamente a cada dez anos, Edward Thompson publicou uma importante obra erudita. Na década de 1950 ele produziu *William Morris*, um estudo sobre o poeta-desenhista e as crenças e ações políticas que influenciaram seu trabalho. Dez anos mais tarde, *A formação da classe operária inglesa* examinou as ações e crenças dos movimentos políticos populares radicais no início do período industrial e o ambiente operário no qual ocorreram. *Senhores e caçadores*, da década de 1970, mostrou como um único Ato político pôde esclarecer aspectos da vida social e intelectual de um amplo espectro populacional, indo de arrendatários em luta com proprietários *whig* usurpadores de terras a formas de jacobinismo que exerceram alguma influência sobre círculos aristocráticos e literários. Nesses livros, bem como em tudo o que escreveu, Edward percebia uma grande variedade de formas de expressão literária, não como "ilustrativas" dos movimentos que estava estudando, mas como parte essencial destes.

Havia ainda dois outros assuntos sobre os quais ele pretendia escrever estudos importantes: o primeiro, sobre a cultura popular consuetudinária da Inglaterra do século XVIII e, o outro, um estudo do movimento romântico inglês da década de 1790. Quando percebeu que não teria tempo, ele reuniu seus ensaios já publicados e inéditos sobre o primeiro desses assuntos e editou-os em 1991 com o título de *Costumes em comum*. Morreu antes de poder fazer a mesma coisa para o segundo, que para ele era até mais importante. Durante toda a sua vida ativa, Edward colecionou material e publicou ensaios sobre aspectos da literatura romântica da década de 1790, que ele descrevia assim:

> ...o momento em que a cultura tradicional foi desafiada, [quando] todas as convenções foram questionadas e as grandes esperanças humanistas estavam no além-mar, mas também quando a experiência perspicaz mostrara que as proposições dos *philosophes* eram inadequadas — é exatamente no meio desse conflito que o grande impulso romântico alcançou a maturidade.

Grande parte do capítulo sobre William Blake foi publicada separadamente com o título *Witness Against the Beast*, em 1993; o que é apresentado aqui é o que conseguimos no sentido de completar o estudo. Parte desse material foi apresentada nas Palestras Northcliffe feitas na Universidade de Londres, em 1983, mas as anotações respectivas se perderam. O conteúdo de algumas delas foi usado aqui nos ensaios, ou saiu publicado, na sua maioria em lugares pouco acessíveis ou em resenhas de trabalhos de outros estudiosos e de numerosas reedições que têm surgido nessas duas últimas décadas. Uma das palestras que não consta este livro é aquela em que ele enfatizou a questão dos direitos das mulheres no pensamento da década de 1790. Parte dela foi publicada em outro local como se mostra no pequeno posfácio da pg. 297, tendo o restante se perdido.

A introdução do livro é uma palestra dada em 1968, na qual ele apresenta, para uma platéia de não-especialistas, algumas das idéias que fundamentaram sua história e seu estudo das vidas e das obras dos poetas românticos ingleses.

Os ensaios se detêm principalmente na obra de Wordsworth, Coleridge e John Thelwall, em algumas de suas influências intelectuais, inclusive de Godwin e Rousseau, e no contexto político e intelectual em que trabalharam. As idéias que ele discute não são apenas as apresentadas no papel pelos filósofos e teóricos, mas também as inseridas no tecido social — paternalismo, autoritarismo e o respeito pela tradição e os costumes. O efeito da Revolução Francesa e do Terror pode ser visto nas ações do Estado e dos grupos de poder na sociedade, bem como nas obras dos intelectuais que tinham inicialmente saudado o levante.

O lugar da publicação dos artigos originais é apresentado nas notas de rodapé de cada capítulo. Essas notas variam em detalhe de acordo com as exigências dos editores originais.

Dorothy Thompson
Worcester, 1997

Educação e experiência*

*Esta palestra foi proferida em Leeds, em 1968, na quinta conferência anual do Albert Mansbridge Memorial. Foi incluída como uma introdução aos ensaios dos românticos ingleses, pois ilustra o uso, por parte de Edward, do conceito de "experiência" na história, literatura e educação.

Alega-se comumente — talvez mais há alguns anos do que atualmente — que a educação liberal de adultos permite uma relação entre o professor e os estudantes que, sob certos aspectos, é única sob o ponto de vista educacional.

Toda educação que faz jus a esse nome envolve a relação de mutualidade, uma dialética, e nenhum educador que se preze pensa no material a seu dispor como uma turma de passivos recipientes de educação. Mas, na educação liberal de adultos, nenhum mestre provavelmente sobreviverá a uma aula — e nenhuma turma provavelmente continuará no curso com ele — se ele pensar, erradamente, que a turma desempenha um papel passivo. O que é diferente acerca do estudante adulto é a experiência que ele traz para a relação. A experiência modifica, às vezes de maneira sutil e às vezes mais radicalmente, todo o processo educacional; influencia os métodos de ensino, a seleção e o aperfeiçoamento dos mestres e o currículo, podendo até mesmo revelar pontos fracos ou omissões nas disciplinas acadêmicas tradicionais e levar à elaboração de novas áreas de estudo.

Minha própria disciplina, história social, fornece abundantes exemplos disso. Muitos historiadores sociais importantes do século XX — R. H. Tawney, G. D. H. Cole, H. L. Beales, o professor Asa Briggs — se destacaram por seus estreitos laços com os movimentos educacionais de adultos. Nas faculdades de história, áreas de estudo há muito negligenciadas — e, em alguns lugares, ainda nessa situação —, foram exploradas por muitas décadas nas aulas de nível não-acadêmico. Hoje em dia podem-se ver novos ramos de história social — em história local, arqueologia industrial, história das relações industriais e nessa área de estudo cultural contemporâneo cujo pioneiro neste país foi Richard Hoggart — cujas iniciativas freqüentemente vieram "de baixo", das classes de adultos e do professor de adultos, e não dos cursos acadêmicos.

Voltarei a esses pontos, de modo breve, no fim desta palestra. Meu objetivo agora é investigar o contexto histórico e cultural mais amplo no qual essa idéia de "experiência" possa ser inserida.

Raymond Williams escreveu recentemente sobre uma crise fundamental na mudança da cultura inglesa no século XIX:

> surgindo, de um modo, como o problema da relação entre experiência e linguagem "letradas" e "populares", e, de outro, como uma relação difícil entre sentimento intenso e consciência intelectual.[1]

Seu comentário surge a partir de uma discussão de Hardy e, naturalmente, *Jude the Obscure* (*Judas, o obscuro*) é um estudo clássico exatamente dessa crise. Contudo, parece-me que a crise não pode ser compreendida na sua totalidade a menos que recuemos muito mais do que isso e pelo menos até a primeira eclosão dessa crise no romantismo dos fins do século XVIII.

Se nos colocarmos em qualquer ponto da Europa em meados do século XVIII, poderemos observar uma cultura letrada ou refinada praticamente distanciada em relação à cultura da gente do povo. "Pessoas de posição tendem a manter-se a uma distância fria do homem do povo, como se temessem perder algo com essa intimidade." Essas palavras são colocadas por Goethe na boca do aflito jovem Werther em 1774, e elas nos fazem lembrar não apenas o grande espaço social entre a aristocracia e o povo, mas também a fervilhante autoconsciência desse espaço na Europa de Rousseau. "As pessoas simples daqui já me conhecem," escreve Werther de novo, "e parece que gostam de mim, especialmente as crianças. A princípio, quando fiz esforços para me juntar a eles e fazer-lhes perguntas sobre isso ou aquilo, alguns pensaram que eu estava caçoando deles e foram muito grosseiros." "Eu sei", continua ele, "que nós, seres humanos, não fomos criados iguais e não podemos ser iguais"; mas a própria insistência trai uma dúvida — uma dúvida que deveria ser reforçada dois anos mais tarde pela Declaração de Independência Norte-Americana, e que nos quinze anos seguintes iria despedaçar a cultura da Europa não em duas mas em diversas partes.

Devemos, portanto, chamar a atenção para uma ironia — e que é a seguinte: quanto maior era o espaço social, mais espaço havia nele para o florescimento de ilusões. Nas enormes distâncias sociais da Rússia do século XIX, o homem benevolente convocava os camponeses, que lhe retribuíam essa benevolência. Lá, a imagem fictícia de um Campesinato Virtuoso obcecava os escritores populistas — foi testada por Tolstói — e continuava acesa ainda em 1917. Ela ainda pode ser encontrada nos escritores populistas e nacionalistas da Europa Ocidental até em épocas recentes e parece vicejar ainda na celebração da *négritude* na África. Devemos lembrar que uma afronta à pureza de Kathleen Na Houlihan conseguiu, há menos de cinqüenta anos, provocar um tumulto num teatro de Dublin.

Os exemplos servem para acentuar o contraste. Nenhum mito dessa intensidade pode ser encontrado na cultura letrada da Inglaterra do século XVIII. Quanto teremos que recuar no tempo para encontrar um camponês virtuoso na literatura inglesa? Ele certamente está lá, em Langland e no Lavrador de Chaucer. Ainda paira em Shakespeare, menos como um agente de valor efetivo do que como uma reminiscência vinda de uma era passada para sustentar críticas ao presente, como o "bom velhinho" de Adam. Já no século XVII ele é efetivamente relegado a uma figura decorativa na écloga pastoral e ali ficou, com tenacidade enfadonha, durante a maior parte do século XVIII. Mas o camponês virtuoso nunca foi um dos mitos fertilizadores da cultura inglesa daquele século.

Podemos chegar ao motivo disso partindo de diversas direções. Embora fosse grande o espaço social entre as classes educadas e os trabalhadores pobres, ele não era tão grande quanto na França do século XVIII — certamente menor do que na Rússia do século XIX — e talvez não fosse tão grande quanto a distância entre as tabernas literárias de Dublin e o campesinato de Connemara, que falava gaélico. Daí, também, haver menos espaço para o cultivo de ilusões. A classe alta vivia, pelo menos parte do ano, em suas propriedades do interior, e nem todo o seu relacionamento com o povo era mediado por capatazes ou criados. Seria tão difícil para Henry Fielding encontrar um camponês virtuoso quanto seu meio-irmão, que vivia em Londres à custa de mesada, encontrar um salteador de estradas virtuoso. E, se isso é atribuído apenas a uma questão de circunstâncias, então a profunda reavaliação das atitudes sociais vinculadas ao puritanismo nos dá uma prova interna. Camponeses virtuosos são geralmente encontrados em países com a Santa Igreja. A Inglaterra protestante exigia, não filhos obedientes, mas pobres ajuizados e trabalhadores, imbuídos de uma disciplina interior.

O arcabouço cultural inglês do século XVIII alicerçava-se no paternalismo realista. Em termos individuais, a expressão deste podia ser repressiva, indiferente ou calorosamente humanitária: num momento, Squire Western podia mostrar sua cara e, em outro, era a vez de Squire Allworthy. Mas, em termos gerais, o paternalismo presumia uma diferença qualitativa essencial entre a validade da experiência educada — cultura refinada — e a cultura dos pobres. A cultura de um homem, exatamente como seu prestígio social, era calculada de acordo com a hierarquia de sua classe.

Isto não significa que a aristocracia ignorasse ou desprezasse a cultura do povo. Pelo contrário, muitos de seus representantes eram tolerantes e curiosos. Alguns ajudavam ativamente os divertimentos populares: levantavam os fundos para as lutas com prêmios em dinheiro, arranjavam uma briga de galos com os fazendeiros vizinhos ou até mesmo presidiam as disputas esportivas no gramado da aldeia. Outros (como muitos colaboradores do *Gentleman's Magazine*) dedicavam tempo à observação de costumes locais, ao registro de canções e baladas, e exploravam os dialetos do lugar. Os últimos anos do século XVIII foram a época em que surgiu esse alicerce do estudo do folclore inglês, *Observations on Popular Antiquities*, de John Brand, ele próprio baseado no trabalho de dezenas de observadores anteriores. Mas a nota de desculpas no prefácio de Brand é característica do tom paternalista:

> (...) nada pode ficar de fora da nossa pesquisa, muito menos passar despercebido à nossa observação, que diga respeito à menor coisa do Vulgo; daqueles Pequeninos que ocupam o lugar mais baixo, embora não em absoluto de menor importância, na ordenação política dos Seres humanos.

Pois (como também observa Brand) o orgulho e as necessidades do Estado civil "separaram o Gênero humano em... uma variedade de Raças diferentes e subordinadas". A palavra crucial é "subordinadas".[2]

Uma confirmação da força dessa estrutura paternalista pode ser observada na maneira pela qual um número ínfimo de homens pobres de talento foram assimilados por ela. Não me refiro às tradições autênticas de canções populares, versos em dialetos etc., mas aos poetas "camponeses" que foram descobertos e tratados de forma condescendente, intolerável, por seus protetores aristocratas do século XVIII. Já em 1730, o infeliz Stephen Duck, o "Poeta Debulhador", foi aclamado e convocado à presença da rainha Caroline. Seu protetor teve a insensibilidade de esconder-lhe durante alguns dias que sua esposa havia morrido em casa enquanto ele viajava a pé para Londres, com medo de que a notícia pudesse perturbar o espetáculo real. Duck terminou recebendo um cargo honorífico da Igreja, deixando seu único bom poema no pátio de debulhação atrás dele. Foi o primeiro de vários. Até mesmo a intrometida Hannah More teve sua protegida, Ann Yearsley, a leiteira de Bristol, com quem entrou em desacordo assim que Ann deu um passo na direção da independência. Extremamente talentoso era Robert Bloomfield, mais conhecido como o "rapaz da fazenda" — embora seu poema pulse com a nostalgia de um aprendiz de sapateiro confinado a uma oficina de uma água-furtada de Londres. Bloomfield, naturalmente, tem muitas passagens que defendem a causa dos pobres: há, por exemplo, as reflexões que se seguem à sua descrição de um tradicional festival da colheita:

> Assim eram os dias... os dias há muito passados que eu canto,
> Quando o Orgulho deu lugar à alegria, sem nenhuma mágoa;
> Antes que a força da servidão ao tirano fosse bastante grande
> Para violar os sentimentos dos pobres;
> Para deixá-los distanciados na corrida enlouquecedora,
> Onde quer que o refinamento mostrasse sua face hedionda;
> Nem o ódio sem causa... é a desgraça do camponês,
> Que a cada hora torna pior sua situação miserável;
> Destrói as relações da vida; o plano social
> Que cimenta classe a classe como homem a homem;
> A riqueza flui a seu redor, altaneira reina a Moda;
> Contudo dele é a pobreza, e as dores da mente.[3]

Mas o paternalismo poderia aparecer até mesmo em trechos como este. Era admissível — e mesmo apropriado em um gênio "natural", que trabalhara como ajudante numa fazenda — lembrar aos ricos os seus deveres. Nesse apelo não há nada que questione a subordinação, dentro do "plano social".

É na década de 1790, sob o impacto da Revolução Francesa, dos *Rights of Man* e das reivindicações políticas por *égalité*, que a idéia completa de subordinação cultural é posta sob um exame radical. É interessante observar que os reformadores avançados da época achavam mais fácil advogar o programa político de igualdade — o sufrágio da população masculina — do que descartar as atitudes culturais de superioridade. John Thelwall — considerado pelos ortodoxos como um dos mais destacados jacobinos da Inglaterra — tem uma passagem característica no seu *Tribune*: "Tenho perambulado, de acordo com minha prática habitual, da maneira verdadeiramente democrática, a pé, de vilarejo em vilarejo..."

> No decurso dessas perambulações, ocasionalmente entro nas pequenas cervejarias de beira de estrada para me retemperar. Sento entre camponeses rudes, de roupas andrajosas, sujas devido a seu trabalho bruto; pois não esqueci que todos os seres humanos são igualmente meus irmãos; e adoro ver o trabalhador com o seu casaco rasgado — isto é, eu amo o trabalhador: tenho pena que o casaco dele deva estar tão rasgado. Então, eu amo o trabalhador, no seu casaco rasgado, assim como amo o Lorde no seu arminho; talvez mesmo mais (...)[4]

E assim por diante. A distância entre homem e homem pode não ser mais tão fria, mas praticamente começou a ser transposta.

Mas no amigo e contemporâneo de Thelwall, William Wordsworth, encontramo-nos, de repente, em uma nova situação. É claro que não há nada novo (se pensamos em *Lyrical Ballads*) em expressar compaixão pelos pobres — ou em usar a vida humilde como tema de contos. Nem mesmo há — embora aqui realmente nos equilibremos na borda de uma mudança real — nada inteiramente novo na sugestão de que os pobres têm uma vida interior vigorosa e autêntica. "Amor, lealdade e paixão como essas" — exclamava o jovem Werther, depois de descrever o final infeliz do amor de um camponês por sua Senhora — "vivem e podem ser encontradas com toda sua pureza entre uma classe de gente que gostamos de chamar de inculta e grosseira. Nós, os educados — educados ao ponto de nada sobrar!"

Esse tipo de sentimento certamente nos leva, em linha direta, ao Livro XII do *Prelude*:

> Quando comecei a inquirir,
> A observar os que encontrava e a lhes fazer perguntas, e manter
> Conversas familiares com eles, as estradas solitárias
> Tornaram-se escolas para mim, nas quais eu lia diariamente
> Com o maior prazer as paixões da humanidade,
> Ali eu via nas profundezas das almas humanas,
> Almas que parecem não ter nenhuma profundidade
> A olhos comuns. E agora, convencido de todo o coração
> De que aquilo a que nós sozinhos damos
> O nome de educação tão pouco tem a ver
> Com o sentimento real e a consciência justa...[5]

Mas, mesmo se o caminho é direto, já há uma certa mudança: um divisor de águas foi cruzado. Não tanto pelo que é dito, mas a intensidade com que é sentido. Suspeita-se que Werther é um *voyeur* das vidas dos pobres, que usa para se excitar, mas não podemos duvidar que, com Wordsworth, a experiência seja real e fundamental. O trecho funciona precisamente pela reversão dos pressupostos costumeiros da cultura refinada. Na realidade, a palavra "vulgo" é usada de modo a dar uma virada na mesa cultural: de modo que o leitor seja colocado embaixo, com Wordsworth, ao falar com os viajantes comuns nas estradas onde são encontrados "o sentimento real e a consciência justa", condenando a frivolidade e a vulgaridade dos educados.

Esse não é um ponto de vista ocasional de Wordsworth: é um dos temas maiores apresentados em *Prelude*, embora não seja o mais bem compreendido. Nos últimos anos, a crítica se tem preocupado com tantos outros assuntos que é possível que os leitores abordem esse grande poema sem perceber o que ele realmente é: uma afirmação do valor do homem comum, uma declaração de fé, insistindo, através da perplexidade e do choque, na fraternidade universal. "Meu Tema atual...

> É retraçar o caminho que me levou
> Através da Natureza ao amor da espécie Humana.

Inexoravelmente, o tema é trabalhado, a partir do ponto de vista duplo inusitado de Wordsworth; inexoravelmente, a fria distância é transposta. Sob certo aspecto ele aproveita suas experiências — incomuns para sua classe — com homens no contexto de suas atividades naturais — seus colegas de escola, os pastores, a comunidade de Cumberland. Rejeita explicitamente a tentação de recair em idealizações pastorais gastas ou em alguma variante do camponês virtuoso de Lakeland. "Essa Criatura —

> Não era um Corin dos bosques, que vive
> Para suas próprias fantasias, ou para dançar hora após hora
> Em cirandas, com Phillis no meio,
> Mas, voltado para os seus, um homem
> Com o mais comum; Marido, Pai; educado,
> Poderia ensinar, exortar, experimentado com os outros
> No vício e loucura, infelicidade e medo...

De seu outro ponto de vista, ele desenvolve sua consciência de homem revolucionário — o potencial na natureza humana que ele tinha vislumbrado na França...

> O solo da vida comum estava naquela época
> Quente demais para ser pisado (...)

E, de novo,

> (...) nos homens mais rudes
> O auto-sacrifício mais firme, amor generoso
> E moderação da mente, e consciência do certo
> Supremos no meio da luta mais encarniçada (...)

Afastando-se dos excessos revolucionários e de sua própria defesa do godwinismo, Wordsworth, não obstante, avança na direção da união de duas correntes de experiência, quando descreve, no Livro XII de *Prelude*, sua solução para a sociedade dos homens comuns em seu próprio país:

> (...) ali encontrei
> Esperança para minha esperança, e para minha paz prazerosa,
> E firmeza; e cura e tranqüilidade
> Para toda paixão furiosa. Ali ouvi
> Da boca de homens humildes e obscuros
> Uma história de honra.

De novo a palavra "honra" aparece fora de suas costumeiras associações com a cultura refinada e é aplicada num contexto pouco familiar. Foi nessa companhia que Wordsworth pôde ver através de todos os sinais exteriores pelos quais...

> A sociedade afastou um homem do outro
> Indiferente ao sentimento universal.

Essa visão para dentro do sentimento universal — essa transmutação das reivindicações políticas de *égalité* em vida interior — nos leva inteiramente para fora da estrutura paternalista. Não é um ponto de vista momentâneo, mas uma visão deliberada e permanente, expressa com uma maturidade filosófica que desafiava a cultura tradicional. Wordsworth mudou não apenas seu próprio ponto de vista, mas também o daqueles que vieram a seguir. Fechando a distância entre ele próprio e o homem comum, alinhou-se *com* o homem comum em sensibilidade e abriu uma distância entre eles dois e a cultura refinada. A própria palavra "comum" — "um Homem com o mais comum" — adquire, de modo significativo, novas conotações: colocamo-nos *com* o comum e contra a cultura...

> Às Cortes reais, e àquela vida voluptuosa
> Indiferente, onde o Homem que tem a alma
> Mais desprezível prospera ao máximo, onde não mora
> a dignidade, a verdadeira dignidade pessoal.
> Um mundo frívolo e cruel, afastado de todos
> Os veios naturais de sentimentos justos,
> Da compaixão humilde, e da verdade purificadora...

E esta não é apenas a renúncia convencional ao poder e à riqueza, embora se valha dessa tradição. Os valores aos quais somos conduzidos são aqueles que pertencem — com dignidade e solidariedade despretensiosa — *mais* ao homem comum que a seus superiores. Wordsworth transpõe uma barreira que havia tanto tempo cercara o sistema de valores paternalista: a da enunciação clara. Em trecho após trecho ele mostra — vem-nos à lembrança a descrição que faz de sua caminhada noturna pelas montanhas em companhia de um soldado taciturno — um sentimento de solidariedade àqueles para quem "as palavras não são mais que subinstrumentos de suas almas".

O impulso wordsworthiano se estende pelo século XIX e chega ao século XX. Retornarei brevemente a esse ponto. Mas, primeiro, é preciso observar uma das características desse movimento. A igualdade do valor do homem comum, que Wordsworth afirma, repousa em atributos morais e espirituais, desenvolvidos através de experiências no trabalho, no sofrimento e de relações humanas básicas. Baseia-se muito menos em atributos racionais e ele confia muito pouco na educação formal que poderia inibir ou desviar o crescimento calcado na experiência. Wordsworth teria optado sem hesitação por este último, e, na realidade, há passagens nas quais ele parece decidido exatamente a impor essa opção ao leitor.

Quanto a esse ponto, é lógico que ele não era representativo das classes altas de seu tempo, pois o outro grande impulso que se origina nessa época e que se prolonga até o século XX vai ser encontrado naquele conjunto de reações provocadas pelo medo do potencial revolucionário da gente comum. Na onda contra-revolucionária engendrada pela Revolução Francesa — e pelos movimentos reformistas na Inglaterra —, o paternalismo mudou sua natureza e emergiu de uma forma mais malévola, mais obstrutiva e mais autoritária. Sob alguns aspectos, houve um aumento da preocupação por parte da aristocracia em relação aos pobres: as escolas dominicais e sociedades que lutam pela melhoria das condições de vida e pela supressão dos vícios dos pobres recebem alguma atenção. Mas a ênfase mudou. O paternalismo antiquado queria — dentro dos limites definidos da ordem social — que os pobres continuassem vivendo, trabalhando e se divertindo dos modos que eles mesmos escolhessem. O seguidor evangélico de Wilberforce ou de Hannah More estava mais do que nunca ocupado com a disciplina social e a recuperação moral: classificando os diversos graus dos pobres merecedores; justificando os gastos de capital com a caridade em termos de sua taxa de juros, evidenciados por maior empenho, sobriedade, frugalidade e obediência. Até mesmo os reformadores mais bem-intencionados viam seus empreendimentos como uma forma de seguro social contra os distúrbios populares. Essas reações ficaram tão entranhadas na cultura das classes superiores que podemos vê-las revividas incessantemente em cada período de agitação popular no século XIX — durante os movimentos reformistas de 1819 e 1832, o cartismo e a década de 1880. Podem ainda ser detectadas na resposta angustiada que é dada ao "problema" do lazer da classe trabalhadora hoje em dia.

É desalentador descobrir que uma expressão representativa dessas atitudes possa ser encontrada nos primeiros trabalhos do amigo e colaborador de Wordsworth, S. T. Coleridge. A labuta diária do trabalhador pobre, escreveu ele, transforma "o ser racional em um mero animal":

> É um arremedo dos erros de nossos semelhantes considerá-los iguais nos direitos, quando, pela dura negação de suas necessidades, nós os fazemos inferiores a nós em tudo que pode suavizar o coração ou dignificar o entendimento.

Esta é a velha perspectiva de uma cultura "subordinada"; e está em contradição com a avaliação de Wordsworth do "sentimento real e consciência justa" de seus companheiros de caminhada. "Que tristeza!", continua Coleridge, "entre a Sala de Visitas e a Cozinha, a Torneira e Sala do Café — há um abismo que não deve ser ultrapassado". Devemos pelo menos dar-lhe crédito pelo fato de não acreditar, como acontecia com John Thelwall, que essa brecha devia ser fechada apenas com o uso dos instrumentos políticos. Os reformistas (argumentava ele) "devem procurar difundir entre nossos criados aqueles confortos e cultura que, muito mais do que todos as posturas políticas, são os verdadeiros agentes de igualdade entre os homens".[6] Isso foi escrito em 1795, numa época em que Coleridge ainda lutava para conciliar sua simpatia pelo jacobinismo com sua alienação intelectual em relação à gente do povo. Menos de dez anos depois, ele escreveu uma carta muito mais lamentável, cujos sentimentos dificilmente podem ser diferenciados dos sentimentos de paternalistas como Hannah More. A ocasião foi uma resposta a seu amigo Thomas Poole, de Stowey, que enviara a Coleridge um relato de "problemas com a criadagem" em sua casa:

> Quanto a seus criados e ao povo de Stowey em geral (replicou Coleridge), você tem sido muitas vezes impaciente comigo, de modo insensato, quando eu o preveni acerca de suas depravações. Sem alegrias religiosas e terrores religiosos, não se pode esperar nada das classes *inferiores* da sociedade..."[7]

Era uma época em que até mesmo bibliotecas itinerantes eram encaradas pelos bons defensores da Church and King como "entre os principais agentes do jacobinismo". Essa histeria cedeu conforme morria a ameaça da invasão francesa, mas as reações mais gerais permaneceram. Além disso, algumas conseqüências da postura educacional manipulativa empobrecida, malévola e angustiada daí resultante foram habilmente discutidas por Harold Silver, David Owen, Brian Simon e outros, e, naturalmente, no campo da educação de adultos no século XIX, por John Harrison.[8] Não é minha intenção repetir o arrazoado feito por eles, mas chamar a atenção para uma conseqüência posterior — as cerceadoras limitações de atitude que surgiram entre os homens de educação em relação à cultura e — pois as duas coisas são intimamente relacionadas — à experiência daqueles que se encontram fora da cultura letrada.

Podemos perceber isso claramente se observarmos as reações das pessoas instruídas em relação aos divertimentos tradicionais do povo. Estas reações estão conservadas numa carta publicada no *Monthly Magazine* de 1798 de (o *nom de plume* é, por si só, significativo) "Um amigo dos inocentes divertimentos dos pobres esforçados":

> Estando atualmente em visita à casa de um amigo muito respeitável, que possui diversas minas de carvão grandes, juntamente com muitos outros extensos empreendimentos, e cuja benevolência faz par com sua competência, contou-me ele que um grupo de mineiros, arrendatários, operários e outros tinham acabado de lhe pedir permissão para encenar uma peça no seu festival anual no próximo mês de agosto; mas, tendo expressado tão veementemen-

te sua desaprovação, ele achava que eles desistiriam; acrescentou, entretanto, que, depois de refletir mais, ele estava em dúvida, pois eles devem ter algum divertimento, se por acaso não seria melhor dar seu consentimento para a diversão, sendo ela, pesadas todas as circunstâncias, menos prejudicial do que outras às quais eles estavam acostumados.

Aconteceu ontem que um mineiro de grande talento cômico, que se achava à frente da comissão, e que no Natal sempre desempenha o importante papel de bufão para os dançarinos folclóricos, me fez a solicitação a que me referi, quando então teve lugar a seguinte conversação:

— Por favor, madame, a senhora ouviu o nosso senhor dizer alguma coisa sobre a gente representar uma peça no festival? Ele ficou muito aborrecido comigo por eu ter pedido licença para ele.

— Eu o ouvi mencionar isso, James.

— E a senhora acha que ele vai nos deixar representar?

— Realmente não sei dizer. Qual é a peça que vocês gostariam de representar?

— Na verdade, eu não sei o nome dela, mas o primeiro homem que fala se chama John: dizem que há muitos gracejos nela, mas nenhuma maldade, nem um pouco.

— James, como é que você quer representar numa peça que você nunca leu?

— Bem, madame, olhe só, eles a representaram em F-n, a umas quatro milhas daqui, faz três anos; eles conseguiram a peça em Londres, e a gente podia arranjar o livro.

— Mas eu tenho receio, James, que, se o sr. M. vier a consentir, vocês todos irão à cervejaria logo que a peça acabar. Você sabe como ele é seu amigo e que ele não negaria a você qualquer divertimento que não lhe faça mal.

— É verdade, madame, é isso mesmo: a senhora pode pensar que a gente costumava fazer brigas de galo, e eu mesmo fiz algumas. Agora, pensei eu, se nosso senhor nos deixar encenar uma peça, aí então, olhe só, a gente não gastava todo o nosso dinheiro apostando um contra o outro, e ficando bêbado.

— Onde vocês encenariam a sua peça... no celeiro?

— Não, não, no gramado, com toda certeza: a gente começava cerca de cinco horas da tarde e isso nos mantinha ocupados até perto das oito; pois, embora eles digam que a peça é meio curta, apesar disso, a senhora sabe, temos de trocar as roupas, e também devemos ter violinistas, e tudo isso toma tempo.

— Bem, mas o sr. M. receia que a peça propriamente dita — se, como você diz, tem gracejos — possa ter uma tendência para lhes causar mal e preparar vocês para as posteriores cenas de agitação e desordem na cervejaria, para onde, depois que tudo terminar, eu ainda receio, vocês iriam. Na verdade, James, vocês, todos vocês, desejariam que suas esposas e filhas, pelo menos, fossem modestas, castas e sóbrias; e, quanto a vocês mesmos, quando pensam na quantidade de dinheiro que gastaram, e em quanto prejudicaram suas famílias, vocês teriam muito de que se arrepender. Bem, o sr. M. deseja livrar vocês de tudo isso. Você sabe, James, faz apenas quatro dias que seu vizinho, o honesto Joseph Braithwait, morreu de uma doença em poucas horas, de uma enfermidade nos intestinos: ele estava bem na noite de sábado, e, ao que tudo indicava, era robusto e sadio como qualquer um de nós; contudo, na noite de domingo, ele já era um cadáver. Agora, James, pense, se ele estivesse representando numa peça, cuja tendência seria depravar tanto a mente dele quanto a dos outros, e ele tivesse se embebedado depois do espetáculo, gastando o di-

> nheiro que deveria ter sustentado sua família nas semanas seguintes; se nessas circunstâncias ele tivesse sido chamado a prestar contas ao Criador, pense qual seria sua condição agora! (...)

"Como seria imensamente desejável", conclui o correspondente, que as diversões dos pobres "pudessem ser planejadas de maneira que fossem, ao mesmo tempo, inocentes!"

O que é frustrante acerca dessa passagem é o medo das espontaneidades populares — "a peça (...) possa ter uma tendência para lhes causar mal e preparar vocês para as posteriores cenas de agitação e desordem na cervejaria" —, o medo da cultura popular autêntica além da manipulação e controle dos seus superiores. Educação e cultura, não menos que os impostos locais para os pobres, eram encaradas como esmolas que deveriam ser administradas ao povo ou dele subtraídas de acordo com seus méritos. O desejo de dominar e de moldar o desenvolvimento intelectual e cultural do povo na direção de objetivos predeterminados e seguros permanece extremamente forte durante a época vitoriana: e continua vivo ainda hoje.

A partir da década de 1790, portanto, pode-se ver a "marcha do intelecto", com suas sociedades de desenvolvimento mútuo, seus institutos de mecânica e suas palestras dominicais, começando a se movimentar. Mas, ao mesmo tempo, ela vai deixando para trás a cultura comum, do povo, baseada na experiência. Não quero sugerir que toda essa cultura era integrada, espontânea e admirável. Não era absolutamente assim. Hoje em dia, as melhores canções folclóricas foram revividas, mas um número muitíssimo maior das piores — as extremamente grosseiras ou simplesmente tediosas — ficaram esquecidas. Ou, dito de outra maneira, os historiadores que estudaram a cultura popular do século XVIII pelos olhos de John Wesley trouxeram à luz as lutas de cães contra touros, o pugilismo criminoso com punhos nus, os espancamentos de esposas, os impostos sobre a bastardia, mas esqueceram a azáfama da colheita, o humor expressivo dos dialetos e os festivais que celebravam o fim da colheita.

Mas nós não precisamos tomar partido nessa difícil questão de avaliação para defender nossa tese: a de que a educação se apresentava não apenas uma baliza na direção de um universo mental novo e mais amplo, mas também como uma baliza para longe, para fora, do universo da experiência no qual se funda a sensibilidade. Além do mais, na maior parte das áreas durante o século XIX, o universo instruído estava tão saturado de reações de classe que exigia uma rejeição e um desprezo vigorosos da linguagem, costumes e tradições da cultura popular tradicional. O homem trabalhador autodidata, que dedicava suas noites e seus domingos à busca do conhecimento, era também solicitado, a toda hora, a rejeitar todo o cabedal humano de sua infância e de seus companheiros trabalhadores como grosseiro, imoral e ignorante.

Não é difícil compreender e aceitar as pressões dos homens nessa situação. A realização dos objetivos do movimento da classe trabalhadora exigia — não apenas de seus líderes, mas também de milhares de seus membros comuns — novos atributos de autodisciplina, auto-respeito e treinamento educacional. A luta da minoria foi tão prolongada e tão dura, eram tão freqüentes os períodos em que parecia que eram abandonados por sua própria classe, que até mesmo os mais dedicados tendiam ocasionalmente a olhar para seus companheiros trabalhadores com aversão e desespero. Depois de mais de quarenta anos de destacado serviço, esse excepcional líder dos sindicalistas londrinos, John Gast, explodiu de repente para Francis Place, em 1834: "O único caminho para o Cérebro de um inglês é através de sua barriga." "Eu próprio", continuava ele, "pertenço a uma instituição da cidade que dá palestras todas as noites de domingo, e algumas vezes durante a semana, e temos tido uma boa freqüência, todos nós somos trabalhadores na palestra." Mas, ao mesmo tempo, lamenta a ignorância e o alcoolismo da "parte vulgar e ignorante do povo":

> Burk não estava muito errado quando os chamou de Multidão Suína; pois alimente bem um Porco e você poderá fazer o que quiser com ele.[9]

O próprio Francis Place era muito mais presunçoso: sua maior esperança em relação aos trabalhadores era que eles deveriam, através dos ensinamentos da Sociedade da Força do Intelecto, adotar o estilo de vida e os hábitos mentais da classe média. E uma sombra empobrecida disso, exatamente, era o que a educação formal escolar de fato oferecia aos filhos da classe trabalhadora até tempos bem recentes. A tensão se expressa no próprio meio de instrução, a linguagem. Hardy foi um dos primeiros a explorar o significado disso:

> A sra. Durbeyfield usualmente falava em dialeto; sua filha (Tess), que tinha sido aprovada no Nível 6 da Escola Nacional, sob a orientação de uma professora treinada em Londres, falava duas línguas: o dialeto em casa, mais ou menos; o inglês comum fora de casa e para pessoas refinadas.

Há vários anos, antes de eu deixar Halifax, um respeitável membro do movimento trabalhista local, o falecido sr. Hanson Halstead — um homem com formação de engenheiro que tinha preferido tornar-se um pequeno proprietário —, um homem que — a despeito de sua longa associação com o NCLC (National Council of Labour Colleges) e WEA (Workers' Educational Association) e sua extensa sabedoria política — tinha a aparência de um camponês rústico, e que sempre que seu intelecto se mostrava mais alerta e suas opiniões mais rápidas caía no rico linguajar de West Riding — um homem, de fato, que parecia viver sempre naquele *Border Country* cultural sobre o qual escreveu Raymond Williams —, me concedeu a honra de me oferecer um diário Boots comum, onde ele havia escrito, no seu próprio estilo, alguns capítulos de sua autobiografia:

> Não estava conseguindo começar o trabalho, mas havia trabalhado desde que eu tinha nove anos vendendo pão e não sei mais o quê de porta em porta, tinha de ser aprovado no Nível 2 naqueles dias em meio expediente, trabalhando das 6 da manhã até às 12 (...) quando ia para a escola às 2 horas costumávamos cair dormindo sobre a carteira, e se a gente tivesse um professor bondoso ele deixava a gente em paz, mas se a gente tivesse um safado, como o que tivemos numa ocasião, era o diabo. Eu levava uma surra todo dia, devo ter sido sempre rebelde, mas não dava muita atenção a isso (...)

Depois de algumas descrições melancólicas de seus professores, o sr. Halstead continua:

> Tínhamos um outro Siddaler, Henry Thomas, que costumava esquecer-se e disparava a falar nossa gíria muitas vezes durante o dia, se a gente estava fora da sala (...) Às vezes quando ele estava lá ele dizia: "garotas e garotos narthen, vocês vão fazer sua composição muito bem-feita (...)" Eu vou ler John Hartleys e sendo um Siddaler ele podia porque era escrito na nossa língua (...) Os professores que vinham de fora sempre torciam o nariz, se você desse uma escorregadela, mas como a gente podia evitar, se a gente falava duas línguas?

Freqüentemente não apenas os professores mas toda uma cultura letrada, "que vinha de fora", parecia "torcer o nariz". Em 1911, um ex-inspetor-chefe das escolas, Edmond Holmes, lançou (em *What is and What Hight Be*) um ataque devastador contra todo o processo educacional. As atitudes determinadas pelo Código Revisto (pagamento por resultados) funcionou até 1897 (e perpetuou-se em muitas escolas por muito tempo depois) e visava a dominar a criança:

> O objetivo do professor é não deixar nada por conta da natureza da criança, por conta de sua vida espontânea, por conta de sua atividade livre; reprimir todos os seus impulsos naturais; domar suas energias até uma completa imobilidade; manter todo o seu ser num estado de tensão constante e dolorosa (p. 48).

No momento em que a vontade da criança estivesse anulada e "ela tivesse sido reduzida a um estado de servidão mental e moral, chegava a hora de o sistema de educação, através da obediência mecânica, ser-lhe aplicado com todo o rigor". O sistema era visto por ele como "um engenhoso instrumento para frear o desenvolvimento mental da criança e sufocar suas mais altas faculdades". É uma crítica que nos leva diretamente àquela outra devastadora apreciação da formação ministrada pela Escola Pública, o capítulo intitulado "O mundo do homem", em *The Rainbow*.

Nesse ponto devo retornar à minha tese. As atitudes em relação à classe social, à cultura popular e à educação tornaram-se "estabelecidas" no período que se seguiu à Revolução Francesa. Durante um século ou mais, a maior parte dos educadores da classe média não conseguia distinguir o trabalho educacional do controle social, e isso impunha com demasiada freqüência uma repressão à validade da experiência da vida dos alunos ou sua própria negação, tal como a que se expressava em dialetos incultos ou nas formas culturais tradicionais. O resultado foi que a educação e a experiência herdadas se opunham uma à outra. E os trabalhadores que, por seus próprios esforços, conseguiam penetrar na cultura letrada viam-se imediatamente no mesmo lugar de tensão, onde a educação trazia consigo o perigo da rejeição por parte de seus camaradas e a autodesconfiança. Essa tensão ainda permanece.

Mas o que aconteceu, nesse ínterim, ao impulso, mais antigo, da *égalité*, oriundo da mesma década, e com o qual Wordsworth particularmente se identificava? O impulso permanece, é claro; pode-se vê-lo em uma centena de lugares no século XIX. Talvez sua fraqueza resida na tendência a considerar o conflito entre educação e experiência como sendo entre o intelecto (ou mero intelecto mecânico) e o sentimento; e, em desespero, superestimar este último em relação ao primeiro. Observa-se isso em Borrow; ou na defesa que Dickens faz do bem-humorado pessoal circense do sr. Sleary contra a rigorosa repressão da sensibilidade por parte de Gradgrind e M'Choakumchild; ou até mesmo na celebração de Edward Carpenter, em seu *Towards Democracy*, de uma *égalité* sexual mais fundamental do que os atributos educacionais. A oposição entre a cultura letrada, intelectual, e a cultura provinda da experiência e de sensibilidade está sempre presente em Lawrence e às vezes fica fora de controle e leva na direção de uma feia celebração de irracionalismo. Há um momento, entretanto, em *Sons and Lovers*, em que problema consegue um belo equilíbrio:

> — Você sabe — diz (Paul) para sua mãe —, não quero pertencer à classe média abastada. Gosto mais da minha gente. Pertenço à gente do povo.
>
> — Mas se todo mundo dissesse isso, meu filho, não seria uma loucura? Você sabe que você se considera igual a qualquer cavalheiro.
>
> — Quanto a mim mesmo — respondeu ele —, não quanto à minha classe, minha educação ou meus modos. Mas quanto a mim mesmo eu sou.
>
> — Então, muito bem. Por que então falar sobre a gente do povo?
>
> — Porque a diferença entre as pessoas não está na sua classe, mas em si mesmas. Da classe média só vêm idéias, e da gente do povo, a própria vida, calor. Sentem-se seus ódios e amores.

É dessa forma que Lawrence expõe a questão: educação = idéias = classe média; experiência (a própria vida) = sentimento = gente do povo. Como um protesto contra a famigerada sineta da Escola Pública, como uma afirmação em face da fraca cultura literária de Londres, o esquema é satisfatório, mas dificilmente pode ser considerado uma resolução filosófica válida. Além do mais, esse tipo de atitude pode justificar, com facilidade, a outro conjunto de atitudes, fortemente presente no movimento da classe trabalhadora, e acerca do qual eu talvez tenha dito muito pouca coisa. A reação cultural óbvia a uma cultura letrada manipulativa, de dominação de classe, é a do antiintelectualismo: seja ela militante (como surge ocasionalmente na tradição política marxista), ou rancorosamente intolerante (como no extremismo do movimento Know-Nothing do populismo americano) ou ainda ingênua, presunçosa e sentimental (como aparece, com demasiada freqüência, na tradição não-conformista inglesa). Na realidade, isso deve ser encarado como um vício peculiarmente inglês e em outro trabalho sugeri que uma parte da responsabilidade pode estar na tradição metodista, a qual — ao mesmo tempo que dava novo impulso ao igualitarismo espiritual — se afastava, não obstante, das tradições intelectuais mais rigorosas das primeiras igrejas dissidentes. Na verdade, os puros de coração podem ser abençoados, mas também devem se oferecer como uma pastagem na qual os demagogos e os carreiristas possam se apascentar com segurança. Pode ser verdadeiro e importante insistir que avaliamos os homens não por sua classe ou qualidades educacionais, mas sim pelo seu valor moral, mas se os homens — e especialmente se os homens em desvantagem educacional — começam a se avaliar com muita presunção, isso pode servir como desculpa para que abandonem todo o esforço intelectual. Meus colegas professores aqui presentes, acredito, saberão a que me refiro; eles conhecem muitíssimo bem o tipo de aluno a que me refiro. Eles talvez também conheçam o professor que se tornou cúmplice da desistência e que fica contente em aceitar o valor moral de seus alunos no lugar de seus ensaios. Talvez já o tenham até visto, como eu já vi, tarde da noite, no espelho.

Assim, o problema é difícil. Se adotássemos, sem maiores esclarecimentos, o "sentimento real e a razão justa" de Wordsworth, estaríamos abandonando o problema da educação: poderíamos deixá-la a cargo da escola da vida. Talvez haja apenas um trabalho no século XIX que revele inteiramente a complexidade e esse trabalho é *Judas, o obscuro*. O impulso wordsworthiano está ali, naturalmente, como está por inteiro em Hardy, no seu senso do valor da vida comum. Mas seria ridículo acusar Hardy de vender barato os valores intelectuais. O convincente no romance é a manutenção do equilíbrio de valores, a inter-relação dialética entre as disciplinas intelectuais e a "vida em si mesma". Pois a história não é simplesmente algo que nos vem à lembrança com extrema facilidade quando se trata do movimento de educação de adultos: a história do jovem com sua visão utópica de Christminster como centro de aprendizagem desinteressada, de alto nível; dos seus esforços para se auto-educar; do seu trabalho como jovem trabalhador em uma pedreira em Christminster, ombro a ombro com os universitários, esquecidos de suas aspirações:

> Ele era um jovem operário de blusa branca e pó de pedra nas dobras das roupas; e, ao passar por ele, eles nem mesmo o viam, ou ouviam, mas, ao contrário, viam através dele, como se ele fosse uma vidraça, quando olhavam para seus familiares mais adiante.

E não é apenas a história do fechamento dos portões do Biblioll College contra suas aspirações e a ironia final da sua morte em moradias baratas na cidade de sua visão desencantada. Pois Hardy insiste a todo momento que não foi apenas Judas, mas a própria Christminster, que ficou empobrecida com a sua rejeição.

É na pedreira que "por um momento desceu sobre Judas a verdadeira iluminação; que ali (...) estava um centro de esforço de tanto valor quanto aquele dignificado pelo nome de estudo acadêmico na mais nobre das faculdades". Não se trata apenas do fato de que trabalhadores e intelectuais estejam integralmente relacionados por laços econômicos e sociais; que sem "os trabalhadores manuais nos miseráveis bairros pobres" de Christminster "os leitores diligentes não poderiam ler nem os grandes pensadores, viver". Trata-se também de que só aqui, no contexto real da experiência viva, poderiam as idéias dos pensadores tomar corpo e ser testadas. Judas "começou a ver que a vida da cidade era um livro de humanidade infinitamente mais palpitante, variado e sucinto do que a vida acadêmica". Ao dar à aspiração de Judas uma "negativa gélida", a universidade apenas revelou seu próprio empobrecimento. "Ele ainda pensa", disse Sue para Arabella, "que lá é um grande centro de pensamento elevado e corajoso, diferentemente do que é, um ninho de mestres-escolas ordinários cuja característica é a tímida subserviência à tradição."

> A certa distância, do lado oposto, as paredes externas do Sarcophagus College — silenciosas, escuras e sem janelas — lançavam seus quatro séculos de tristeza, intolerância e decadência no pequeno aposento que ela ocupava, bloqueando o luar à noite e o sol de dia.

E aí surge Judas, não apenas como a vítima de um sistema mesquinho, mas como o verdadeiro protagonista de valores intelectuais e culturais. Judas e Sue, em sua procura por novos tipos de liberdade, companheirismo e igualdade no casamento, estão envolvidos numa busca mais séria do que qualquer exercício de pensamento abstrato. Seus sucessos levam ao fortalecimento da vida; seus fracassos são irreparáveis.

Isso não é uma rejeição da cultura letrada em favor da experiência. A visão de Christminster permanece com Judas até o fim. "Talvez, ela logo vá despertar e tornar-se generosa. Rezo para que isso aconteça!" É uma rejeição da abstração dos valores intelectuais do contexto no qual eles devem ser vividos e uma afirmação de que aqueles que realmente os vivem devem se ater aos valores intelectuais se não quiserem ser acachapados pela "desonestidade, costume e medo". Voltamos ao ponto onde começamos; com a dialética necessária entre a educação e a experiência.

Até que ponto tudo isso é agora "velha história"? Até que ponto as oportunidades educacionais mais amplas diminuíram a "distância fria"? Até que ponto as mudanças políticas e sociais das três últimas décadas nos trouxeram para mais perto de uma cultura comum? Os temas desta palestra ainda permanecem relevantes para a educação dos adultos?

Nesse ponto, como professor experimentado, eu deveria deixar de lado as questões e anunciar o começo da discussão, mas como as formalidades da ocasião desautorizam essa saída familiar, devo oferecer algumas sugestões ligeiras.

É evidente que a alienação das culturas não é hoje em dia da mesma ordem que há cem anos. A antiga cultura popular paroquial há muito desapareceu e a cultura do trabalhor, mais articulada politicamente, que a sucedeu nos centros industriais, vem também perdendo vitalidade nessas duas últimas décadas. Os educadores têm com sucesso resistido e repelido — especialmente na educação elementar — as manifestações de pior qualidade para a dominação cultural e o controle social.

Mas o impulso na direção da igualitarismo cultural, que associei a Wordsworth, vem sendo ameaçado há algum tempo — e, acredito, ameaçado com grande intensidade — a partir de uma direção inesperada. As necessidades de uma sociedade industrial adiantada, juntamente com as pressões pertinazes do movimento político trabalhista, têm ampliado muito as oportunidades educacionais do povo. Entretanto, a visão de Judas em relação a Christminster têm perdido intensidade a cada avanço das medidas educacionais, pois a educação passou a ser vista, em grande escala, e por muita gente da própria classe trabalhadora, simplesmente como um instrumento de mobilidade social seletiva. Além do mais, seja qual for o método de seleção, todo o sistema trabalha de modo a confundir certos tipos de capacidade (ou facilidade) intelectual com realização humana.

A aprovação social do sucesso educacional é assinalada de uma centena de modos: o sucesso traz recompensa financeira, um estilo de vida profissional, prestígio social. Ela se apóia numa apologia completa da modernização, necessidade tecnológica, igualdade de oportunidades. Não é preciso trabalhar muito tempo dentro de uma universidade para se descobrir que até mesmo os membros mais humanos dos corpos docente e discente acham difícil não equiparar o progresso educacional a uma avaliação do mérito humano. E muitos dos que estão fora das universidades, dos que não conseguem provar a si mesmos serem suficientemente iguais para galgar os degraus da oportunidade, têm gravada sobre si mesmos, de maneiras opostas, uma sensação não de diferença, mas de fracasso humano.

Esses avanços acarretam uma traição fundamental ao tipo de igualdade de mérito que Wordsworth imaginava e que Mansbridge e Tawney batalharam para pôr em execução. A cultura letrada não está isolada em relação à cultura do povo à maneira antiga de diferença de classes, mas, não obstante, está isolada dentro de suas próprias paredes de auto-estima intelectual e de orgulho espiritual.

É lógico que há mais pessoas entrando nessa bolha do que jamais aconteceu antes, mas é um erro grave — que só pode ser aceito por aqueles que, de fora, apreciam as universidades — supor que todos dentro da bolha são os ardentes protagonistas, no sentido de Hardy, do mérito intelectual e cultural. Na boa aula de adultos, a crítica da vida é aplicada sobre o trabalho ou assunto que está sendo estudado. Do mesmo modo, isso é menos comum quando se trata de estudantes; e grande parte do trabalho de um professor universitário é do tipo de um merceeiro intelectual, pesando e avaliando currículos de cursos, listas de livros para leitura, temas para ensaios, de acordo com determinado treinamento profissional.

O perigo é que esse tipo de tecnologia profissional necessária seja confundida com autoridade intelectual e que as universidades — apresentando-se como um sindicato de todos os "peritos" em cada ramo do conhecimento — expropriem as pessoas de sua identidade intelectual. Nisso elas são ajudadas pela mídia de comunicação muito centralizada — e especialmente pela televisão —, que de fato muitas vezes apresentam o acadêmico — ou será que deveria dizer certos acadêmicos fotogênicos? — não como um homem profissional especializado, mas como um "perito" na própria vida, exatamente nesses termos.

As conquistas das últimas décadas (pois não duvidamos de que foram conquistas) tenderão apenas a ir em direção a uma cultura igualitária comum se o intercâmbio dialético entre a educação e a experiência for mantido e ampliado. Discuto isso agora, menos do ponto de vista daqueles, fora das universidades, que defendem a necessidade de quaisquer competências que essas instituições possam lhes trazer, do que daqueles, dentro das universidades, que defendem a necessidade — para sua própria saúde intelectual — do exame minucioso e da crítica dos que estão de fora.

Na Conferência em Oxford de 1907, J. M. Mactavish, dos trabalhadores de indústria naval, fez esse notável discurso, que expõe, não as necessidades, mas os *direitos* dos que estão de fora:

> Exijo para minha classe tudo de melhor que Oxford tem para dar. Exijo isso como um direito, erradamente negado — errado não apenas para nós, mas para Oxford (...) Os trabalhadores não apenas são usurpados do direito de acesso ao que não pertence a nenhuma classe ou casta, o conhecimento e a experiência acumulados de uma raça, mas a raça perde os serviços de seus melhores homens. Enfatizo esse ponto porque desejo que seja lembrado que os trabalhadores poderiam fazer mais por Oxford do que Oxford pode fazer para os trabalhadores. Pois, lembrem-se, a democracia acontece-

> rá por si mesma, com ou sem a ajuda de Oxford; mas, se Oxford continuar afastada dos trabalhadores, então, no final das contas, ela será lembrada não pelo que é mas pelo que tem sido.[10]

Hoje em dia, o assunto não pode mais ser colocado, com alguma convicção, dessa maneira, de separação de classes e desafio político, mas muito do que Mactavish dizia permanece válido. A democracia acontecerá por si mesma — se acontecer — em *toda* a nossa sociedade e em *toda* a nossa cultura e, para que isso aconteça, as universidades precisam do contato de diferentes mundos de experiência, no qual idéias são trazidas para prova da vida.

O departamento extramuros da universidade deveria, de fato, ser um lugar importante exatamente para essa dialética — como tem sido há tanto tempo ao longo da história dessa universidade: uma porta de saída para o conhecimento e as competências, uma porta de entrada para a experiência e a crítica. Pode haver grandes mudanças nos tipos de público com o qual o departamento se relaciona, mas não deveria haver mudanças na mutualidade desse relacionamento. Ele não poderá desempenhar sua função de maneira apropriada (acredito eu) caso se torne extremamente profissionalizado, um verdadeiro anexo de uma universidade. De forma semelhante, esse departamento não deve ceder facilmente ante a tentação de alcançar grandes massas que os novos meios de comunicação — a estação de rádio local ou a "Universidade do Ar" — podem fornecer. Por mais importantes que sejam esses meios na suplementação do ensino tradicional, seu caráter de uma só via pode colidir com a reciprocidade essencial da aula de adultos.

Para encerrar, retorno a uma síntese simples, sobre a qual venho discutindo sempre, talvez de maneira obsessiva. É uma síntese em que eu me respaldei com firmeza no prof. Raybould quando vim trabalhar aqui com ele, há cerca de vinte anos. Não há correlação automática entre o "sentimento real e a razão justa" e as conquistas educacionais, mas as pressões de nossa época estão nos levando a confundir as duas coisas — e os professores universitários, que nem sempre se destacam por sua humildade, estão freqüentemente prontos a concordar com essa confusão. É sempre difícil conseguir o equilíbrio entre o rigor intelectual e o respeito pela experiência, mas hoje em dia este equilíbrio está seriamente prejudicado. Se eu tiver corrigido esse desequilíbrio um pouco, fazendo-nos lembrar que as universidades se engajam na educação de adultos não apenas para ensinar mas também para aprender, terei então conseguido meu objetivo.

NOTAS

1. *Guardian*, 19 de maio de 1967. Ver também Raymond Williams, "Thomas Hardy", *Critical Quarterly*, inverno, 1964.
2. John Brand, *Observations on Popular Antiquities (1813)*, I, xxi-xxii. Robert Bloomfield, *The Farmer's Boy* (ed. de 1806), p. 46.
3. *Tribune* (1796), II, n. xvi, pp. 16-17.

4 e 5. Todas as citações são da versão de 1805 de *The Prelude*, org. E. de Selincout, Oxford University Press.

6. Samuel Taylor Coleridge, *Conciones ad Populum* (1795), p. 25.
7. Sra. Henry Sandford, *Thomas Poole and his Friends* (1888), II, pp. 294-6.
8. Harold Silver, *The Concept of Popular Education* (1965), MacGibbon & Kee; Brian Simon, *Studies in the History of Education, 1780-1870*

(1960), Lawrence and Wishart; Brian Simon, *Education and the Labour Movement, 1870-1920* (1965), Lawrence and Wishart; David E. Owen, *English Philanthropy, 1660-1960* (1965), Harvard University Press; J.F.C. Harrison, *Learning and Living, 1790-1960* (1961), Routledge and Kegan Paul.

9. John Gast a Frances Place, *Brit. Mus. Add. MSS.*, 27,829, ff. 19-20.
10. Citado por Albert Mansbridge, *University Tutorial Classes*, p. 194.

Desencanto ou apostasia?
Um sermão leigo*

*Originalmente ministrado como parte da série de palestras de Albert Schweitzer na New York University em 1968. Foi publicado pela primeira vez em *Power and conciousness*, O'Brien e Vaneck (org.), NYU Press, Nova York, 1969.

O que vem acontecendo com os estudos acadêmicos de Wordsworth e Coleridge nessas duas últimas décadas consiste em uma paciente restauração de retratos extremamente desfigurados. Para aumentar o problema, há por vezes auto-retratos autodesfigurados. O trabalho é penoso e difícil. A cada ano surge um pequeno reajustamento a registrar e nem mesmo posso alegar que possuo informações completas sobre a situação desses estudos, embora deva reconhecer minha própria dívida para com três intelectuais cujos temas se aproximaram muito do meu próprio: professores Erdman, Schneider e Woodring.[1]

A restauração já conseguiu desfazer um estereótipo crítico — que o poeta Wordsworth começa no momento em que termina Wordsworth, o homem politicamente engajado. Não é desse modo que os antigos estudiosos — Legouis ou George MacLean Harper — costumavam tratar do assunto; eles tendiam a ver, em *Prelude*, Wordsworth, o discípulo de Brissot, ou o *whig* partidário de Fox. Sob certos aspectos importantes, suas leituras estavam corretas. Nos anos mais recentes tem havido uma tendência a empurrar o momento do desencanto político cada vez mais para trás e para apresentá-lo de forma catastrófica, como se, à medida que cada área das crenças políticas de Wordsworth sofria o desencantamento, essa área ficava disponível para a sensibilidade poética — muito parecido com um quadro em que sua mente fosse um país ocupado por uma filosofia mecânica opressiva, no qual uma província após a outra fosse sendo liberada para a "maturidade".

Não vejo as coisas dessa forma, mas entrar na discussão no que diz respeito aos anos de 1794-1796 nos forçaria a um atraso excessivo. Minha opinião (em resumo) é que uma causa do mal-entendido tem sido a pouca atenção dada à verdadeira experiência histórica vivida. Sem isso, por vezes nos é oferecida uma sucessão de idéias que prestam demasiada atenção ao godwinismo, como se este fosse o único conjunto autêntico de idéias republicanas disponível.

Não discuto que a fase na qual Wordsworth abraça as idéias de Godwin, e depois rejeita parte delas, foi acompanhada de uma crise intelectual. Entretanto, a rejeição a Godwin foi associada a uma rejeição de uma psicologia mecânica e de uma entronização da razão, mas não a qualquer rejeição do ardor republicano. Aquela fase assinala também — um tema central de *Prelude* — uma mudança na direção dos homens reais e um afastamento de um homem abstrato.

É um movimento no sentido oposto da intelectualidade godwiniana *déraciné* e na direção do homem comum. O sentimento dado à palavra "comum" é extraordinariamente importante nessa fase do desenvolvimento do poeta. Em determinada etapa de suas inclinações oscilatórias, Coleridge havia muito já se mostrava propenso a idealizar os valores da comunidade simples. Os versos saltam de "Religious Musings":

> Retorna, Fé pura! Retorna, meiga piedade!
> Seus são os reinos do mundo: cada coração
> autogovernado, a vasta Família do Amor
> Erguida da terra comum pela labuta comum,
> Goza os frutos iguais...

O editor de *The Watchman* considerou estes versos bons o bastante para serem reproduzidos e publicados. A importância das conotações de "comum" para Wordsworth, em particular no Livro II de *Prelude* (1805), deve ser por demais familiar para exigir repetição. Essa é uma das pontes do jacobinismo e do comunismo utópico para a natureza. É uma das razões pelas quais Hazlitt tinha razão ao descrever Wordsworth como uma musa da igualdade e para enfatizar novamente esse aspecto na resenha de *Excursion*:

> Aqui não há linhas pontilhadas, lindas cercas vivas, margens ornamentadas com buxo, passeios de cascalho, nem recintos mecânicos quadrados; tudo é deixado frouxo e irregular no caos grosseiro da natureza aborígine.

Quando tentamos definir a natureza romântica, é sempre útil procurar saber a que essa natureza se opõe, o que não é natureza.

A ruptura com o godwinismo, portanto, foi acompanhada por um movimento de afastamento em relação à abstração e na direção do "entusiasmo". No caso de Coleridge, o movimento, embora do tipo caranguejo, foi explicitamente político em 1795-1796. No ano em que publicou *Watchman*, ele certamente era considerado um dos mais perigosos jacobinos do oeste da Inglaterra. E se seus amigos — e seus inimigos — e sua esposa, todos o tinham como tal, então se torna um pouco supérfluo negar o fato com base nas evidentes ambigüidades que já acompanham seus pensamentos. No caso do "inquilino contemplativo de Alfoxden" — como Thelwall descreveu Wordsworth em 1797 —, há sempre certa transposição de entusiasmo por cenários claramente políticos para outros humanos, inferiores. Foi devido ao fato de os referentes políticos objetivos parecerem sem valor que ficou também parecendo importante localizar as aspirações de *fraternité* e *égalité* em referentes mais universais, menos particulares — e portanto menos frágeis.

O modelo de Margaret em "The Ruined Cottage" foi baseado (presumo eu) na "Joan of Arc", de Southey; o trecho aborda a morte de um soldado comum:

> De nome sem registro
> Morreu o homem insignificante, mas ele deixou para trás
> Alguém que nunca rezou suas orações diárias
> Sem dele esquecer; que a cada história
> Da guerra distante prestando total atenção,
> Ficava pálida e trêmula. Na porta de seu chalé
> A infeliz sentará, e com o olhar triste
> Olhará para a planície, onde sobre os passos dele, que
> [se afastavam,
> Caiu seu último olhar. Nunca mais ela verá
> Seu marido morto, mas torturada de vã esperança
> Continuará olhando...

Anteriormente Coleridge havia ensaiado o mesmo tema, com efeitos góticos:

Ó miserável Viúva que em sonhos vê
O corpo estraçalhado do Marido — e de um curto cochilo
Desperta com um grito! ou na sua cabana de teto de
capim em meia-água,
Acordada no meio da tempestade da noite de inverno,
[úmida e fria,
Assusta-se com seu bebê, que chora...

Em ambas as passagens, ela é um texto explícito contra a guerra. A Margaret de Wordsworth permanece assim, principalmente nas primeiras versões. Mas ela é também muito mais. O poema libertou-se da rígida estrutura de sensibilidade paternalista, na qual a vida interior dos pobres só pode ser tratada com condescendência ou como algo pitoresco. Foi o impulso da *égalité* jacobina que, invertido, irrompeu da estrutura paternalista.

O impulso se transmuta de certa maneira — do direito político abstrato em algo mais local, mas também empregado de forma mais humana. Esse momento criativo poderia ser definido como um jacobinismo-em-recuo ou jacobinismo-da-dúvida. Devo insistir em ambos os lados da definição. Não é bom que vejamos apenas o recuo, ou a dúvida; contudo, uma geração de críticos recentes ficou tão obcecada com experiências similares de desencanto em sua própria época que essa tem sido a tendência. A dúvida é interessante e respeitável; a afirmação não pode ser descartada.

Mas é exatamente dentro desse conflito — o momento em que a cultura tradicional foi desafiada, quando todas as convenções foram questionadas e as grandes esperanças humanistas estavam no além-mar, mas também quando a experiência penetrante mostrara que as proposições dos *philosophes* eram inadequadas —, é exatamente dentro desse conflito que o grande impulso romântico alcançou a maturidade.

Wordsworth e Coleridge foram colhidos no vórtice de contradições que eram tanto reais quanto ideais. Eram defensores indômitos da Revolução Francesa e ficaram enojados com o curso que ela tomou. Estavam isolados como jacobinos e abominavam a abstração godwiniana. Haviam rompido com a cultura tradicional e ficaram horrorizados com algumas características da nova. Desejavam abraçar a causa do povo e receavam que a multidão pudesse se voltar para homens de seu tipo, em primeiro lugar. Há uma busca de síntese em um momento de suspensão dialética; uma centelha de idéias que surge a partir dessa tensão; uma impetuosa corrente alternada indo para lá e para cá entre Hartley e Berkeley, Godwin e Burke, Newton e o Livro da Revelação, produzindo essa mistura de discernimento e tolice que Coleridge tentaria durante toda sua vida integrar num sistema.

O tema desta palestra é apostasia e desencanto. Há uma diferença entre os dois. Meu ponto de vista é o seguinte: o impulso criativo surgiu do cerne desse conflito. Há uma tensão entre uma aspiração ilimitada — por liberdade, razão, *égalité*, perfectibilidade — e uma realidade peculiarmente agressiva e incorrigível. O impulso criativo pode ser sentido durante todo o tempo em que persiste essa tensão, mas quando a tensão diminui o impulso criativo também falha. Não há nada no desencanto que seja hostil à arte, mas quando se nega ativamente a aspiração, aí estamos à beira da apostasia e a apostasia é um fracasso moral e um fracasso imaginativo. Em literatos isso freqüentemente se apresenta com uma disposição especial para autodepuração de aspectos imorais, seja no sr. Southey, seja no sr. Auden. É um fracasso imaginativo porque envolve esquecer — ou manipular de modo inadequado — a autenticidade da experiência: uma mutilação do próprio ser existencial anterior do escritor. Numa notável passagem em seu ensaio "Sobre a coerência de opinião" (1821), Hazlitt comentou que não deve haver nenhuma objeção ao fato de um homem mudar de opinião. Mas

> ele não precisa (...) baixar um decreto de proscrição de todas as suas idéias, esperanças, desejos, desde sua juventude, para oferecê-los no santuário de subserviência amadurecida; não precisa tornar-se uma antítese vil, uma sátira viva e ignominiosa de si próprio.

Coleridge entrou nessa fase muito cedo. Ele sempre havia contido essa ambigüidade — essa idéia de princípios evasivos, essa maneira de modificar (quase desesperadamente) seus pontos de vista para agradar uma platéia — de pronunciar frases antes de saber se eram adequadas. Escrevendo para o pai de Lloyd em outubro de 1976, e esperando tranqüilizá-lo, ele experimenta sair com uma famigerada frase: "Eu (...) quebrei minha barulhenta corneta revolucionária de brinquedo e pendurei os pedaços na câmara das Penitências." Enquanto isso ele escrevia — pelo menos durante dois anos — em tom bem diferente para John Thelwall e outros amigos radicais. A frase não foi inteiramente pronunciada até março de 1798: "Eu quebrei minha barulhenta corneta Revolucionária de brinquedo & os pedaços jazem espalhados no quarto de despejos da Penitência. Desejo ser um bom homem & um Cristão — mas não sou um *Whig*, nem Reformista, nem Republicano..." De novo ele estava escrevendo a um correspondente, o irmão George das ordens sacras, que desejava ouvir dele exatamente isso. E já a frase se cerca de um desconfortável ar de apostasia. Por que a "barulhenta corneta de brinquedo"? Por que defecar sobre um entusiasmo cuja tinta ainda não secara?

Cinco anos mais tarde ele escreveu uma carta extraordinária a *Sir* George e Lady Beaumont. Não vou ser tão sádico a ponto de convidar os historiadores a estudá-la: é, no seu todo, aflitiva demais, parecida demais com uma experiência em sua falta de peso histórico. Entretanto, críticos e psicólogos deveriam certamente dar à carta mais atenção. Foi escrita sob o impacto de fortes sentimentos relacionados à execução do patriota irlandês Emmett, cujo heroísmo parecia colocar em xeque a autoconfiança de Coleridge.

> Fiquei extremamente afetado pela morte do jovem Emmett — apenas 24! — nessa idade, caro *Sir* George! Eu estava me aposentando da Política, desgostoso além de toda medida pelos modos & moral dos Democratas, & inteiramente ciente da incoerência da minha conduta, com meus Princípios especulativos. Meus princípios especulativos eram selvagens como Sonhos — eram "Sonhos ligados a objetivos de Razão"; mas eram perfeitamente inofensivos — um composto de Filosofia & Cristianismo...
>
> (...) embora eu detestasse Revoluções nos meus momentos mais calmos, como tentativas que necessariamente se desviam de seu curso & se transformam em banhos de sangue devido a suas próprias causas, as quais poderiam, isoladamente, justificar as Revoluções (quero dizer, ignorância, superstição, depravação, & paixões vingativas, que são os efeitos naturais do Despotismo & falsa Religião) — e embora, até mesmo ao exagero, eu sempre tenha defendido a Doutrina

> da não-resistência inequívoca e absoluta — contudo, com uma Fantasia efervescente, uma Elocução fluente, um Coração alegre & voluteante & uma disposição para pegar fogo pela simples rapidez de meu próprio movimento, & para falar veementemente a partir de meras associações verbais, que me teriam feito recuar com um Coração partido & um indizível Horror das ações expressas em tais frases & sentimentos — a saber, porque elas eram selvagens, & originais, & veementes & fantásticas! — eu ajudei os jacobinos, com sarcasmos espirituosos & raciocínios sutis & declamações cheias de sentimento genuíno contra todos os Governantes & contra todas as Formas estabelecidas! (...)
>
> (...) felizmente para mim, o Governo, suponho eu, sabia que tanto Southey como eu éramos inteiramente desligados de qualquer partido ou clube ou sociedade — (& esse elogio eu devo tomar para mim mesmo, que eu repudiei todas essas Sociedades, esses Impérios dentro do Império, esses Ascarídeos nos Intestinos do Estado, subsistindo da fraqueza & enfermidades & tendo como seu Objetivo final a Morte desse Estado, cuja Vida fora seu Nascimento & crescimento, & continuou a ser seu único alimento. Todas essas Sociedades, seja sob que nome, eu as abomino como Conspirações malévolas (...)

Devemos nos lembrar que Coleridge já era um homem doente quando escreveu essa carta, dependente do láudano, oprimido com a sensação de impotência criativa. Recordando tudo isso, ficamos inclinados a perdoá-lo. Ele foi sempre um homem cujo intelecto apenas esporadicamente esteve sob seu próprio controle. Entretanto, não podemos perdoar um crítico ou historiador que aceita uma carta assim como registro verdadeiro de qualquer parte da evolução do poeta.

No que diz respeito a Wordsworth, as questões não são claras por motivos diferentes. Não temos um registro epistolar consecutivo de sua evolução. Ele nunca teve inclinação para se estender em cartas e, se tinha sentimentos sediciosos, não devemos necessariamente esperar vê-los confiados ao correio. Os reformadores sabiam muito bem que as correspondências podiam ser violadas. "Lacre suas cartas primeiro com uma obreia & depois uma boa cera sobre ela", insistia Thelwall com um correspondente em março de 1794:

> Arranje boa cera! arranje boa cera! Quando canalhas & ladrões estão investidos de autoridade, cada homem precisa ter uma boa fechadura na porta.

Em janeiro de 1795, George Cumberland escreveu para seu irmão Richard pedindo-lhe urgentemente a devolução de suas desabusadas cartas, não pelo correio mas numa caixa de madeira de pinho, por carruagem:

> Meu motivo (...) você dificilmente irá querer uma explicação nestes tempos, quando logo provavelmente estaremos vivendo sob um Governo absoluto & sendo atirados a uma Guerra Civil.

Já em maio de 1794 (quando se iniciaram os Julgamentos da Traição), Dorothy Wordsworth insistia com seu irmão Richard sobre o "cuidado de William em expressar opiniões políticas". Os permanentes problemas de comunicação com Annette teriam, de qualquer modo, tornado os correios uma área sensível.

Isso é, na melhor das hipóteses, uma prova negativa. Ela só nos alerta contra a suposição de que Wordsworth perdera seus interesses políticos porque eles não estão claramente explicados em suas cartas. A prova de sua poesia indica que, para ele, o momento de tensão — da afirmação e recuo jacobino — foi muito mais postergado do que no caso de Coleridge. Além do mais, ele tinha aquela extraordinária capacidade de recordar-se de estados emocionais anteriores — de refletir sobre eles —, aquela tenacidade da verdade com relação a eles. Não obstante, a tensão por fim também o fez ceder, e isso foi seguido por sua rápida reabsorção dentro da cultura tradicional. Ao final das guerras, o desencanto dera lugar à apostasia.

Que aconteceu? O que fez com que acontecesse? Posso apenas dar algumas idéias e para fazer isso preciso situá-los num contexto histórico mais limitado.

Os historiadores, não menos que os poetas e os críticos, têm seus "fragmentos de tempo". Quero focalizar dois desses pontos, cuja importância se irradia para frente e para trás. Ambos provêm dos anos 1797-1798, com os poetas em Stowey e Alfoxden. Ambos devem ser vistos dentro do clima do jacobinismo, isolados, sujeitos a uma incessante vigilância externa e, ainda assim, ao mesmo tempo, num clima de recolhimento e confusão — o momento em que as *Lyrical Ballads* foram escritas, o primeiro rascunho de "The Ruined Cottage", e possivelmente algumas passagens que iriam se encaixar no *Prelude*.

O primeiro "fragmento de tempo" é em julho e agosto de 1797, quando John Thelwall visita os poetas, seguido de perto pelo espião Walsh. Posso discorrer rapidamente sobre os incidentes do caso, que freqüentemente é tratado com "humor" literário? A notícia que fora enviada para Londres não tinha, em primeiro lugar, partido da aristocracia, mas de gente do povo. Era um criado em Alfoxden que se queixava de que franceses estavam conspirando no interior e — pior — lavando e remendando roupas no dia do Sabbath. "Christopher Trickis e sua esposa, que moram no Dog Pound em Alfoxton, disseram a Mogs que os franceses tinham desenhado a planta de sua casa." A primeira coisa que o agente do governo Walsh ouviu quando foi designado para Somerset foi uma conversa no bar público Globe. Um homem perguntou ao proprietário se Thelwall já havia partido. A resposta foi que "ele esteve por aqui algum tempo, e que havia um enxame deles na Alfoxton House, que eram protegidos por um tal de sr. Poole". Eles não eram franceses, disse o proprietário, "mas são gente que causará tanto mal quanto todos os franceses poderão causar". "Os habitantes da Alfoxton House", disse Walsh no seu relatório seguinte, "são um Bando de violentos Democratas".

Sob certo aspecto, aquele ano (1797-1798) parece idílico; foi o ano em que Lloyd e Lamb, Hazlitt e Mackintosh e outros amigos vieram a Stowey. Há um intenso sentimento de cordialidade, uma intensidade de comunicação, uma ausência de reserva, que Hazlitt recorda:

> De certa forma aquele período (...) não foi um tempo em que nada era trocado por nada. A mente abriu-se e uma delicadeza podia ser percebida espraiando-se sobre os corações das pessoas, debaixo das "escamas que protegem" nossos interesses pessoais.

Por outro lado, foi uma época de terrível isolamento — um isolamento que talvez emprestasse uma intensidade adicional ao ardor da comunicação da fraternidade excluída do consenso, pois a "delicadeza" lembrada por Hazlitt se achava no meio de uma hostilidade cada vez mais dura, da vigilância das pessoas, da atenção da aristocracia e do próprio duque de Portland.

A sra. Moorman achou a história do espião "extremamente engraçada", e realmente, em retrospecto, ela o é. Entretanto, quando pararmos de rir, poderíamos questionar a validade de uma avaliação tal como a feita por outro destacado estudioso de Wordsworth sobre a participação de Thelwall na história:

> Na realidade, ele era um homem inofensivo, de bom coração, que se destacou no fim da vida como professor de elocução, especializado em correção da gagueira.

O que deve chamar nossa atenção é a posição de Thelwall em 1797 e não sua reputação ao final da vida.

Ele era, na época, o mais notório dos jacobinos públicos da Inglaterra. Vamos encontrá-lo lá, nos desenhos de Gillray e outros caricaturistas menos famosos, geralmente brandindo um facão de açougueiro e levantando a tocha de incendiário na mão. Ele fora, também em 1795-1796, a mais importante figura de ligação entre os intelectuais jacobinos e as Sociedades de Correspondência plebéias. Durante todo o ano de 1795 ele dera palestras para públicos de centenas de pessoas nos Beaufort Buildings, próximos à rua Strand, publicando esses textos no *Tribune*, no ano seguinte. Uma cláusula nos Two Acts visara especificamente aos conferencistas políticos — em primeiro lugar, Thelwall.

Os Two Acts foram muito eficientes. O número de sócios das sociedades de correspondência, que crescia rapidamente ao fim de 1795, caiu ainda mais depressa. Os clubes estavam infestados de espiões. Os missionários da Sociedade de Correspondência de Londres foram presos. Um dos últimos homens a tentar uma aparição pública jacobina em 1796 foi Thelwall. Não desejo apagar os defeitos de um orador jacobino inglês: ele gostava da notoriedade e tinha atitudes teatrais, mas atravessou bem esses anos difíceis de 1794 a 1796. Era enérgico, tanto política quanto intelectualmente ("a atividade enérgica da mente e do coração são sua característica fundamental", escreveu Coleridge), às vezes era ponderado e, quando apoiado e no centro do palco, era um homem de coragem. Suas palestras no *Tribune* mostram-nos a energia e o ímpeto. Seus *Rights of Nature*, que Coleridge na época considerava "o melhor folheto já escrito desde o começo da guerra", nos mostra os direitos do homem ampliados para áreas mais profundas da crítica social. Os poemas que escreveu na prisão em 1794 — infelizmente — nos mostram as atitudes de um tribuno do povo. Isso também acontece com essa passagem de uma carta para a esposa, na qual ele descreve a receptividade a suas palestras em 1795:

> Duas palestras em particular (...) balançaram os pilares da corrupção até que cada pedra do edifício podre tremesse. Cada frase saltava de peito para peito com um contágio elétrico e até os próprios aristocratas — dos quais um grande número se reúne para me ouvir — eram com freqüência compelidos por um impulso irresistível a se juntar aos aplausos (...)

Em 1796 ele desafiou os Two Acts, continuando a fazer palestras, mas sob o disfarce de história dos romanos. O jovem Crabb Robinson compareceu a uma de suas conferências, sobre o direito de voto facultativo dos romanos, em junho:

> É certo que ele tem uma grande capacidade para mostrar, por intermédio de um outro país, o verdadeiro espírito de nossas Instituições, que poderia ser perigoso publicar abertamente.

Mas, na sua opinião, "não vejo aquela simplicidade republicana de Modos & Idéias que desejo ver espalhadas universalmente". Amyot, o amigo *tory* de Robinson tem mais comentários venenosos sobre uma palestra, no mesmo mês, em Norwich:

> Ele vocifera como um pastor metodista louco; nem o mais bombástico Ator no mais bombástico dos Personagens fez jamais tanto barulho como o Cidadão Thelwall (...) Se não fosse pela fragilidade de sua Pessoa, eu até poderia ser levado a suspeitar que ele ia expulsar o público porta afora.

Mas até mesmo Amyot "ficou bastante satisfeito com a organização & estilo de sua composição".

Quero insistir: o desafio de Thelwall aos Two Acts foi um acontecimento nacional, um assunto de discussão nas tavernas e nos cafés. Até mesmo o rei foi informado de suas palestras. Como as forças da lei tinham dificuldade de penetrar no disfarce de uma toga romana — embora toda a Inglaterra soubesse que ele usava um barrete da liberdade espaventoso na cabeça —, entraram em ação as forças da ordem. O circuito de palestras em East Anglia teve um fim abrupto. Capangas da facção Church-and-King tumultuavam impunemente seus comícios. Os juízes lhe recusavam reparação ou proteção. Certa ocasião, a tripulação de um navio de guerra recebeu licença para ir à terra — e cacetes com que se divertir durante a noite. Mais de vinte anos depois, Thelwall ainda se lamentava da "longa série de perseguições quase inacreditáveis e sem paralelo" daquele ano, quando (recordava ele em 1819) tinha sido

> proscrito e caçado — escorraçado como um animal selvagem, e banido como uma doença contagiosa da sociedade — durante aquelas repetidas tentativas, da parte de bandidos armados, de seqüestrá-lo e assassiná-lo... durante todas aquelas monstruosas atrocidades em Yarmouth, em Wisbeach, em Derby, nos arredores de Leicestershire — em Stockport e em Norwich... ele nunca, nunca mesmo abandonou o público — o público é que o abandonou.

Foi nesse ano — em abril de 1796 — que começou a correspondência entre Thelwall e Coleridge. Thelwall é geralmente colocado em segundo plano pelos críticos, embora o professor Woodring tenha restaurado o equilíbrio. A correspondência, observou ele com sabedoria, foi "calorosa, honesta e mutuamente engrandecedora. Produziu as cartas intectualmente mais interessantes, mais confiantes sob o ponto de vista emocional e, ainda, mais admiráveis quanto à moral do que quaisquer outras que Coleridge escreveu antes dos trinta anos". Ele não deixa nada para eu acrescentar a isso, mas algo poderia ser dito sobre a influência da correspondência sobre Thelwall. Eu poderia sugerir que foi encorajador ao extremo para o jacobino, naquele momento de crescente isolamento, receber estímulo moral novo oriundo da região oeste da Inglaterra. Coleridge, com suas palestras e o seu *Watchman*, era uma espécie de pequeno Thelwall de Bristol; os Two Acts pegaram-no também em suas armadilhas e ele entretinha-se com a idéia de que a cláusula especial contra conferencistas visava também a ele. Os versos do soneto inédito de Coleridge para Thelwall — "Tu, que no meio do fogo mais cerrado / Saltaste para cima do perigoso muro" — Thelwall achou-os "tão poéticos quanto gratificantes". Dificilmente seria ele humano se pensasse de forma diferente. Mas Thelwall não ficou absolutamente com a pior parte da correspondência. Na crítica que fez a *Religious Musings*, ele pôs o dedo, inapelavelmente, sobre um dos piores dos muitos versos terríveis da obra: "Vós petrificai o devasso coração do Ateísta." Essa é (escreveu ele) "uma das mais vulgares & infundadas calúnias das quais a *mansidão cristã* nunca descartou lançar mão à falta de argumento". Mas sua conclusão lembra um pouco a proteção:

> Quando eu era ainda um cristão & um cristão muito convicto, isto é, quando eu tinha mais ou menos a sua idade, convenci-me por completo de que a poesia cristã era um negócio muito desprezível — que a religião era um assunto com o qual ninguém, a não ser um descrente consumado, poderia lidar poeticamente

Conforme todos os seus recursos, políticos, financeiros e pessoais, foram se esvaindo, um a um, sua mente voltava-se cada vez mais para Coleridge e para a possibilidade de encontrar uma retirada conveniente. Em fevereiro de 1797 ele escreveu para um amigo que Coleridge era "um dos mais extraordinários Gênios & admiráveis intelectuais da época". Em abril, Crabb Robinson encontrou-o na loja de Thomas Hardy e "fez o panegírico de Burke". Thelwall

> concordou com seu gênio sublime mas afirmou que havia pequenas Estrelas Luminosas levantando-se no Horizonte que prometiam eclipsar o esplendor deslumbrante da Órbita do Sr. Burke. Percebi que Coleridge & Southey eram as *pequenas Estrelas*...

Voltemos ao nosso fragmento de tempo: Stowey, em julho desse ano. Sim, sim, Thelwall, quando partiu na excursão a pé que o levou a Stowey, batia em retirada, mas tinha razão para estar em retirada, e não estava *completamente* em retirada. O caso do espião não se mostrou tão engraçado assim, no final das contas. O mais destacado, se bem que derrotado, jacobino da Inglaterra viajava para oeste, e estava sendo *vigiado*. Coleridge e Wordsworth devem ter sabido perfeitamente bem que Thelwall estava sendo vigiado, mas não obstante lhe deram as boas-vindas de um companheiro e um cidadão. E essa recepção também não foi forçada. A carta que o Cidadão John escreveu de Stowey para sua Cidadã (em linguagem de apóstata, esposa) é a carta mais feliz, mais relaxada, que já li. No caminho, ele passara por Bristol, onde havia "encontrado algum entusiasmo, & alguma amizade *sólida*". Havia prometido aos radicais que voltaria a Bristol depois de visitar Stowey e antes de viajar para Gales. Até mesmo esperava, com palestras e venda de folhetos, levantar algum dinheiro para consertar suas finanças alquebradas:

> Mas lucro & tudo o mais a não ser Stella & e meus Filhos estão agora afastados de meu pensamento aqui nesse encantador retiro [a Academe de Stowey] de onde eu escrevo isso, & pela deliciosa Companhia de Coleridge & e de Wordsworth...

Os três homens tinham estado perambulando "ao longo de um romântico e selvagem vale dessas terras". "Ali..., um triunvirato literário & político

> julgou a produção e as personalidades da época — irrompeu em lutas poéticas de entusiasmo & levando nossas mentes, pela filosofia, a um estado de tranqüilidade que os líderes das nações invejariam e os habitantes das Cidades nunca poderão conhecer.

O poema que ele escreveu depois de partir de Stowey está entre os três ou quatro melhores já feitos por ele:

> Ah! deixem que eu, lá longe em algum vale perdido,
> Contrua minha cabana baixa; e que ela seja feliz,
> Meu Samuel! perto da tua, que eu possa muitas vezes
> Compartilhar a tua doce conversa, meu mais amado dos
> [amigos! —
> Amado muito antes de conhecido: pois afinidades
> Ligavam, embora a muita distância, nossas almas irmãs...
>
> E seria agradável,
> Quando terminasse todo o trabalho, estudar,
> E o esforço literário, tivesse sido pago,
> Alternadamente, cada um sentar no caramanchão do outro,
> Na suave estação estival; ou, quando, triste,

A rajada de inverno tivesse arrancado a sombra das folhas,
Em torno da lareira flamejante, sociáveis e alegres,
Compartilhar nossas refeições frugais, e da taça
Da bebida fervilhante, feita em casa: aos nossos lados
Tua Sara, e minha Susan, e, talvez,
O proprietário pensativo de Allfoxden, e a criada
De olho fogoso, que, com amor fraternal,
Ameniza-lhe a solidão...

O prefeito de Bristol, sabendo que Thelwall pretendia voltar, e também dos planos dos radicais da cidade para realizarem um comício para ele (a despeito dos Two Acts), achava-se muito menos contente, e escreveu urgentemente para o duque de Portland pedindo instruções. "Embora esteja acostumado às atividades e esforços de Thelwall e seus companheiros", replicou o duque, no dia 7 de agosto,

> Devo admitir que não esperava receber a informação que me mandou e saber que uma *segunda* Tentativa estava em andamento para promover um comício geral e público na sua Cidade.

Ele confiava na firmeza das autoridades locais no sentido de que a conspiração fosse abortada no nascedouro.

Portanto, isso deve preencher um pouco o tranqüilo pano de fundo do retiro campestre do qual surgiram as *Lyrical Ballads*. O final desse episódio é por demais conhecido para ser repetido. Uma oferta feita por Wordsworth para compartilhar Alfoxton House com Thelwall resultou apenas em uma notificação apresentada ao casal Wordsworth de que eles não teriam seu contrato renovado depois da expiração do mesmo, no verão de 1798. A despeito das insistentes tentativas de Coleridge, nenhuma casa poderia ser alugada perto de

Stowey para o agitador derrotado. Se Poole tentar encontrar uma casa para Thelwall, escreveu Coleridge,

> a Malignidade total dos Aristocratas convergirá sobre ele... Você não pode imaginar o tumulto, as calúnias, & o aparato de acusações ameaçadoras que esse acontecimento [i.e., a presença de Wordsworth] tem ocasionado à nossa volta. Se você realmente viesse, acho que até mesmo distúrbios & perigosos tumultos ocorreriam como conseqüência.

Eu percebo que o autor de um livro recente, *The Making of the English Working Class*, tende a menosprezar a sinceridade das afirmações de Coleridge a esse respeito. Se tivesse especulado menos e levado sua pesquisa um pouco adiante, ele teria formado uma opinião diferente. Coleridge foi sincero. Esses tumultos poderiam ter acontecido.

Thelwall, de qualquer modo, viera a conhecer Coleridge bastante bem nessa rápida visita para compreender suas efervescências entusiásticas com afetuoso bom humor. Em março de 1798, ele escrevia ao dr. Crompton, especulando se Coleridge tinha ou não aceitado o ministério em Shrewsbury:

> Conheço a aversão dele em pregar a sagrada palavra de Deus em troca de paga, o que é secundado um pouco, suspeito eu, por sua repugnância a toda rotina regular & emprego — eu também espero que ele não aceite, pois sei que ele não pode pregar com muita freqüência sem viajar do púlpito para a Torre. Coloque-o em qualquer lugar a não ser no lombo de seu querido cavalinho, "a república feita pela própria mão de Deus", & lá vai ele como um louco, cuspindo & espadanando aos trancos e barrancos & espalhando mais rebelião *igualitária*, & traição construtiva do que o pobre *Gilly* ou eu próprio jamais sonhamos.

A referência a Gilly (Gilbert Wakefield) nos leva ao nosso segundo "fragmento de tempo", a primavera de 1798. Nosso primeiro fragmento ilustrou como os democratas, em 1797, tinham sido acuados para grupos de sobrevivência, pequenos e pessoais. Isso nos ajuda a compreender um pouco das formas de seus escritos: o diálogo pessoal com um amigo íntimo nos dá a forma do *Prelude*; o monólogo interior de um homem isolado nos fornece algo da forma dos livros proféticos de Blake. Esse isolamento não relaxa em 1798. Foi esse o ano da rebelião irlandesa; o ano da primeira execução por traição na Inglaterra; o ano da crescente ameaça de invasão, especialmente nos primeiros meses do ano — talvez (com a Irlanda revoltada) a maior oportunidade para invasão que os franceses viriam a ter. "Um momento militarmente tão crítico", escreveu o autor de um estudo sobre Wordsworth e a política, "era o bastante para fazer qualquer jacobino cair em si."

Talvez este não seja um julgamento histórico inteiramente justo. Afinal de contas, a idéia de que visionários tinham apenas que "cair em si" se equipara àquelas dos que contribuíam para a *Anti-Jacobin Review*, cujos cruéis libelos difamatórios — para os quais qualquer réplica estava sendo considerada cada vez mais como traição — começaram em 1797. Outros modos de fazer os homens voltar à razão foram empregados pelo governo durante os meses de março e abril. Os movimentos contra a imprensa em março foram detalhados pelo prof. Erdman. Em abril de 1798, os membros remanescentes do comitê da Sociedade de Correspondência de Londres foram aprisionados e muitos deles ficaram na cadeia durante dois anos, sem julgamento. No momento em que os esbirros de Bow Street caíram sobre eles, eles estavam discutindo acaloradamente se deveriam ou não aconselhar os membros da Sociedade a se juntarem aos Voluntários. Um pequeno grupo fora das prisões aliou-se a um movimento clandestino irlandês pró-galicano; alguns fugiram para a França; um número muito maior abandonou os sentimentos universais de anos anteriores, submergindo-os nos sentimentos limitados de uma guerra de defesa nacional. Na transição, as conotações da palavra "patriotismo" sofreram uma grande mudança. Entre os que fizeram uma reconciliação precoce com o mundo oficial, estava o rixento amigo do poeta, Charles Lloyd, que ganhou um elogio da *Anti-Jacobin Review* por uns versos nos quais, com verdadeiro entusiasmo apóstata, ele denunciava os sentimentos democratas que defendera não havia um ano:

> Revogariam
> O julgamento e o privilégio que vêm
> Com a riqueza, e talentos, influência, e poder!
> Arrancariam a prometida bênção dos pobres,
> Gerando uma rebelião obstinada
> Da luxúria mimada e do desespero pagão:
> Apagando de seu calendário de graça
> Fé e paciência.

Quais *eram* as alternativas abertas aos democratas ingleses em 1798? "Defender a Bíblia nesse ano de 1798 custaria a um homem sua vida. A Besta & a Prostituta reinam sem controle." É uma anotação de Blake na folha de rosto da *Apology for the Bible*, do bispo Watson — que era a réplica de Watson a *Age of Reason* de Paine. Isso nos faz recordar que entre a conspiração pró-gaulesa e a unidade nacional patriótica havia outras posições possíveis, uma das quais encontrou uma pungente expressão na época.

Richard Watson, bispo de Llandaff, tece seu pretensioso caminho através de uma história romântica, um fio de má qualidade sobre o qual as contas do ardor de outros homens vão sendo enfiadas. Um homem com a cultura de Cambridge — bom professor de química e com contatos com os *whigs* —, ele foi o primeiro daquele círculo a renunciar a sua profissão de fé democrática e a aceitar render-se ao mundo oficial. Como bispo de Llandaff, ele era absenteísta, e também pluralista, acumulando os benefícios eclesiásticos do arquidiaconato de Ely, a reitoria de Carstil e o vicariato de Somersham. Vivia mais do que confortavelmente em Westmoreland ou em sua casa de Londres, fazendo jus também aos rendimentos do professorado régio de teologia, cujos deveres eram desempenhados por um *locum tenens*. Este era um certo dr. Kipling (um crítico descreveu suas palestras: "seu escasso conhecimento de uma desmoralizada teologia, disfarçada num latim bárbaro"), que tivera participação destacada como acusador durante a expulsão do reformista William Frend, de Cambridge. Foi o sermão do bispo — "A Sabedoria e Bondade de Deus em ter criado tanto os Ricos quanto os Pobres" que levou Wordsworth a escrever, em 1793, sua "Carta ao bispo Llandaff", a qual não foi publicada. Foi a *Apology for the Bible* do bispo que Blake comentou, furioso, acrescentando, contudo: "Fui recomendado pelo Inferno a não publicar isso, pois é o que querem nossos Inimigos."

Entretanto, havia na Inglaterra um homem tão imprudente, de sensibilidade tão imatura, que não tomou conhecimento das ordens do inferno. É um homem cuja importância, na influência em que exerceu tanto sobre Coleridge quanto sobre Blake, tem recebido muito pouca atenção. Gilbert Wakefield, o ministro unitarista, era considerado — junto com Porson — o principal estudioso clássico de uma época clássica. Havia sido professor da Academia Não-Conformista de Hackney, de onde Hazlitt seria mais tarde um dos intelectuais. Não era um daqueles unitaristas que evocavam na mente de Coleridge a imagem do frio luar, pois uma fornalha estranha rugia dentro dele. Extremamente não-ortodoxo, ele não se inclinara, contudo, para a senda do godwinismo e do livre-pensamento, mas publicara sua própria réplica protestatória a *Age of Reason*, de Paine.

Aconteceu que Wakefield viu uma cópia da uma produção do bispo — Declaração ao Povo da Grã-Bretanha — na casa de um amigo. "Ele pegou-a duas vezes e leu algumas páginas":

> Ocorreu-lhe, enquanto caminhava para casa, que não seria inútil, nem pouco importante, empregar algumas horas na tentativa de refutar as doutrinas que lhe pareciam não somente erradas mas de perniciosa tendência.

Sua resposta foi escrita durante a noite e na manhã seguinte; por volta de meio-dia já chegara à gráfica.

Foi um escrito imprudente, extremamente inadequado para a pena de um estudioso objetivo. O trabalho fica desfigurado pelo *argumentum ad hominem*, o qual, embora sem dúvida justificado nas páginas do *Anti-Jacobin Review*, é claramente inconveniente quando dirigido não a um *hominem*, mas a um bispo. Além do mais, os argumentos de Wakefield eram exagerados. Ele estava convencido de que a paz com a França podia ter sido estabelecida em 1796, e que a continuação da guerra deveria ser posta na porta dos partidários de Burke que recusavam qualquer acordo e defendiam uma "doutrina armada". É um ponto interessante. De fato, Wakefield estava quase certo, mas isso não é desculpa para discutir o problema em termos como estes: "o genuíno professor do evangelho... considera um instigador da guerra, com seus associados e cúmplices, como um Satã encarnado no pandemônio de espíritos infernais."

Tinha pior. Há um ponto apenas no qual o patriotismo civil se acovarda e esse ponto é aquele em que as guerras têm de ser pagas. O bispo ousara defender um imposto de renda de 1/10 — uma medida impopular entre pessoas da classe média e da pequena aristocracia, muitas das quais argumentavam que o imposto deveria ser escalonado de acordo com a renda. O bispo, em defesa de sua proposta, mostrava como ele mesmo sofreria com a coisa: "com uma família de oito filhos eu vou sentir seu efeito tanto quanto a maior parte dos homens." Disso ele era levado a uma de suas mais perspicazes metáforas ornamentais:

> Quando todos os elementos de uma comunidade pagarem impostos proporcionais... os próprios indivíduos não sentirão elevação ou descida na escala da sociedade. Quando todos os alicerces de um grande prédio afundam uniformemente, a simetria das partes não é prejudicada; a pressão sobre cada elemento continua como era — não há ruptura: o prédio não será tão alto, mas ele poderá repousar num terreno melhor.

Infelizmente, comentou o desabusado Wakefield,

> o *andar térreo* desse majestoso e estável edifício, onde eu e meus companheiros de mesa da *multidão suína* nos regalamos... está afundado definitivamente em pântanos e escuridão; apenas para fazer... um alicerce mais firme para nossos aristocráticos e prelaciais superiores, que estão se divertindo e se banqueteando nos andares superiores com... sua costumeira despreocupação.

Se um homem podia falar assim para um bispo, será que podemos nos admirar que ele pudesse trair sua pátria? Ele mostrou a lamentável falta de realismo do intelectual insatisfeito, deslocado. Atacou até mesmo o gabinete britânico:

> ...a morte de um semelhante não é mais para eles do que a queda de uma folha de outono no deserto sem trilhas; ...eles têm engendrado conspirações simuladas, alarmes falsos... para estabelecer... seu próprio poder mediante um despotismo militar sobre a Inglaterra, como aquele que agora esmaga a Irlanda que sangra... têm perseguido até a morte, exilado para os confins do mundo e agora aprisionam com inconcebível rigor... seus concidadãos por ofensas triviais...

Wakefield não proclamava uma admiração sem reservas pela França. Tinha a opinião de que a guerra estava nutrindo na nação francesa um desejo incontrolável de "voltar ao que vomitara" — a mesma pouco digna de nota (mas inegável) imagem que, lembremo-nos, Wordsworth iria usar mais tarde. Contudo, se os franceses pudessem desembarcar 60 mil homens na Inglaterra (o que eu duvido), então "o reino estaria perdido para sempre" devido "ao grau de pobreza & infelicidade nas classes inferiores" que não lhes davam razões para serem fiéis à constituição.

Foi nesse ponto que Wakefield perdeu todo o contato seja com o bom gosto seja com a lealdade. O bispo havia se referido, modestamente, a sua própria coragem pessoal, ousando declarar-se inimigo da França numa época em que uma invasão bem-sucedida poderia resultar numa retribuição pessoal:

> Eu poderia ter ocultado meus sentimentos e esperado em retiro até que a luta terminasse e a questão fosse resolvida; mas desprezo a segurança acompanhada da desonra.

Ele estava pronto para "arriscar tudo em defesa da pátria". "Não sou um desses", observou Wakefield,

> tão completamente leal e tão completamente honesto como o bispo de Llandaff. Minha vida e meus livros são todas as personalidades às quais eu dou valor: e nenhuma delas... se arriscará em defesa do atual governo. Se os franceses vierem, eles me encontrarão no meu posto, sentinela vigilante na minha própria guarita, MEU ESTÚDIO...

Wakefield foi praticamente a última voz pública da Inglaterra jacobina. Foi preso, é lógico; como também seu editor; e também seu livreiro, Johnson, essa figura fundamental, fascinante, um elo entre Wordsworth e Blake, Mary Wollstonecraft e Coleridge; e também Benjamin Flower, o editor do *Cambridge Intelligencer*, o último órgão nacional do jacobinismo intelectual; foi preso pela Câmara dos Lordes por desrespeito, por ter escrito em seu jornal a respeito do "oportunista e apóstata reverendo Right". George Dyer foi também encarcerado por sair em defesa de Flower. Os casos ricochetearam uns nos outros no período 1798-1799. Foi, se concordarmos com a exposição do prof. Erdman sobre o arrocho da imprensa londrina, uma operação de limpeza muito eficiente, na realidade, dos principais centros oposicionistas dos intelectuais democratas. Dois anos mais tarde, Wakefield saiu da prisão com a saúde enfraquecida, para morrer logo depois, de febre. Diversos historiadores que vieram depois endossaram a decisão dos tribunais. Conforme o professor Carless Davis observou em seu *Age of Grey and Peel*, Wakefield "não representava ninguém e era um pouco maluco".

Qual a ligação dessa história com a difícil situação de Wordsworth e Coleridge nos primeiros meses de 1798? Em todos os aspectos, eu poderia sugerir. Quero somente insistir que os poetas estavam intensamente imersos nesse contexto geral. Até mesmo as estradas em torno de Stowey e Alfoxton ressoavam com pés maltrapilhos, sem dúvida desajeitados e histriônicos, mas a Inglaterra rural pode ser um lugar desajeitado e ignorante. Março e abril de 1798 viram o maior *levée* de Voluntários de toda a década. A maior parte das unidades de voluntários locais eram organizadas com um pouco de floreios oratórios, um pouco de determinação de lealdade, mas a unidade Petherton do Norte, que recrutou os serviços dos que moravam em Stowey, foi fundada em abril com um floreio de combate patriótico um pouco inusitado:

> A Inglaterra nunca esteve em maior perigo iminente de ser invadida por um inimigo excepcionalmente bárbaro, sanguinário e destrutivo do que no momento atual, um inimigo que tem espalhado a desolação, que tem sido culpado de toda atrocidade, que não tem poupado ninguém, não interessa como pense ou aja, de sua rapacidade e pilhagem, um inimi-

> go que nem as mães de família envelhecidas, a fraca criança de tenra idade — mulheres até mesmo em trabalho de parto — têm escapado do estupro, não serve nenhum santuário como proteção, os bárbaros das eras passadas respeitavam o Altar, havia um refúgio seguro contra a violência para os infantes e as mulheres mais velhas, e para os ministros do Altar — mas esses modernos bárbaros têm derrubado todos os obstáculos, todos os governos e toda religião onde quer que tenham avançado.
>
> Cumpre a nós, pois, como Britânicos, como homens que respeitam o Trono, que reverenciam nossa Religião, e a Constituição da Inglaterra, nos armarmos...

É difícil não perceber que Poole e seu "ninho" de democratas podem ter servido para realçar toda essa oratória e como uma desculpa para a avalanche de brindes alcoólicos que se seguiram. *A paixão estava acesa.* Não era o caso de você se apresentar como voluntário ou não se apresentar, de acordo com seu desejo. Todo cavalheiro, todo homem com profissão, estava sendo observado. Além do mais, até mesmo alistar-se voluntariamente não encerrava o assunto. O historiador de literatura lembra-se de maio e junho de 1798, pela visita idílica de Hazlitt a Stowey, sua caminhada com Coleridge até Linton e Porlock Bay. O historiador militar, estudando registros um pouco menos fascinantes, lembra-se que nesses meses foi fundada uma nova unidade de voluntários "para a Defesa da Costa e das terras adjacentes, de West Point a Porlock Bay." "Estou feliz de tê-lo sob meu comando, para dizer", escreveu o comandante ao tenente-lorde de Somerset:

> que Lealdade e a mais sólida Fidelidade à excelente Constituição sob a qual vivemos parecem ser as Sensações mais próximas do Coração de Cada Indivíduo. Mas, não obstante a Convicção que eu tenho da Lealdade daqueles que se apresentaram, contudo, meu Lorde, considero da mais alta importância empregar todos os Meios a meu Dispor para investigar (até onde for possível) o verdadeiro Estado dos Sentimentos de cada Homem, antes que lhe sejam confiadas essas Armas, que o Governo considere apropriado fornecer-lhes.

Os poetas, quando foram para a Alemanha, estavam fugindo ao recrutamento.

Assim, isso é uma parte do pano de fundo de "Fears in Solitude", escrito em abril de 1798. É um poema de conflito, um afastamento do equilíbrio, mas uma inegável decisão de reconciliação com "Ó querida Grã-Bretanha, Ó minha Ilha-Mãe" — a torre de igreja, os quatro grandes olmos de Stowey. Mas o oscilador não devia descansar naquele ponto por muito tempo, e a discussão continuava também entre seus amigos. Podemos ter uma noção mais nítida das conversas da época mediante a leitura de fragmentos de informação constantes dos diários de James Losh. No dia 24 de março ele anotou uma conversa com um amigo:

> que se engrandece na minha opinião — sua firme oposição a um detestável governo no país e a um inimigo insolente no exterior condiz exatamente com a minha opinião.

Em 3 de abril ele conversava com Southey:

> Nossa conversa girou principalmente sobre a invasão da liberdade. Levantei a probabilidade de ser posto um impedimento à Joana d'Arc de Southey e nesse caso ele declarou sua intenção de sair deste país. Concordamos todos que, se houvesse algum lugar para onde se emigrar, seria uma coisa prudente da parte dos homens de letras e amigos da liberdade...

Em março, Wordsworth havia escrito para Losh (com quem se encontrara bastante no verão) expressando interesse no seu novo jornal, *The Oeconomist*. Era um jornal tranqüilo, na realidade, bastante seguro, pequeno, publicado em Newcastle. Na primeira página havia uma seção com uma moça que representava a verdade, a liberdade e a virtude, sentada com um barrete da liberdade ao lado dela; ao fundo, havia implementos agrícolas, um lavrador e navios.

Losh estava, de fato — como mostra o lançamento em seu diário ao final de 1798 —, desengajando-se rapidamente da atividade política e talvez fosse ele um dos que Coleridge tinha em mente quando escreveu a Wordsworth, no verão de 1799, acerca daqueles que, "em conseqüência do completo fracasso da Revolução Francesa, haviam abandonado todas as esperanças de um aperfeiçoamento da humanidade, e estão mergulhando num egoísmo quase epicurista, disfarçado sob títulos brandos de fidelidade doméstica e desprezo por *philosophes* visionários". Mas como podemos reconstruir os conflitos internos de Wordsworth na época? Há poucos indícios. A decisão de retirar-se para a Alemanha foi muito súbita. No dia 5 de março, Dorothy escreveu para Mary Huchinson para dizer que eles haviam tido uma recusa definitiva da renovação do aluguel de Alfoxden: "É muito provável que voltemos a Racedown." A 6 desse mês, Wordsworth escreveu a Tobin: "No momento, estou inteiramente incapacitado de dizer para onde iremos." No dia 11 ele escrevia a Losh: "Chegamos à decisão, Coleridge, a sra. Coleridge, minha Irmã e eu próprio de irmos para a Alemanha, onde pretendemos passar os dois anos seguintes..." Expulsos a toque de caixa da vizinhança, eles tomaram a decisão em uma semana. Era também uma retirada do vórtice de um conflito político insuportável.

Da poesia, podemos apreender muito mais. Ele nos conta que sua primeira grande crise veio, não com a Revolução — esta lhe parecia no curso da "natureza" — nem com o Terror, mas com o início das hostilidades entre a Inglaterra e a França em 1793:

> Nenhum choque
> Desferido contra minha natureza moral conhecera eu
> Até aquele exato momento...

O choque foi ainda maior devido ao fato de ele ter colocado a culpa sobre seu próprio governo e sua pátria:

> Senti
> A devastação dessa luta extremamente antinatural
> No meu próprio coração; lá está ela como um peso
> Em antagonismo com todas as mais deliciosas primaveras
> De minhas alegrias. Eu, que com a brisa
> Brincava, uma folha verde na árvore abençoada
> De meu amado país; e eu, que não desejara
> Sina mais feliz do que envelhecer aqui,
> Agora do meu doce lugar fui afastado,
> E lançado no meio de torvelinhos...

Isso não significa que ele se sentisse compelido a juntar-se a sua pátria contra a nova República. Foi mais o choque de perceber o sentimento de alienação por parte de seu próprio povo — da natureza — que a situação desagradável lhe trouxe:

> Isso me lançou primeiro para fora do regaço do amor;
> Conspurcados e violentados, subindo até a fonte
> Meus sentimentos, não foi, como até agora,
> Um engolfar de coisas menores na grande;
> Mas a transformação delas em seus opostos...

Era isso que o havia levado para o godwinismo. Já observamos como a permanente sensação de alienação em Alfoxden, em 1797-1798, lhe deve ter sido insuportável. Mas a Alemanha, momentaneamente fora do conflito armado, onde ele esperara encontrar companhia política e intelectual conveniente, não trouxe alívio para seu isolamento. Deixando Coleridge, que levava vida faustosa, com dinheiro emprestado (com a esposa, desnorteada e sem vintém, e o filho), os Wordsworth viajaram para Goslar antes que um dos mais severos invernos do século se abatesse sobre eles. Não encontraram companhia. Não tinham dinheiro para se divertir. Lá, no extremo isolamento do auto-exílio, amontoados junto a um fogão no norte da Europa, ele começou a trabalhar no *Prelude*. O desagradável Diretório cedera lugar ao brilhante general corso. A longa guerra perdera sua razão de ser como uma guerra de defesa da República:

> E agora, por sua vez convertidos em opressores,
> Os franceses transformaram uma guerra de autodefesa
> Em uma outra, de conquista, perdendo de vista tudo
> Pelo que haviam batalhado; e subiram
> Abertamente, à vista da terra e do céu,
> Na balança da Liberdade...

Na Alemanha, ele encontrou um desencanto mais profundo do que o seu próprio. O venerável Klopstock — ex-cidadão honorário da República —, a quem ele visitara logo ao chegar, caíra em mutismo. E, para Wordsworth, piores experiências estavam para acontecer. Na paz armada de 1802, o breve intervalo daquela guerra interminável, ele cruzou o Canal até Calais para ver Annette. Lá na estrada, onde doze anos antes ele havia visto "bandeiras e rostos alegres, por toda parte",

> ... agora, o único registro que essas coisas deixaram,
> Duas solitárias saudações ouvi eu,
> "Bom dia, Cidadão!", uma palavra oca,
> Como se um homem surdo a falasse. Contudo, o desespero
> Não me alcança, embora triste como um passarinho
> Cujo refúgio primaveril o inverno pôs a nu.

É a mesma imagem de uma folha arrancada da árvore, mas agora ele se considera pousado precariamente na própria árvore, exposto aos ventos que virão. Milhares de ingleses — alguns deles, como Thomas Poole, ex-jacobinos — lançavam-se através do Canal olhando embasbacados para a França republicana. Mas a França republicana havia traído a si própria além de qualquer redenção, aos olhos de Wordsworth, ao aclamar um general como primeiro cônsul vitalício. Ele declara seu mais extremado desprezo pelos visitantes, não porque estavam visitando um ex-inimigo, mas porque congratulavam a França, que havia traído a si mesma:

Ou o que é que vós ides lá ver?
Lordes, advogados, estadistas, fidalgos da pequena nobreza...

Quando a verdade, quando a razão, quando a liberdade se
[foram,
Que privação teria sido esperar uma hora?

Está tudo lá, nessa grande série de sonetos sobre a independência e a liberdade. Não vou discuti-los mais. Houve duas mudanças de direção nos sentimentos, uma seguindo de perto a outra. A primeira, o reinício da guerra, mas dessa vez uma guerra pela qual ele achava que a França era responsável — um agressor, um agressor imperialista. Agora era a Inglaterra que aparecia como "a única luz/Da Liberdade que resta sobre a terra". Daí brotaram os sonetos patrióticos, essas curiosas misturas de retórica e tensão controlada. ("Ó, tristeza, que as melhores esperanças da Terra repousem em Vós!"), nos quais o longo sentimento de alienação começa a se esvair.

A segunda mudança de direção foi a transferência de seus antigos impulsos humanistas afirmativos para aqueles exemplos de resistência nacional *contra* a França — especialmente a resistência suíça e a insurreição espanhola. Durante esses anos, também, até 1805, ele estava escrevendo o *Prelude*. É muito fácil caçoar da apostasia de Wordsworth, a qual foi, sob certos sentidos, uma coisa abjeta, nos seus últimos quarenta anos. O que é menos fácil é imaginar como ele manteve, ao longo dos quinze anos precedentes, uma confiança tão grande que "lindos tempos ainda virão, e esperanças tão lindas". Assim, deve-se lançar um olhar mais amplo sobre a literatura européia para encontrar uma afirmação tão orgulhosa como aquela com a qual ele conclui o segundo livro do *Prelude*:

...se nesses tempos de medo,
Esse triste desperdício de esperanças perdidas,
Se, no meio da indiferença e apatia
E perversa exultação, quando homens bons,
De cada lado se passam, nós não sabemos como,
Para o egoísmo, disfarçado em suaves nomes
De paz, e quietude, e amor doméstico,
Embora associados, não involuntariamente, com desprezo
Em mentes visionárias; se nesse tempo
De incúria e aflição, eu entretanto
Não perco a esperança em nossa natureza; mas conservo
Uma confiança maior que os romanos, uma fé
Que não falha, meu suporte em toda a tristeza,

A bênção da minha vida, a dádiva é vossa,
Vós, montanhas! Tua, ó Natureza!

Eu recordo que em 1956 ou 1957, quando John Gates, então editor do jornal americano *Daily Worker*, deixou o Partido Comunista depois da crise surgida com o levante húngaro, a imprensa declarou que ele teria dito: "Eu não estou abandonando nada, estou me juntando novamente ao povo americano."

É uma frase que ficou na minha memória. Por um lado, a mudança de sentimento pode ser compreendida. De certa maneira, não é comparável àquela de 1803? Isolado havia tanto tempo do "consenso nacional", alvo de ataques incessantes, em defesa de uma causa que eles punham cada vez mais em dúvida em seus corações, esse momento deve ter parecido um reingresso, o término de uma tensão insuportável.

Mas, por outro lado, a frase tinha algo de desagradável, um certo gosto de apostasia. O sr. Gates pode ser hoje em dia um homem de juízo independente, que não fez um repúdio total de seu passado. Contudo, devemos recordar que deve ter havido muitos outros para quem o "reingresso" foi acompanhado de uma desistência do problema — uma caricatura de si próprios — e até mesmo um abandono de responsabilidades pessoais em relação a problemas difíceis e a erros, mediante o expediente de atribuí-los a um elemento externo, a um conjunto de princípios ou partido, um "Deus Nu" ou "Deus que Falhou". Há aquela espécie de amargura peculiar e vingativa que certo tipo de homem encontra para uma amante idealizada que o desapontou.

Faço essas reflexões inteiramente irrelevantes porque com freqüência tenho ponderado sobre o que significava juntar-se novamente ao povo britânico, em 1798 ou 1803. Afinal de contas, não era apenas uma Inglaterra engajada numa guerra de defesa nacional; era também uma Inglaterra sufocando a revolta irlandesa com uma ferocidade que supera de longe o Terror francês; uma Inglaterra de preços de pão cada vez mais altos e beirando a inanição. Quero dizer: juntar-se a uma nação do *Anti-Jacobin Review*. Para Thomas Poole, aquilo significava servir nos Voluntários ombro a ombro com aqueles aristocratas que tinham, havia cinco anos, expulsado Wordsworth do país e confinado o próprio surpreendente curtidor com uma retórica alcoólica e com espionagem. Significava submeter-se ao muito arrogante "Eu lhe disse" dos patriotas presunçosos da facção Church-and-King, como o juiz Bolt do conto de Crabbe "The Dumb Orators"; o juiz Bolt que

> ... sentado com sua antiga aparência,
> Parecia todo emproado, e enchia sua ampla cadeira,
> Bebendo uma copa cheia de vinho a cada causa favorita,
> E discorria toda a noite sobre política e leis,
> Com voz auto-elogiosa, que lhe obtinha muitos aplausos.

Devo colocar em discussão se a capitulação dos poetas jacobinos à tradicional cultura paternalista foi na realidade prejudicial às fontes de sua arte. Isso não aconteceu em todo o espectro intelectual. Algumas das melhores críticas de Coleridge pertencem aos anos de apostasia. (Será que as páginas do *Partisan Review* e do *Dissent*, e as carreiras de diversos de seus agora famosos colaboradores, poderiam confirmar que um certo grau de apostasia, uma defecção de posições culturais, tem provado, inclusive na nossa época, ser um estimulante para as faculdades críticas?) Mas, no início da década de 1800, havia um sentimento triste de estreitamento da solidariedade, uma contração dos corações, um apagar de fogos, em todo aquele círculo. O sr. Poole surgiu nos Voluntários como um bom burguês, um homem *útil*. Ele experimentou certa aversão de parte de seus criados e, abraçou com isso, instantaneamente, uma moral burguesa. O contexto de sua carta a Coleridge sugere que a aversão talvez possa ter sido uma traição de confiança pessoal:

> Veja que isso é prova de uma insensibilidade melancólica da parte deles, para não dizer depravação, e sufoca tanto todo sentimento benevolente na minha mente, no que diz respeito a sua classe social, que é difícil dizer quanto isso me ofende, e, para eles, as conseqüências que possam advir... assim, meu querido Col. devemos procurar em nós mesmos, e temo que sozinhos, a felicidade. Desgraçado aquele que não pode,

> nesses dias, voltar-se com satisfação da contemplação da raça humana para a contemplação de si mesmo — que não pode manter o pequeno pátio de seu próprio peito livre das paixões degradantes e dos torpes vícios...

Coleridge retribuiu prontamente a solidariedade pedida pelo o ex-jacobino:

> Quanto aos seus criados e ao povo de Stowey em geral, Poole, meu querido! Você muitas vezes ficou irritado injustamente comigo quando eu insisti sobre a depravação deles. Sem alegrias religiosas e temores religiosos, nada se pode esperar das classes *inferiores* da sociedade...

Estamos a uma grande distância da Família do Amor. E bem perto dos Pais e Mães dos vitorianos. Esses homens desapontados estavam sendo empurrados para dentro de si mesmos — para a contemplação *deles* mesmos. Coleridge estava vez mais preocupado consigo mesmo, hipocondríaco, impaciente com dinheiro, entregue ao vício. O egotismo de Wordsworth se ampliou, mas felizmente essa ampliação se deu sobretudo dentro de sua autobiografia poética. Já deixamos para trás o verão em Alfoxden e entramos naquele outono nos Lagos que De Quincey iria descrever, num livro que, lido de certo modo, deve ser recomendado apenas como a peça mais rancorosa da nossa literatura, mas que, lido de outra forma, é uma obra de melancolia lírica.

Essa autoconsideração também não é ligada à *détente* poética de Wordsworth. Até que ponto é possível para os homens manter suas aspirações muito depois de parecer que não há esperança de inseri-los no "mundo real que é o mundo de todos nós"? Se o contexto social faz qualquer inserção parecer impossível — se todos os referenciais objetivos dessas esperanças foram cruelmente eliminados —, se a tentativa de viver os ideais parece produzir seus opostos — se a *fraternité* gera o fratricídio, a *égalité* gera o império, a liberdade gera o liberticídio —, então as aspirações só podem se transformar numa fé interior invertida. Pode haver um aprofundamento da sensibilidade, mas os perigos são também evidentes. O voltar-se para a fé interior, essa preocupação em tentar "manter" e meditar sobre estados de alma passados, é certamente a chave não apenas para o tom cada vez mais autocentrado da vida de Wordsworth e seu estilo de vida, como o Poeta do Lago, mas também para um crescente declínio de *observação* até mesmo em sua poesia da natureza. O novo Wordsworth estava se tornando (apesar de grandes interrupções filosóficas) menos receptivo à natureza, mais obcecado com a perda da inspiração. Quando vamos além de 1805 recordamos aqueles versos de "The Ruined Cottage", que poderiam ter passado como um comentário profético sobre as fontes de sua própria inspiração:

> As Águas daquela primavera, se elas pudessem sentir
> Talvez se entristecessem. Não são como foram, o elo
> Da irmandade está quebrado; o tempo passou
> Quando cada dia o toque da mão humana
> Perturbava sua tranqüilidade, e elas contribuíam
> Para o conforto humano...

Essa acomodação pode ser vista por toda a *Excursion*. O prof. Hough escreveu sobre esse poema que ele "é uma das grandes reafirmações dos valores tradicionais contra o otimismo racionalista não-histórico do iluminismo". Isso é verdade, mas devemos também acrescentar: "Que pena!" Na tensão entre essas áreas, Wordsworth encontrou uma grande poesia; na recaída, ele simplesmente lançou no papel seu próprio gênio. Ao revisar "The Ruined Cottage", aí voltam os velhos chavões paternalistas: crianças "rosadas", comida "caseira", a "aparência entusiástica, sadia da pobreza". O "marido" de Margaret ("um homem esforçado, sensato e firme") passa a ser "seu Parceiro de casamento." "The Wanderer" começa como um menino-pastor de Cumberland, autodidata, amante das canções de Burns; termina como um produto literário da Igreja Nacional da Escócia. O jacobino solitário está lá, não há dúvida, e em certos instantes a verdadeira tensão do seu desencantamento explode em vida. Entretanto ele é, na maior parte, uma cópia de barro filosófico para alfinetar. Foi massacrado por todo acidente da vida possível, perseguido pela tragédia doméstica, derrota política e bancarrota filosófica. Mal pôde reagir quando intrigantes, poetas e pastores se opõem a ele. Quando escreveu a *Sir* George Beaumont, ele trabalhava no poema "Eu tenho esperanças razoavelmente boas, e certamente boas perspectivas".

Assim Wordsworth caiu de novo nas formas de sensibilidade paternalista. Se há um ensinamento moral, este não é que ele se tornou um poeta pior porque mudou seus pontos de vista políticos, mas sim porque suas novas "boas perspectivas" ele não as manteve com a mesma intensidade e autenticidade. Estas eram por demais respeitosas, por demais um produto não do poeta mas de seu censor moral interior; ele escreveu, não partindo de uma crença, nem de uma tensão entre crenças, mas de um sentimento em algo em que *precisava* acreditar. Boas perspectivas raramente produzem boa poesia, sejam essas perspectivas as aprovadas pela Igreja Anglicana ou pela vanguarda da classe trabalhadora.

Se falo de apostasia, então essa é uma forma de dizer que numa área após outra os poetas recaíram na estrutura tradicional do paternalismo, da doutrina anglicana, do medo da mudança. Seria triste passar em revista o que aconteceu. Houve momentos em que eles foram ridículos ou desprezíveis. Depois das guerras, o ressurgimento de um vigoroso movimento democrático republicano popular no país inflamou todos os seus medos de uma revolução e, contudo, não obteve resposta. Houve Southey (então poeta laureado), que tentou impetrar uma ação nas altas cortes contra a pirataria de seu próprio "Wat Tyler". Houve Coleridge, autor de "Conciones", exigindo então o aprisionamento da imprensa radical (com o que Wordsworth relutantemente concordou) e dirigindo seu "Sermão leigo" às classes alta e média (1817) numa linguagem que tinha evidentemente escapado a seu controle: a "flor fétida" — "os incendiários e seus gravetos combustíveis" — "Esses barulhentos e caluniosos fanáticos, a quem... São João compara na visão apocalíptica a um bando de gafanhotos e escorpiões... são as plantas perenes da história." O mais lamentável de todos os incidentes foi o ativo apoio de Wordsworth aos interesses de Lowther em seu próprio distrito dos Lagos contra os políticos independentes, resistindo às reformas tão obstinadamente quanto o próprio duque, e declarando:

> Não posso deixar de ser da opinião de que o poder feudal que ainda sobrevive na Inglaterra presta grande serviço em contra-atacar a tendência popular para reformas... O povo já é poderoso muito além do seu aumento de instrução e aperfeiçoamento de seus costumes morais.

Chegou o momento em que Wordsworth simplesmente desistiu. Em 1809 ele ainda podia escrever o "Pequeno Tratado sobre a Convenção de Cintra": mas depois de 1815 ele não escreveu nenhum tratado sobre o Congresso de Viena, quando a Antiga Legitimidade foi restabelecida nos tronos da Europa. E houve aquela reconciliação sub-reptícia com o mundo oficial — o apoio por parte dos Lonsdales —, a maneira conveniente (descrita com ironia tão acerba por De Quincey) de ter suas necessidades materiais atendidas. Tudo isso pode ser resumido em um único exemplo — se nos recordarmos o que estamos dizendo, toda a história que parece ser reescrita — quando sabemos que Wordsworth e Coleridge se engajaram em intercâmbio social com o maior luminar da Sociedade dos Lagos: Richard Watson, bispo de Llandaff.

Venho tentando distinguir entre a apostasia, como uma recaída para padrões de pensamento e sentimentos tradicionais, freqüentemente acompanhada por automutilação e inversão imoderada de fidelidades, e o desencantamento. Não consigo imaginar que o desencantamento seja hostil à poesia; pode-se até pensar que a honestidade o seja. Desejo às vezes que o verso de Shelley tivesse sido endurecido por um toque de desencantamento, que ele tivesse escrito uma ode ao vento leste.

Aí, novamente, vejo pouca vantagem em insultar poetas por sua apostasia tardia. Quanto tempo poderia um homem suportar uma tensão daquele tipo, com toda a sua intensidade criativa, entre uma visão do espírito universal e as marchas e contramarchas dos exércitos através da Europa? Deve haver *algum* referencial objetivo para a esperança social, e é um subterfúgio mental apegar-se a um objetivo sem valor a fim de sustentar tal esperança. Os que não se tornaram apóstatas nesse círculo não se saíram muito melhor. Alguns, como James Losh, se transformaram em *whigs* cautelosos e expoentes de uma nova economia política, cujos equivalentes em dinheiro interpuseram uma distância entre os homens incomensuravelmente mais fria do que o paternalismo *tory*. Hazlitt conservou muito de sua primitiva visão e explodiu quando o *Excursion* foi publicado:

> Todas as coisas se movimentam, não em progressão, mas num círculo sem fim; nossa força está em nossa fraqueza; todas as virtudes se erguem sobre nossos vícios; nossas faculdades são tão limitadas quanto o nosso ser; e nem podemos erguer o homem acima de sua natureza mais do que acima da terra onde ele anda. Mas, embora não possamos acalentar de novo o sonho aéreo, insubstancial, que a razão e a experiência dissolveram... contudo nunca cessaremos, nem seremos impedidos de retornar sobre as asas da imaginação àquele brilhante sonho de nossa juventude; àquela alegre aurora da estrela matutina da liberdade; àquela primavera do mundo, na qual as esperanças e expectativas da raça humana pareciam se abrir no mesmo caminho feliz das nossas próprias; quando a França chamou seus filhos para compartilhar por igual suas bênçãos debaixo dos céus sorridentes; quando o estranho era recebido em todas as aldeias com dança e canções festivas; na celebração de uma era nova e dourada... A aurora daquele dia ficou subitamente encoberta de nuvens; aquela estação de

> esperança passou; fugiu com os outros sonhos de nossa juventude, que não podemos recuperar, mas que deixou atrás de si seus traços, que não podem ser apagados por Odes de Aniversário e Graças, ou pelo cântico de *Te Deums* em todas as igrejas da cristandade. Àquelas esperanças damos nossos eternos pêsames; àqueles que maliciosamente e intencionalmente os destruíram, com medo de que eles pudessem se tornar realidade, sentimos não menos o que devemos — ódio e desprezo eternos!

Mas há nisso uma curiosa interrupção, uma estase: o trecho funciona mediante uma tensão entre a retórica libertária cediça ("feliz aurora", "estrela matutina", "era dourada") forçada até chegar à autozombaria, a ritmos nostálgicos e a uma polêmica súbita, vigorosa. Hazlitt poderia manter suas crenças atendo-se apenas à figura de herói de Napoleão e sustentando sua aspiração por um tipo de fantasia fortalecida pelo rancor.

Fica bastante óbvio que há, nessa história, um certo paralelo com os nossos próprios tempos. Esse é um dos fascínios da época. E um dos seus perigos. Surgem as comparações fáceis, e estas se encontram subjacentes até mesmo quando ocultas. As revoluções Francesa e Russa; as Coalizões e a OTAN; a insurreição espanhola e a Hungria, 1956; o godwinismo e o marxismo. Examinadas escrupulosamente, a maior parte dessas comparações não se sustenta, mas como assunto mais geral de um *processo* histórico, de revolução e reação, de lealdades divididas, de visões universais e realidades limitadoras, de engajamento e desencantamento, o paralelismo permanece.

As grandes crenças políticas do humanismo levaram uma tremenda surra durante aqueles anos, e têm tomado outra surra no nosso próprio meio século. De certa maneira, elas apanharam mais na cultura inglesa do que na francesa. Na França, assentada toda a poeira, a Revolução deixou grandes conquistas residuais. Além do mais, a causa da Revolução entremeou-se à do orgulho nacional. Os historiadores franceses talvez nunca tenham avaliado inteiramente as conseqüências traumáticas sobre o jacobinismo internacional do fato de a Revolução se ter distanciado de seus próprios princípios igualitários: pensamos em Wordsworth em Calais, lamentando a prisão do Cidadão Toussaint, o restabelecimento da escravatura nas Índias Ocidentais Francesas.

Na França da década de 1820, Julien Sorel podia fitar o retrato de Napoleão como se fosse emblemático da subida meteórica de um talento obscuro. Mas, na Inglaterra, a Revolução trouxe pouca coisa além da derrota de um dos mais generosos impulsos de nossa cultura. Não abriu caminho para talentos, a não ser para o apóstata. Nenhum de seus lemas — fraternidade, liberdade ou *égalité* — avançou no solo britânico. Tudo ficou desacreditado dentro da perspectiva de uma cultura presidida por antijacobinos militares, e isso foi acompanhado pela auto-supressão daquelas aspirações dentro do peito daqueles que primeiro as abrigaram.

Daí, na Grã-Bretanha, a década de 1790 permanece envolta em culpa e obscuridade até os dias de hoje. O que restou, em vez disso, foi um caminho bem batido dentro da nossa cultura — que poderia ser chamado de "a ladeira do bispo de Llandaff" —, que vai do amor humanista à velha acomodação obscurantista. Peacock, em *Nightmare Abbey*, nos mostra Flosky (ou Coleridge) no fundo dessa ladeira:

> Ele havia sido, na juventude, um entusiasta da liberdade e saudara a aurora da Revolução Francesa como a promessa de uma época que deveria banir a guerra e a escravidão, e toda forma de vício e miséria da face da terra. Como nada disso foi feito, ele deduziu que nada tinha sido feito: e... dessa dedução, de acordo com seu sistema de lógica, chegou à conclusão de que o que se fizera era pior do que nada; que a derrubada das fortalezas feudais da tirania e superstição era a maior calamidade que já se abatera sobre a humanidade; e que sua única esperança agora era varrer o lixo e reconstruir tudo sem qualquer dessas saídas de escape através das quais a luz tinha originalmente se infiltrado...

A partir daí, as etapas da ladeira, os gestos rituais, tudo isso formou um padrão cultural no qual, com o mínimo de encorajamento, o noviço poderia entrar. Isso preparou o caminho para aquela precipitada rejeição de seu passado por parte da geração esquerdista da década de 1830, a qual numa palestra feita mais tarde, C.Wright Mills descreveu como "falha cultural." E é essa falha na nossa cultura que nos ajuda a compreender a rapidez com que, em nossa época, os poetas têm sido capazes de passar de declarações solenes irrefletidas a um repúdio ainda mais irrefletido da política e do mundo. Tem sido até possível entrar nas etapas 2 ou 3 da ladeira — as etapas de desencantamento total — sem ter passado pelo tédio e vulgaridade intelectual de um desencantamento anterior.

Mas isso é, com certeza, perder de vista, em algum lugar, o objetivo. Sou forçado a recordar isto, muito a contragosto, quando percebo o uso que fazem de Mary Wollstonecraft em alguns trabalhos sociológicos e psicológicos recentes. Como é conveniente que essa mulher extremamente racional, que proclamou a igualdade dos sexos e que tentou viver os princípios do casamento livre, fosse levada a tentar o suicídio devido a um infeliz caso amoroso, e depois tivesse morrido do parto — uma morte (como o *Anti-Jacobin Review* fez logo questão de evidenciar) "que marcou fortemente a distinção entre os sexos" e "mostrou o destino de mulher". Que ornamento perfeito ela forneceu para o moralista antijacobino: "Uma mulher, que quebrou todas as barreiras religiosas, estará, comumente, pronta para qualquer espécie de licenciosidade." Mas o ensinamento moral, se bem que em linguagem mais extravagante, tem sido repetido desde aquela época. Eu encontro em um trabalho intitulado *Modern Woman — The Lost Sex*, que teve um considerável surto de influência nos Estados Unidos, que Mary fornece assunto para um estudo de caso inteiro, para ilustrar como as mulheres que se rebelaram contra seus papéis sociológicos acabaram se dando mal. Ela foi, ao que parece, "atormentada por um caso severo de inveja do pênis... Os fatos da vida de Mary Wollstonecraft mostram que a sombra do falo estava ali, furtiva, ameaçadora, pairando sobre qualquer ação que fizesse".

Não ocorre a esses moralistas que Mary Wollstonecraft foi uma baixa no combate, e na minha opinião uma baixa heróica, de transição, e que todas as grandes transições, nas relações sociais ou pessoais, precisam ter suas listas de baixas em combate. Um apetite grande demais pela perfectibilidade humana pode ser loucura; mas gosto ainda menos da outra extremidade da ladeira do bispo. Não consigo ver a década de 1790, com sua fé excessivamente simples em *fraternité* e *égalité*, apenas como um museu para os moralistas. E penso freqüentemente em Wordsworth, isolado em Goslar no inverno de 1799, "esse desperdício triste de esperanças destruídas", "quando os homens de bem/ tombam por toda parte, não sabemos como," opondo-se contra todo inclinação de debulhar o grão de humanismo na peneira. Sem a década de 1790, não teria havido colheita a debulhar.

Não é o local de descanso do apóstata que deve nos prender a atenção, mas o conflito ao longo do caminho, do qual surgiu a grande arte. Eu poderia desejar que o sr. Auden pudesse ter demonstrado parte daquela confiança romana quando ele se encontrou na mesma situação de conflito em setembro de 1939. Na nossa época, os homens se desencantam com facilidade demais, apressados demais em transpor a etapa da apostasia. Entretanto, vou terminar com alguns versos de um poeta americano, Thomas McGrath, que tem permanecido por vinte anos um jacobino que duvida, no coração da Nova Legitimidade, e que ainda não desceu a ladeira do bispo:

> É o encanto que tem o potencial
> Que é a própria aura do poema...
>
> Embora cada batalha, cada augúrio,
> Lute contra a derrota, e a própria derrota
> Traga toda a escuridão ao nível de nossos olhos —
> É o poema que dá o encanto próprio
> Mostrando resistência e a vontade viva,
> De fazer dançar um campo pétreo de fato
> E lançar contra o terror, exílio ou desespero
> Os rituais de nossa humanidade.

NOTAS

1. Sou também grato aos bibliotecários e equipe das instituições abaixo por sua assistência e permissão para citar trechos de escritos inéditos: dr. Williams' Library (correspondência de Henry Crabb Robinson); Houghton Library, Universidade de Harvard (John Thelwall ao dr. Crompton, 1798); Pierpont Morgan Library (John Thelwall à sra. Thelwall, 1798); Museu Britânico (Cumberland MSS); Tullie House, Carlisle (diário de James Losh); e Public Record Office, Londres (Treasury Solicitor's Paper, Home Office Papers). Fico também em dívida com o sr. Malcolm Thomas, da Universidade de Warwick, por chamar a minha atenção para os documentos dos Voluntários de Somerset dessa última fonte).

A crise de Wordsworth*

*Publicado originalmente em *London Review of Books*, 8 de dezembro de 1988.

"Faço parte dessa odiosa classe de homens chamados democratas", escreveu Wordsworth para seu amigo William Mathews em 1794. Quase o mesmo pode ser dito de Coleridge, com base em suas cartas e escritos publicados em meados da década de 1790. Nas primeiras décadas do século XX, estudiosos britânicos, franceses e americanos chegaram à conclusão de que ambos os poetas, na década de 1790, eram republicanos e reformistas de vanguarda, que depois sofreram desapontamento com o curso tomado pela Revolução Francesa e, de modos diferentes e em diferentes épocas, mudaram de opinião. A obra *William Wordswoth: His Life, Works and Influence* (1919), de George McLean Harper, foi o coroamento dos estudos daquele período.

Nas décadas subseqüentes, a despeito de muito trabalho editorial erudito paciente, a questão da juventude "revolucionária" dos poetas foi posta na sombra e marginalizada. Era necessário um novo estudo, consolidando e revisando as provas, e é isso que Nicholas Roe oferece. Ele não apresenta descobertas surpreendentes, mas junta num único lugar muita informação fragmentada e alguns poucos novos detalhes obtidos a partir dos documentos de Godwin. O tratamento que dá aos não-conformistas de Cambridge completa o que Schneider, Chard e outros já tinham mostrado. Seu estudo sobre os círculos godwinianos e "jacobinos" de Londres se nutre em fontes que estudiosos de literatura freqüentemente ignoram. Wordsworth e Coleridge são recolocados em um contexto humano verossímil, no meio de uma intelectualidade de tendência radical: William Frend, George Dyer, John Thelwall, Basil Montagu, John Tweddell, Felix Vaughan, James Losh, Joseph Fawcett.

A pesquisa de Roe foi persistente, sua atenção ao detalhe é cuidadosa e seu livro será útil. Entretanto, não será tão útil quanto o livro que ele pretendia escrever, que teria colocado o texto poético e o contexto histórico a dialogar um com o outro. Nesse particular, ele tem mais êxito no quarto capítulo, que examina a gênese e transformação da poesia de "protesto social" entre 1793 e 1798. Ali ele pôde lançar mão de trabalhos já feitos: por Gill, em *Salisbury Plain*, por Butler, em *The Ruined Cottage*, por Jacobus, Jonathan Wordsworth e outros.

Em outras partes ele não teve tanto êxito. Sua história é mais biográfico-literária do que intelectual e ele passa ao largo de trabalhos importantes em história da intelectualidade. *Wordsworth's Second Nature* (1984), de James Chandler, não é mencionado, e os Wordsworths de Chandler e Roe bem que podiam ser duas pessoas diferentes. Se fosse forçado a escolher entre os dois, eu optaria pelo trabalho de Roe. Continuo sem me convencer do uso do tipo depósito que Chandler fez de Burke e das influências que atribuiu a *Le Moniteur;* é um retrato por demais acadêmico da maneira como Wordsworth reunia suas idéias. Como muitos poetas e muitas pessoas leigas, Wordsworth (suspeito eu) apanhava idéias semiformadas do discurso reinante em seu ambiente social e raramente lia uma obra de teoria política de cabo a rabo. (Ele não conseguiu terminar a leitura da segunda edição de *Political Justice*, de Godwin, porque achou o prefácio "uma peça horrivelmente mal redigida".) Contudo, os argumentos de Chandler são abertos e instigantes onde Roe às vezes parece anedótico e até mesmo antiintelectual. A obra de Rousseau passa sem menção e, embora Godwin seja mencionado com freqüência, pouca atenção é dada a suas idéias, ou às razões pelas quais os poetas foram tanto atraídos como repelidos por elas. O Wordsworth de Roe não é intelectual o bastante.

Há algo de dissimulado em Wordsworth durante toda a década de 1790, e sua dissimulação vai além da questão de Annette Vallon (que foi silenciada com tanta eficácia). Daí se segue que qualquer biógrafo tem de se prender a especulações. Mas Roe oferece muitas especulações assim: "Quando Wordsworth se separa de Losh em julho de 1797, parece bastante provável que tivesse em mente a política, a poesia, seu passado recente e seu futuro imediato." Sim, e talvez também a dívida em Nag's Head que Losh deixara para ele resolver? Às vezes ele parece até mesmo preferir especulações a fatos estabelecidos. Assim, ele especula que uma resenha anônima ("A questão da juventude revolucionária de Coleridge", *TLS*, 6 de agosto de 1971) poderia ter sido escrita por E. P. Thompson, especulação essa que poderia ter sido transformada em um fato estabelecido ao custo de um selo de correio. Entretanto, suas suposições nem sempre impelem ao consenso. Assim, seu livro é ilustrado com uma charge de um comício ao ar livre da Sociedade de Correspondência de Londres, e na legenda somos informados que uma mancha indistinta atrás de um dos oradores é o "Cidadão" Wordsworth sentado numa árvore. Por que cargas-d'água iria Gillray dar atenção a Wordsworth em 1795? (Será que Roe não está caçoando de nós?) Em outras ocasiões, ele lança confusão ao misturar fatos estabelecidos com falsas conclusões. Assim, ele descobre que dois dos colegas dos poetas, James Losh e William Frend, foram membros de uma comissão encarregada de levantar fundos para os réus depois dos julgamentos por traição de 1794. Isso é assunto de interesse, mas que é em seguida traduzido para a afirmação não verdadeira de que "havia um grupo de Cambridge considerável entre os líderes da Sociedade de Correspondência de Londres (LCS)." Como fica patente pelo abrangente e cuidadosamente editado *Selections from the Papers of the LCS*, de Mary Thales, nenhum dos supostos elementos do grupo de Cambridge trabalhou nas comissões executiva ou geral da Sociedade, e fica a dúvida se algum deles foi membro da instituição.

É uma situação duvidosa, que talvez não valha a pena explorar. Das amizades dos poetas, reconhecidas como tal, apenas John Thelwall foi, esporadicamente, membro (e líder *de facto*) da Sociedade. George Dyer colaborou para o *Moral and Political Magazine*, da instituição, em 1796, e ajudou a levantar fundos para vítimas de perseguição. Felix Vaughan aparece com mais freqüência nas Atas da Sociedade, mas na sua qualidade de (generoso) advogado, defendendo os perseguidos políticos. Frend, a quem Roe diversas vezes atribui a condição de "líder" da LCS, provavelmente nunca foi membro da Sociedade, mas subiu ao palanque desta no ato público final, no auge do protesto contra os Two Acts em dezembro de 1795, e nesse particular — como parte de uma aliança que se estendia de Charles James Fox, passando pelos aristocráticos defensores da Sociedade pelo Conhecimento Constitucional (SCI), indo até a LCS, constituída principalmente de comerciantes e artesãos — ele desempenhou um papel fundamental. Com um escrupuloso sentido dessa distinção duvidosa, Francis Place coloca Frend como "Sr." mas os outros oradores como "Cidadãos".

A SCI ficou intimidada com os julgamentos por traição e sua atividade quase cessou daí em diante. Quando Wordsworth veio a Londres no início de 1795, não havia nenhum clube ou sociedade reformista importante na qual ele pudesse ingressar. Com poucas exceções, os intelectuais e "cavalheiros" não participavam da LCS. Isso acontecia, sem dúvida, em parte por razões de classe social, em parte pelo desejo de se manterem à distância do discurso duro dos "jacobinos" ou de Paine e em parte devido a uma aversão caracteristicamente intelectual de se envolver com decisões ou linhas de ação da maioria. Contudo, não é impossível que Wordsworth e seus amigos possam ter visitado seções da Sociedade. Em 1795, o radicalismo intelectual e as sociedades populares se entrechocavam a toda hora e Nicholas Roe, se erra em alguns detalhes, tem razão em mostrá-los em tão estreita justaposição.

Onde Roe, em comum com todos os pesquisadores, fica embaraçado é na questão do *Philanthropist*. Em 1794, Wordsworth (então no Norte) escrevia para seu amigo, William Mathews, esboçando propostas para que os dois dirigissem uma revista com este nome, e que seria lançada quando Wordsworth pudesse vir a Londres. Roe discute esses planos com grande seriedade, como se eles realmente tivessem se realizado. Chega até mesmo a deduzir daí que Wordsworth, em 1794, já havia se convertido ao godwinismo: "o esquema do *Philanthropist* fornece sinais claros da influência de William Godwin no que se refere às 'distinções hereditárias e ordens privilegiadas... que devem necessariamente se contrapor ao progresso do aperfeiçoamento humano'." Contudo, à parte o tom bombástico, isso é obviamente discurso de Tom Paine, que pode ser encontrado em qualquer publicação reformista da época. Em continuação, Roe diz ao leitor, nas trinta páginas seguintes, que o plano do *Philanthropist* "nunca se realizou". Wordsworth, escrevendo a Mathews no dia 7 de novembro de 1974, concordara que eles tinham de "abandonar a liça", pois ele fora detido em Keswick para assistir a seu amigo moribundo, Raisley Calvert. Portanto, não existiu a revista. Entretanto, nessa ocasião, em março de 1795, logo depois de Wordsworth ter finalmente conseguido chegar a Londres, foi publicada de fato uma *Philanthropist*. É uma coincidência grande demais para passar como simples lembrete numa nota de rodapé, embora seja isso que os estudiosos geralmente têm feito. Roe dá-lhe atenção em um apêndice, especulando sobre possíveis colaboradores e chegando à conclusão cautelosa de que Wordsworth "talvez tenha colaborado de certo modo".

Acho que, nessa ocasião, suas suposições deveriam ter sido mais ousadas. A publicação é mal editada e tem uma direção desleixada. Tem oito folhas, saídas da gráfica de Daniel Isaac Eaton, impressor de grande audácia que foi julgado por traição várias vezes. Os estudiosos decidiram que o Grande Poeta não poderia ter dado colaboração a um periódico desse tipo. A sra. Moorman nos assegura que "tinha um estilo chulo e não continha nada que pudesse ter saído da pena de Wordsworth".

Nesse particular, tenho uma vantagem sobre a maioria dos estudiosos de literatura. Já participei da edição de publicações oposicionistas, no meio de lindos e ineficazes utopistas e apupadores intolerantes, e sei que revistas de vulto de assuntos variados (tais como a proposta por Wordsworth e Mathews) não se conjuram do ar. Necessitam de colaboradores dispostos e um público leitor; suporte financeiro; eficência na organização e boa administração editorial. Se reunirmos o que sabemos de Wordsworth em 1795, não temos motivo para supor que ele teria êxito como editor radical. *The Monthly Magazine* e *Analytical Review* já ocupavam o terreno das publicações liberais de assuntos variados. Wordsworth não tinha dinheiro para desperdiçar e Mathews ainda menos. Não tinha experiência em editoração e poucos contatos com colaboradores. Sabemos de sua (inédita) "Carta ao Bispo de Llandaff", que ele podia escrever uma prosa elaborada; e sabemos que não lhe agradava a idéia de assumir quaisquer funções jornalísticas regulares (tais como a de repórter do Parlamento) porque esse tipo de coisa lhe dava dor de cabeça. Qualquer publicação com vários colaboradores conduzida por Wordsworth teria tido vida curta.

Com *Philanthropist* aconteceu exatamente isso. Começa formalista, cada número dedicado a um ensaio sobre a moralidade política. Depois decai para uma coleção de republicações editadas de modo informal e de versos satíricos. A linha política do periódico era constitucionalista-radical. Os ocasionais penduricalhos em latim e a deferência a Fox sugerem que procurava apoio junto a um público refinado e não popular. Diversos números são dedicados à reedição de matérias, tais como o Discurso ao Público da Sociedade para o Conhecimento Constitucional, em 1780, e o folheto de John Trenchard contra exércitos permanentes.

Concordo com Roe que a publicação contém diversas passagens que poderiam ter vindo da pena de Wordsworth. Eu iria ainda mais longe e sugeriria que o poeta talvez tenha participado da equipe editorial. Há pequenos indícios dando a idéia de certa confusão editorial. O primeiro número (16 de março de 1795) tem como cabeçalho: "Impresso e vendido por DANIEL ISAAC EATON, Impressor e Livreiro da Suprema Majestade do Povo, em COCK e SWINE, Nº 74, Newgate Street". Mas o terceiro e o quarto números (30 de março e 6 de abril) apresentam na última página um dedo apontando e a informação: "Aqueles que quiserem promover o PHILANTHROPIST com a sua ajuda, por favor dirijam seus favores aos Editores, em Sr. EATON'S..." Há então um lapso não explicado de três semanas e quando a publicação volta, no dia 27 de abril, o plural "editores" se transformou no singular "editor". (O periódico anterior de Eaton, *Politics for the People*, nunca deu a entender que existisse essa divisão entre as funções editorial e de publicação.) Isso é repetido de tempos em tempos até o nº 22 (segunda-feira, 24 de agosto). Daí em diante, toda referência a um editor desaparece. Nota-se outra coincidência: Wordsworth partiu de Londres precipitadamente no dia — ou por volta de — 18 de agosto, indo para Racedown.

Se tivéssemos de inventar uma história que devesse encaixar esses indícios e coincidências, ela deveria ser assim... Wordsworth vem a Londres nos fins de fevereiro e se junta a Mathews. Percebem que têm pouco dinheiro e também ficam sabendo que não se encontram em toda esquina editores ansiosos para publicar odiosas revistas democráticas. Vão procurar o Cidadão Eaton, cuja loja é, em todo caso, um ponto de encontro óbvio para reformistas. No dia 25 de janeiro, Eaton tinha publicado o último número de *Politics for the People*, de modo que talvez sua gráfica estivesse sendo subutilizada. Ele gosta da idéia de Wordsworth e Mathews mas os convence a diminuir a grandeza de sua operação para um modesto semanário de oito páginas. A sociedade entre os dois editores sobrevive somente quatro meses, há algum fracasso ou discussão, e então somente um deles reassume. Mas o editor está cada mais desatento ou preocupado com outros assuntos, e Eaton tem de encher as páginas com matérias já publicadas. Por fim (depois que Wordsworth partiu de Londres), ele continua sozinho. O *Philanthropist* continuou até o 42° número (18 de janeiro de 1796), quando, no clima que se seguiu aos Two Acts, a publicação foi suspensa.

O *Philanthropist* era mais maçante do que "chulo" e, até mesmo se a associação de Wordsworth com a revista pudesse ser provada, isso não traria nenhum mérito ao poeta. Um dos mais interessantes ensaios — "Sobre a influência de certas instituições humanas na felicidade humana", assinada por "W"— eu primeiro sugeri que a autoria poderia ser de Wordsworth e Roe sugere que seria de William Frend. Mas acontece que foi copiado de um periódico de Norwich mais interessante, o *Cabinet*. Diversas chaves explicativas relativas aos manuscritos sobreviveram aos colaboradores anônimos do *Cabinet* e em duas dessas o "W" é identificado como um certo dr. Rigby. Podia-se alegar, é claro, que o compilador dessas chaves as entendeu erradamente, ou que o dr. Rigby era o "testa-de-ferro" mediante o qual um Wordsworth dissimulado passava seu manuscrito ao editor. Uma observação diz que o doutor era "um democrata consumado do tipo francês, e que na sua casa de campo, a poucas milhas de Norwich, ele tinha uma Árvore da Liberdade em torno da qual seus confrades políticos... costumavam dançar e cantar a Marselhesa". Mas não há nenhuma reminiscência mostrando Wordsworth ou Coleridge entre os dançarinos, de modo que, por enquanto, a pista se perde.

Se Wordsworth tinha alguma coisa a ver com o *Philanthropist*, ele escondeu seu nome atrás do de Eaton. Pouco se sabe dessa sua estada de seis meses em Londres, à parte uns poucos registros no diário de Godwin, que não fazem mais do que anotar visitas e visitantes. Somos tentados a sondar essa escuridão porque há a sugestão no trabalho subseqüente do poeta de que uma profunda crise moral estava associada ao encantamento godwiniano. A maior parte dos críticos encontra isso em "The Borderers" e também no *Prelude* e em *Excursion*. A crise se liga menos à "França" do que à "falsa filosofia", crise esta relacionada tanto com sua vida pública quanto com suas relações pessoais. Somos tentados a especular se — exatamente como a questão de Annette Vallon foi escamoteada durante uma centena de anos — teria havido também uma crise política ou um escândalo escondido atrás dos versos.

Tanto no "Prelude" como em "Excursion", essa crise é menos associada a um compromisso político do que a um recuo, ao cabo de desapontamento e derrota políticas, passando de um engajamento imediato a "teorias selvagens"e "abstração". No *Prelude* isso se deu:

> quando os acontecimentos
> Trouxeram menos encorajamento, e nesses
> A prova imediata de princípios não mais
> Pôde ser confiada, ao mesmo tempo que os próprios [acontecimentos,
> Privados de grandeza, e de novidade,
> Ocupam menos a mente

É então que "prova/ Mais segura, de aplicação universal" é buscada em outro lugar. Segue-se, depois de uma referência à nova agressividade da República Francesa, a passagem que é corretamente identificada com o fascínio godwiniano:

> Era um tempo em que todas as coisas tendiam rapidamente
> Para a depravação, a Filosofia
> Que prometia abstrair as esperanças do homem
> Para fora de seus sentimentos, para ser instalada daí
> [por diante
> Para sempre num elemento mais puro
> Encontrava pronta acolhida.

E, depois de sessenta ou mais versos de acusação e de auto-acusação, Wordsworth volta-se com uma sugestão de algo ainda não revelado:

> O tempo talvez chegara
> Em que uma história dramática talvez permita
> Formas mais interessantes de vos transmitir, meu Amigo,
> O que então eu aprendi, ou penso que aprendi, da verdade,
> E os erros aos quais fui induzido...

Essa "história dramática" talvez estivesse em *Excursion*, na figura do Solitário, satirizado como um Jano-de-duas-caras hipócrita, que "na vida privada licenciosamente mostrava/ Ações profanas" e que em público lançava

> Prognósticos esperançosos de um credo,
> Que, à luz de falsa filosofia, se
> Espalhavam como um halo em torno de uma lua enevoada,
> Alargando seu círculo enquanto avançam as tempestades.

E, no próprio acerto de contas do Solitário (ou autoflagelação), a mesma seqüência é sugerida. Foi quando a causa revolucionária esbarrou em complexidades e derrotas e "reinava a confusão" que o Solitário defendeu as mais radicais doutrinas. A passagem está no Livro Três, verso 768, e conclui (787):

> Entre homens
> Tão dignos eu mantive uma luta
> Sem esperança, e ainda a cada hora mais sem esperança;
> Mas, no processo, comecei a sentir
> Que, se a emancipação do mundo
> Fosse perdida, eu pelo menos deveria conseguir a minha [própria,
> E ser em parte compensado. Pois direitos,
> Por toda parte — inveteradamente usurpados,
> Eu defendi com veemência; e prontamente peguei
> Toda aquela Abstração fornecida para as minhas [necessidades
> Ou objetivos; nem hesitei em proclamar,
> E propagar, pela liberdade da vida,
> Aquelas novas crenças...

No trabalho de Roe, o que falta é uma visão clara da crise progressiva com a "falsa filosofia", dando origem a uma fuga de suas tentações e a uma década de árdua auto-reflexão. Enquanto luta através de uma vegetação rasteira e densa de companheiros e especulações, Roe não abre nenhum caminho claro para a análise. Ele tem algumas páginas promissoras em que mostra que a ambigüidade de ambos os poetas no que diz respeito a seus sentimentos em relação a Robespierre. Isso contribuiu para a crise, a qual, entretanto — se formos seguir as pistas em *Prelude* e *Excursion* — surgiu, não em termos da política francesa, mas em termos do pensamento inglês. Roe insiste, em terreno menos firme, em antecipar a época do fascínio de Wordsworth com o godwinismo para 1793-94, e, quanto a seu desencantamento, ele o atribui a nada mais dramático do que à desilusão banal quando ele chegou a Londres e encontrou seu guru em carne e osso. A conversa de Godwin era tortuosa e dogmática e Roe sugere que o "sábio" de Wordsworth acabou virando um "pedante de cultura livresca interessado em futilidades". A explicação não parece apropriada.

As crises internas de um poeta podem se dar em regiões reclusas que os biógrafos não podem atingir. Não é preciso haver referenciais objetivos, evidentes, de perturbações do espírito. Mas, se Roe tivesse sondado mais intimamente nos seus próprios contextos, teriam surgido explicações alternativas. Mil setecentos e noventa e cinco foi o *annus mirabilis* do radicalismo intelectual de vanguarda, que seguiu caminhos diferentes e de acordo com ritmos diferentes das comunidades populares. Foi o tempo, que Hazlitt deveria recordar, em que "a doutrina da Benevolência Eterna, a crença na Onipotência da Verdade e na Perfectibilidade da Natureza Humana", "eram discutidas nos sótãos das casas, sussurradas em segredo, publicadas em formatos in-quarto e in-doze, em tratados políticos, em peças, poemas, canções e romances — chegaram até o tribunal, entraram nas igrejas, subiram ao púlpito, esvaziaram as aulas das universidades..." Quando lançou seu libelo fulminante contra "80 mil jacobinos incorrigíveis", Burke estava pensando não nas comunidades populares mas na jovem intelectualidade radical da Grã-Bretanha. Foram esses estudantes, jovens advogados, filhos e filhas de comerciantes, que sinalizaram seus pontos de vista de vanguarda com mudanças no vestuário e no penteado, na educação e no cuidado com os filhos e com o aleitamento materno, nas excursões a pé — até mesmo mulheres finas podiam agora passear no campo, como fez Dorothy Wordsworth, desde que conseguissem encontrar botas. Ali estavam os análogos dos notários e curas da França, com seu ressentimento contra o interesse e o apadrinhamento e sua busca da carreira aberta ao talento. O ano de 1795, no rastro das absolvições nos julgamentos por traição e antes de serem aprovados os Two Acts, foi um breve momento de *glasnost*, quando surgiram por toda parte os clubes de debates para a intelectualidade esclarecida: os Filomateanos, onde Roe encontrou Godwin, Holcroft e John Binns da LCS, a a Escola Tusculan, que forneceu colaboradores para o *Cabinet*, clubes femininos de discussão em Norwich, Belfast e talvez em outros lugares.

Foi o meio em que *Political Justice* (e também *Rights of Woman*) encontrou um público entusiástico. O tom (ou o refrão) da época é exemplificado por uma colaboração relativa a espiões e informantes, no *Cabinet*: "Quem quer que tenha se acostumado a raciocinar abstratamente, sobre o juízo moral que deveríamos fazer sobre determinados tipos de homem, ou sobre as vantagens de freqüentar instituições políticas, e deduzir seus princípios a partir de argumentos, extraídos *a priori* da natureza do homem, e que, ao mesmo tempo, observou os homens com atenção, provavelmente sentirá uma diversidade de opiniões, de acordo com os diferentes *media* através dos quais ele examina os objetos de sua atenção." Não se poderia concluir, a partir dessa rebuscada passagem, que o autor era um aprendiz de advogado no seu vigésimo ano, Henry Crabb Robinson. Nem que Wordsworth, em seu *Prelude*, ridicularizou as aspirações da Regra de Boa vontade e Razão — "uma nobre aspiração, contudo eu sinto/ A aspiração:

> o sonho
> Era agradável à cândida mente jovem
> Satisfeita com extremos, e não absolutamente com o que
> Faz do cerne desnudo da Razão humana
> O objeto de seu fervor.

Em retrospecto, Robinson ainda afirmava que a leitura de *Political Justice* "o tornara mais generoso. Eu nunca sentira antes, nem, infelizmente, de maneira tão forte, o dever de não viver para si mesmo, mas de ter como único objetivo o bem da comunidade", Sua correspondência particular ilustra a atração pelo godwinismo. Já nos fins de 1797, ele escrevia ao irmão para congratulá-lo pelo nascimento de um filho, embora não esquecendo de preveni-lo contra a armadilha das "afeições naturais": "*Nossa* Filosofia nos livrou de um pesado fardo de instintos & afeições naturais que antigos filósofos impingiram sobre o corpo & constituição humanos como excrescências & manchas." E, discutindo o casamento, ele escreveu: "Você menospreza o progresso dessa filosofia que tende a diminuir a afeição individual & exclusiva. Mas o limite proclamado por Godwin ou por qualquer dos novos Filósofos... é que nossas afeições deveriam ser reguladas apenas pelo valor moral & intelectual do objeto, independentemente dos *acidentes* de nascimento, amizades anteriores, &c &c." Esse é o mesmo Godwin tal como Hazlitt o recorda, que "absolve o homem de seus grosseiros e estreitos laços de senso, costume, autoridade, afeição particular e local, a fim de que ele possa se devotar à ilimitada busca da benevolência universal".

Para o historiador de idéias, o godwinismo pode parecer um *nec plus ultra* pensamento democrático de vanguarda na década de 1790. Depois do despretensioso tom-paineísmo (1791-1794), a nova onda de Godwin parece ter tragado a maioria dos intelectuais radicais de vanguarda entre 1794 e 1797. Wordsworth foi tragado, segundo ele mesmo confessa. "Joguem fora seus livros de química," teria ele aconselhado a um estudante no Temple, "e leia Godwin sobre a Necessidade". Coleridge, com a sua natural ambivalência, foi atraído e repelido; escreveu um soneto louvando Godwin e disse que nunca o lera; denunciou-o agressivamente em público e desculpou-se com ele em particular; lançou-o no seu caderno de notas para fazer-lhe uma crítica radical que, naturalmente, nunca foi feita.

Mas o registro real nunca foi assim tão simples. Nenhum dos homens que adquiriam fama como reformistas públicos, como opositores ativos do governo, como advogados da paz, amigos da França ou defensores das sociedades populares pelas reformas era godwiniano. William Frend e Gilbert Wakefield eram unitaristas de vanguarda; Daniel Isaac Eaton era um deísta painista e republicano; católicos irlandeses e membros da Igreja Não-Conformista revoltaram-se juntos em 1798; John Thelwall certamente não era — como propõe Roe — um "discípulo" de Godwin, mesmo que tivesse feito citações do *Political Justice* em diversas palestras. E havia *whigs* partidários de Fox, pacifistas batistas e até mesmo (James Montgomery de Sheffield) pelo menos um moraviano.

Há uma idéia de que o engajamento no godwinismo representava um verdadeiro afastamento do compromisso político imediato. O próprio utopismo da *Political Justice* apelava de maneiras características para a intelectualidade revoltada. Permitia que posassem de muito mais esclarecidos e revolucionários (em teoria) do que a gente comum, que questionassem, não as meras coisas efêmeras da vida diária, a guerra, os altos preços dos alimentos em 1795, os impostos, a representação corrupta, mas (como filósofos acima desses assuntos maçantes) sim o Estado, a Lei, a Punição, o Casamento, a Propriedade, o Destino. E permitia que distanciassem seu revolucionarismo teórico da atualidade enfadonha. Godwin não os envolveu em nenhuma aliança com qualquer parte do confuso processo revolucionário francês. Ele não demonstrava simpatia alguma por métodos de agitação ou por comunidades populares. Quando os Two Acts estavam sendo aprovados pelo Parlamento, Godwin apresentou-se com um folheto sob o nome de "Um amante da ordem" para censurar, não os ministros, mas seu amigo John Thelwall, o conferencista jacobino. "Que Conferências Políticas, sobre princípios fundamentais da política, a serem feitas para um público numeroso e variado, devam ou não ser aprovadas por um Estadista esclarecido, é algo difícil de se dizer." Mas, a despeito das dificuldades, ele conseguiu se pronunciar: contra. O pronunciamento deu legitimidade aos autores dos Two Acts por parte da ala ultra-radical. As reformas propostas por Godwin — que incluíam a abolição do Estado e da propriedade privada — deveriam, comentou Thelwall, "ser produzidas escrevendo volumes *in-quarto* e conversando com alguns filósofos especulativos junto à lareira".

Devo declarar meu interesse por essa questão e tornar claro que eu e Roe discordamos quanto a Godwin. Ele ofereceu argumentos contra mim no que diz respeito ao apoio de Godwin aos acusados nos julgamentos por traição, num momento crítico, e quanto ao fato indubitável de o filósofo se expor na questão dos ataques violentos do antijacobinismo. Como eu já disse, os movimentos reformistas populares e da classe mais alta se entrechocavam todo o tempo. Até mesmo o rompimento de relações por causa dos Two Acts foi reparado no outono seguinte. Um amigo de Crabb Robinson escreveu-lhe de Norwich dizendo que Godwin e Thelwall haviam estado na cidade e tinham se reconciliado: "Depois disso já os vi andando juntos em torno de nossa Castle Hill. É claro que o primeiro não será mais acusado de 'acalentar uma fraqueza de espírito', nem o outro será novamente comparado a Iago. Como Gog e Magog, eles agora seguirão de mãos dadas com seus gloriosos projetos."

Contudo, eu tenho pesquisado bastante os documentos particulares dos jovens godwinianos da época para saber como seu espírito revolucionário era raso e de fachada. Talvez isso seja verdadeiro para a intelectualidade revoltada na maior parte das épocas e de lugares, não excluindo a nossa própria. Muitos intelectuais jovens daquele tempo lançaram as sementes selvagens do godwinismo por dois ou três anos, não sofreram nada por causa disso em suas pessoas ou na auto-estima, não fizeram nada para ajudar os movimentos reais pelas reformas, alistaram-se com espalhafato nos Voluntários, para sufocar os movimentos populares contra o preço dos alimentos, e terminaram como paladinos de um utilitarismo transigente.

O godwinismo pouco tinha a ver com "políticas", e é aí que os estereótipos crítico-literários, tanto da "esquerda" quanto da "direita", se perdem. A doutrina era mais — exatamente como Wordsworth a descreveria — um afastamento em relação à política num momento em que a aspiração encontrara a derrota, um afastamento da complexidade e confusão da realidade, um deslizamento do engajamento para a especulação: "Para abstrair as esperanças do homem/ Em relação a seus sentimentos." Mas, para alguns, ela era acompanhada de uma autêntica exploração das dimensões intelectuais do radicalismo e por inovações no comportamento e relações pessoais. As conseqüências culturais disso foram mais profundas do que as políticas.

Será que a crise de Wordsworth deverá ser encontrada em algum lugar desse ambiente contraditório? Pode muito bem ter havido dimensões pessoais para esse conflito, mas essas não precisam ter assumido nenhuma nuança política. Diversos amigos de vanguarda de Wordsworth sofreram profundas crises nessa época. Roe nos encaminha para John Tweddell. Ele deveria ter olhado mais de perto do que faz em relação a Basil Montagu, com quem Wordsworth dividiu hospedagem em 1795 na Lincoln's Inn. Mais tarde, Montagu escreveu (de certo modo enigmaticamente) que Wordsworth o vira então "perplexo e desorientado por paixões selvagens e fortes". Um amigo mútuo, Francis Wrangham, escreveu, defensivamente, sobre ele em uma carta de 1799: "Talvez você considere isso como um novo sinal de sua volubilidade, o fato de ele ter por fim resolvido ser firme — não ser levado... por palavreado de doutrina. Mas, entre todas suas flutuações sobre o largo oceano de opiniões, ele nunca perdeu o leme de sua integridade. Sua humanidade manteve o calor até mesmo no mar congelado do godwinismo..." Nós o vemos momentaneamente naquele mar congelado, como uma baleia subindo para um respiradouro, no diário de Joseph Farrington, onde Montagu "parece ter inibido em grau violento os princípios especulativos dos novos Filósofos. Ele clamava contra a existência do instinto e dizia que os Poetas eram feitos pela educação. Que um Progenitor não devia amar a seu Filho mais do que a um Filho de outrem, mas sim numa proporção correspondente aos melhores atributos e dons que a Criança possuísse".

Pode ser que, visto de perto, Montagu fosse menos amável. "Duas pessoas," comentou Hazlitt, no seu retrato de Godwin, "concordam em morar juntas em Chambers baseadas nos princípios de pura igualdade e mútua assistência — mas, quando chega o momento crítico, uma delas acha que a outra sempre insiste em que ela vá pegar água de uma bomba em Hare-court, e limpar os sapatos para ela." Isso pode ter sido extraído de Montagu ou de um de seus discípulos, talvez John Pinney. O filho de Montagu, o pequeno Basil, ficou hospedado com William e Dorothy Wordsworth em Racedown e as remessas prometidas para seu sustento e cuidado chegavam-lhes às mãos tão raramente quanto as prometidas visitas por parte do pai. Nesse ínterim, Montagu aproveitava-se de seus amigos (inclusive Wordsworth) junto à família Wedgwood, e de seus discípulos, e fazia a corte a Sarah Wedgwood e às 25 mil libras que vieram com ela. Hazlitt mais uma vez (e aí ele poderia ter tido em mente o empréstimo de Wordsworth a Montagu): "Um membro da comunidade de letras *ideal* e perfeita empresta a outra cem libras para uso imediato e premente; e, quando volta a pedir, o credor está ainda mais necessitado do que ele, e retém a quantia para o seu próprio benefício, o qual é equivalente ao bem público.

O Tesouro da pura razão, como o do Estado, nunca reembolsa." Em todo esse negócio, Montagu evidentemente sentia a auto-aprovação de um verdadeiro Filósofo Moderno. Como era eminentemente merecedor de apoio, como membro muito talentoso da sociedade, então ele estava feliz em contribuir para a alegria de seus credores, permitindo-lhes que gratificassem sua própria benevolência emprestando-lhe dinheiro. Wordsworth escreveu, irritado, alguns anos mais tarde, que Montagu era um homem cuja conduta é "pouco regida pelas leis universalmente estabelecidas de Amizade e pelas regras da sociedade". "Região tentadora onde", o *Prelude* acrescenta,

> O Zelo entra e se retempera,
> Onde as paixões têm o privilégio de trabalhar,
> E nunca ouvir o som de seus próprios nomes.

Não estou tentando eleger Montagu como personagem de *The Borderers*. (David Erdman encontrou recentemente um bom ator para isso no coronel John Oswald.) Mas a "falsa filosofia" sem dúvida tinha ligações humanas, e James Chandler não vai me persuadir de que Wordsworth imaginou tudo aquilo enquanto lia Rousseau. Quanto a "toda aquela tribo de autores", tais como Godwin e Paley (Wordsworth decidiu em Goslar), "esses raciocínios áridos e sem disfarce são impotentes contra nossos hábitos, eles não podem formá-los... Não contêm nenhuma imagem da vida humana, não descrevem nada." É significativo que Wordsworth rejeite igualmente o filósofo revolucionário e o filósofo conservador. Não é um movimento da "Esquerda" para a "Direita": no máximo é um movimento que se afasta das duas, na direção de uma antipolítica e de uma antifilosofia, ou — como Chandler coloca a coisa com mais felicidade no título de um dos seus capítulos — uma "Ideologia contra 'Ideologia'".

O problema, escreveu Hazlitt, é "se a boa vontade, construída numa escala lógica, não seria apenas *nominal*, se o dever, elevado a um nível excessivamente grande de refinamento, talvez não mergulhasse numa indiferença empedernida ou num egoísmo oco?" E as questões surgem não apenas da especulação mas também de encontros práticos com os pensadores; das grotescas discrepâncias entre as profissões benevolentes e o interesse pessoal mesquinho; da clara inadequação da Razão a tantas situações humanas. (Quando jazia no seu leito de morte, Mary Wollstonecraft olhou para um criada que interferia e suplicou a Godwin: "Por favor, por favor, não deixe que ela discuta comigo." Naquele ano crítico, Wordsworth tivera um *insight* do niilismo moral — talvez tanto no que tange a sua própria natureza quanto a de seus colegas? — e encontrara o egoísmo mascarado de razão e o amor-próprio mascarado de filantropia. Houve um súbito movimento de recuo, o qual o levou de Londres a Racedown, Stowey e Goslar, e (em termos literários) dos "Descriptive Sketches" a "Salisbury Plain" e a *The Borderers*. A "falsa filosofia" associada ao ambiente godwiniano era vista como uma ameaça a sua vocação. Não era apenas Montagu naquele círculo que argumentava que "os poetas são formados pela educação". O crescimento forçado, pré-programado, do "gênio" vinha constantemente à discussão. Godwin escreveu sobre o assunto no *Enquirer*. Deveria surgir, nos fins de 1797, a proposta de Tom Wedgwood para uma "Nursery of Genius", com Wordsworth e Coleridge propostos como possíveis professores.

Embora tenha sido descoberta por David Erdman em 1956, essa proposta não é citada por Roe. Contudo, uma resposta a planos para a fabricação mecânica da consciência era escrever uma contradeclaração a respeito de como a consciência de uma criança e de um jovem são de fato formados. Como provas, Wordsworth olharia para dentro de si mesmo e isso levaria a *Prelude*: *or Growth of a Poet's Mind*. E, em certo sentido, "um poeta" representava qualquer pessoa — o caminho não planejado e autocriativo da personalidade humana, a ênfase não sobre a racionalidade planejada, mas sobre o medo, a fantasia, o mistério, o jogo, o ócio e "a natureza".

Isso tem menos a ver com "política" do que geralmente se supõe. Abarca certamente uma rejeição das abstrações especulativas godwinianas, mas o erro, tão comum nos estereótipos críticos, é supor que o godwinismo fosse a única posição intelectual importante à "esquerda", assim como algumas pessoas supõem que o marxismo seja hoje em dia. A conseqüência desse erro é que, rejeitando Godwin, Wordsworth deveria se deslocar para a "direita", enquanto ele podia perfeitamente estar voltando para uma solidariedade mais intensa com os pobres e com as vítimas da guerra. Na realidade, é essa a minha leitura da trajetória de Wordsworth. Conforme ganha mais força poética, ele pode ser visto como mais preocupado, em sua essência, com a identidade criativa de todo homem. E é essa a leitura que ele faz de sua própria trajetória, conforme aparece no Livro 12 do *Prelude* de 1805. Esse livro inclui algumas das mais incondicionais declarações da poesia, declarações que alguns críticos cansados do mundo devem achar maçantes demais para se ler, pois não aparecem em seus discursos críticos. Foi nas estradas, conversando com viajantes, andarilhos, o soldado que voltou da guerra, os pobres, que Wordsworth encontrou

Esperança para minha esperança, e para minha paz prazerosa,
E firmeza; e consolo e repouso
Para toda paixão raivosa. Lá eu ouvi
Das bocas de homens humildes e obscuros
Uma história de honra...

Na minha opinião, Wordsworth permaneceu um "odioso democrata" até depois da Paz de Amiens, e seus poemas de independência nacional e liberdade são freqüentemente críticas ao curso da Revolução Francesa afastando-se da "esquerda", para sua própria autotraição. É a equação Godwinismo = Verdadeiro Radicalismo que está errada, e que Roe ainda não resolveu. Com toda certeza, Wordsworth mais tarde virou a mão para manipular e falsificar sua experiência. Um exemplo é o personagem caricatural, o Solitário, em *Excursion*. Num momento infeliz, Nicholas Roe faz a pouco provável sugestão de que Coleridge foi o modelo para o Solitário. Uma sugestão muito mais provável seria John Thelwall, a cuja memória Roe dedica seu livro, mas discutir isso nos levaria a outro ensaio. De todo modo, há uma opinião importante de que o Solitário seria o próprio Wordsworth, ou o alter-ego jacobinista de Wordsworth, ali deslocado e rejeitado, retratado como uma caricatura, derrotado em todas as suas aspirações — na realidade, um exemplo de que todas as aspirações sociais afirmativas devem ser ilusões. De acordo com o que Hazlitt viu quando fez a resenha de *Excursion,* "os pensamentos de Wordsworth são o verdadeiro assunto... Até mesmo os diálogos... são solilóquios do mesmo personagem, adotando diferentes pontos de vista. O recluso, o pastor e o mascate são três pessoas de um poeta". Mas até mesmo os diálogos são manipulados. O Solitário sofreu todas as vicissitudes da vida, perseguido pela tragédia familiar, a derrota política, a bancarrota filosófica. Ele não consegue reagir, com o mascate, o pastor e o poeta, todos alinhados contra ele. E devemos nos lembrar que *Excursion* foi publicado em 1814, enquanto *Prelude* permaneceu em manuscrito até a morte de Wordsworth, em 1850. Contudo, somente com este último à mão é que temos a chave para o primeiro.

Eu gostaria de ter dado ao livro de Roe uma resenha mais entusiástica, pois foi fruto de muito trabalho, e ele se tornará necessariamente objeto de leitura entre os estudiosos de Wordsworth — sua contribuição para o estudo de Coleridge é mais superficial. Entretanto, evitando discussões com outros críticos, seus próprios pontos de vista não ficam esclarecidos; seu livro é sobrecarregado de detalhes e não consegue sugerir claramente a trajetória seguida por cada poeta na década de 1790. Se eu quisesse mostrar a trajetória de Wordsworth a um novato interessado hoje em dia, eu ainda o mandaria ler George McLean Harper.

O bondoso sr. Godwin*

*Publicado originalmente no *London Review of Books*, 8 de julho de 1993

É uma festa para os godwinianos. Primeiro vem o bonito fac-símile da primeira edição in-quarto de *Political Justice* (1793) na série editada por Jonathan Wordsworth para a Woodstock Books. Essa série torna disponíveis fac-símiles de obras que foram importantes para os poetas românticos e em particular para Wordsworth e Coleridge. A introdução de Jonathan Woodsworth, jovial e sem pedantismo, procurar levar o leitor para aquele círculo da época, de modo que ele possa colocar os dois pesados volumes numa mesa e entrar no clima de boa vontade e desdém filosóficos presunçosos em relação a toda opinião e costume tradicionais inspiradores daqueles jovens entusiastas. Nós os abrimos ao lado do aprendiz de advogado Henry Crabb Robinson, que mais tarde recordava: "A doutrina me faz sentir mais generosamente. Eu nunca me sentira antes, nem... jamais senti a partir daí um impulso tão forte de não viver para meu próprio eu, mas sim de ter como único objetivo o bem da comunidade." A edição de 1793 vendeu 3.000 exemplares ao alto preço de três guinéus — elevado demais para que o governo se preocupasse com um processo. Woodstock Books pode se dar por feliz se vender tantas. A 150 libras, a editora também não será processada.

Mark Philp assumiu uma tarefa mais árdua. Ele organizou a nova edição, em sete volumes, de *Political and Philo-*

sophical Writings of William Godwin, já tendo organizado antes, com ajuda de Marilyn Butler, todos os romances de Godwin. Philp é sem dúvida o mais importante dos godwinianos do país, tendo estabelecido sua autoridade com o estudo de *Political Justice*. Talvez ele tenha se investido demasiado desse papel, embora também tenha organizado uma interessante coletânea de ensaios sobre a Revolução Francesa e a política popular da Inglaterra. A série atual é uma seleção e não a produção completa e devemos ser gratos por isso. Mas poderia ser um pouco mais concisa. Achei o volume I — *Political Writings* I — supérfluo, à parte a introdução geral do organizador da série; assim como são os volumes VI, *Essays*, e VII, *Religious Writings*. Serão úteis para o estudioso detalhista da evolução de Godwin, o qual poderia, entretanto, encontrar os textos por outros meios. A maioria dos textos é maçante.

Minha principal queixa é que o dr. Philp poderia ter dado mais atenção aos problemas editoriais e às necessidades do público alvo. A edição não é pedante: na realidade, comparada a certas coletâneas, como a de Bolingen Coleridge, é até leve. Cada texto tem uma introdução de duas ou três páginas: quando foi publicada, onde, qual foi a imediata reação das resenhas. Qualquer coisa em letra maiúscula ganha uma explicação em nota de rodapé; assim, ficamos sabendo quem foi Guy Fawkes (duas vezes), quem foram Calígula, Nabucodonosor, quem foram os godos e os vândalos, o que era a Inquisição, Pandora (a caixa de) e Procusto (o leito de). Pode ser que vivamos em uma sociedade multicultural, mas isso é levar as coisas longe demais. Os leitores que abrirem esses volumes virão com um certo preparo, mas, de qualquer modo, Godwin está usando todos esses termos como figuras de linguagem comuns e não como parte de uma pesquisa histórica. O volume do qual sai a maior parte desses exemplos — volume II, *Political Writings II* — sofre de concisão editorial em outros aspectos. Inclui três importantes intervenções: "Breves críticas à acusação feita pelo Lorde Presidente do Supremo Tribunal Eyre ao Grande Júri" — talvez o ato literário de Godwin mais corajoso —, contra a disparatada elaboração da lei da traição por parte de Eyre (a qual atraiu recentemente uma renovada atenção irônica de John Barrell), que teve sua impressão acelerada na própria véspera dos notórios Julgamentos por Traição de 1794. A segunda peça é "Considerações" sobre os Two Acts (1795), na qual Godwin parece vir a público (anonimamente) para condenar a legislação contra organizações populares como as Sociedades de Correspondência e assembléias consideradas perturbadoras (tais como as palestras políticas públicas de John Thelwall), enquanto se queixava repetidas vezes de leis tão mal redigidas que poderiam até mesmo atingir filósofos de boa vontade como ele próprio. A terceira peça, "Pensamentos ocorridos pela leitura cuidadosa do Violento Sermão do Dr. Parr" (1801), é mais louvável. A maré intelectual tinha virado com força contra Godwin desde 1797 e ele permanecera em silêncio. Agora, por fim, respondia a seus principais críticos, inclusive ao dr. Parr, a Mackintosh e a Malthus.

Nos três textos, o organizador é correto, mas menos útil do que poderia ser. Ficamos um pouco perdidos sobre o momento da crise em que o primeiro texto foi lançado, nem sobre sua possível influência. Quanto ao segundo, nos é concedida uma nota de uma página. Isso dá a entender que o ensaio foi bem recebido, de um modo geral — com base num rápido exame de resenhas —, com discordância apenas de John

Thelwall. (Há uma referência ao *Tribune*, de Thelwall, mas não à sua troca particular de cartas com Godwin, publicadas pela primeira vez em 1906, em *John Thelwall*, de Cestre.) A impressão que tenho é bem diferente. A campanha contra os Two Acts era muito grande, como se evidencia pelo volume de petições e comícios contra os mesmos, e se estendeu de Charles James Fox, os *whigs* e os jacobinos intelectuais, até as comunidades populares. Quando Thelwall se queixou de que Godwin, renunciando a toda participação ativa, propunha que a mente pública fosse transformada "escrevendo-se volumes *in-quarto* e conversando com alguns filósofos especulativos ao pé da lareira", a maioria dos reformistas o apoiou. Foi Thelwall — e não Godwin — o herói do dia dos reformistas. Foi Thelwall que desafiou os Two Acts e que continuou com suas palestras públicas disfarçadas em história clássica. Godwin foi acusado de ter abandonado a causa.

É claro que isso tudo não cabe numa nota do organizador, mas é um episódio que ilustra um divisor de modos de ação entre reformadores ativistas e reformadores filosóficos e que recentemente tem recebido renovada atenção por parte de historiadores do pensamento político. O leitor poderia ter sido informado de modo mais completo. Quanto ao terceiro texto, o organizador simplesmente perde a vitalidade. Ele não nos diz praticamente nada sobre o dr. Samuel Parr, nem sobre seu sermão ofensivo, nem sobre suas prévias ligações com Godwin, e quase nada sobre a influente refutação de *Sir* James Mackintosh à "nova filosofia". Ao preço de 395 libras, o leitor espera um pouco mais.

Entretanto, o verdadeiro teste para um organizador é a maneira como lida com as três edições de *Political Justice* (1793, 1796 e 1796), juntamente com rascunhos manuscritos e lembretes tardios, como os que foram reproduzidos na edição. Como era de se esperar, Philp passa nesse teste com grandes honras. O texto de 1793 aparece no volume III e os textos variantes no volume IV. Se o resultado permanece confuso, isso é devido à inexeqüibilidade do projeto. Godwin não apenas reescreveu capítulos inteiros, mas abandonou inteiramente alguns e deslocou outros — ou partes de outros. De Quincey disse que a segunda edição, "no que diz respeito a princípios, não é uma remodelação, mas definitivamente uma caricatura da primeira". Ele exagera, mas nenhuma edição crítica que se possa ler com facilidade pode reunir manuscritos tão embaralhados. Podemos nos contentar com ambos os volumes, e talvez também com o volume final (que inclui um índice consolidado), e agradecer que Godwin tenha encontrado um organizador com a paciência de desfiar tudo aquilo.

Philp admira Godwin. Ele dificilmente teria levado a cabo sua tarefa se não fosse assim. E ele o elogia por "manter um núcleo de coerência doutrinária durante toda a carreira". O que isso significa?

> No cerne da posição de Godwin está o compromisso com uma concepção de moralidade baseada no dever, girando em torno da boa vontade, e com uma concepção de utilidade vazada em termos perfeccionistas, cerceada pelo direito do juízo particular e adicionalmente alimentado por um compromisso com a igualdade moral em potencial da humanidade. É esse conjunto de conceitos e compromissos que constitui o cerne da doutrina de Godwin e que permanece como fundamental para o seu trabalho por toda sua vida.

É aqui também que "reside sua importância duradoura para a filosofia política e moral".

É um prato cheio e podemos ficar ruminando esses conceitos, revolvendo expressões obscuras, envolvimentos e agrupamentos ativados por muitas horas, e continuar a achá-los indigestos. Philp deseja que vejamos Godwin fazendo pequenos ajustamentos dentro de um conjunto estável, mas as revisões envolvem algo mais drástico. A partir de 1793, ele está em retirada: ao revisar sua exigência por perfectibilidade em prol da "natureza progressiva do homem"; ao dar ênfase à "polidez" e mostrar cada vez mais seu desagrado por quaisquer reformistas revolucionários, perturbadores ou plebeus; ao encontrar, tardiamente, espaço para a imaginação e até mesmo para as afeições domésticas: ao aceitar, junto com Wollstonecraft, a instituição gótica do casamento, é difícil para seus contemporâneos sentir que ele pairava no alto do mesmo agrupamento.

Um elemento deste agrupamento talvez merecesse uma atenção mais apurada: "boa vontade". Hazlitt também percebeu seu papel central: Godwin, escreveu ele, "absolve o homem dos laços grosseiros e estreitos da razão, costume, autoridade, compromissos particulares e locais, a fim de que ele possa se devotar à ilimitada busca da boa vontade universal". E foi certamente por esse caminho que Godwin foi acompanhado por seus jovens discípulos. Além disso, em 1797, Crabb Robinson escrevia a seu irmão: "*Nossa* Filosofia nos livrou de um pesado fardo de instintos & afeições naturais que os antigos filósofos impuseram à raça & constituição humanas como manchas e borrões."

Podemos ir buscar a "boa vontade" nos corredores do século XVII em Shaftesbury e até mais além, e subindo e descendo as escadas hartleyanas, mas fica-se a pensar até que ponto esse era absolutamente um termo filosófico de arte e até que ponto uma postura social. Isso me ocorreu quando, abandonando os páramos da filosofia, consultei o diário de uma colegial, uma quaker da família Gurney, de Norwich, que foi muita atraída pelas idéias avançadas da época. O diário de Laura Gurney, que ela às vezes lia em voz alta para os amigos, é um guia para as palavras aprovadas e as palavras-tabu da época (1797). Seu irmão, John, que roubara o tinteiro dela, ganhou, decididamente, uma referência desairosa: "Como eu odeio a Tirania real!... Como ele é *sub*desenvolvido!" Por outro lado, ela ficou muito interessada em um jovem chamado Pitchford (com quem trocou leituras de diários): "Eu o admiro & amo... porque ele é tão *virtuoso*, tão *interessante*, tão *democrático*, & tão verdadeiramente bondoso." No registro seguinte, isso fica um pouco mais especificado:

> Penso que a melhor característica de Pitchford é uma espécie universal de boa vontade. Mas eu não acho que seja tão universal assim, pois ele é guiado por *simpatias* & *aversões particulares*. Ele tem demasiado espírito partidário para ser perfeitamente benevolente. Ele diz no seu diário que sua *boa vontade* nunca se transformará em *beneficência*.

O que os jovens godwinianos estavam tentando estabelecer para si próprios era uma posição especialmente privilegiada de racionalidade totalmente desinteressada; de cuja grande altura pudessem olhar para seus semelhantes, fossem aristocráticos ou populares. Era de uma altura assim que o sr. Collins olhava para Caleb Williams no final do romance:

> Eu o considero mau; mas não considero os maus como objetos próprios de indignação e desprezo. Eu o considero uma máquina; você não é constituído, infelizmente, para ser muito útil a seus semelhantes: mas você não se fez a si próprio; você é apenas o que a circunstância o compeliu irresistivelmente a ser. Tenho pena de todas as suas más qualidades; mas não lhe tenho inimizade, nada mais do que boa vontade.

Que humilhação! E, no contexto do romance, talvez uma ironia contra as próprias teorias de Godwin. Contudo, um perfeito registro delas. Como Wordsworth recordaria, com grande ironia, mas não sem afinidade retrospectiva:

> Que prazer! —
> Que lindo! — no autoconhecimento e no autocontrole
> Olhar através de todas as fraquezas do mundo,
> E com uma resoluta mestria livrando-se
> Das contingências de natureza, tempo e lugar,
> Que compõem o fraco ser do passado,
> Construir a liberdade social na sua base única:
> A liberdade da mente individual,
> Que, ante a cega restrição das leis gerais,
> Superior, magistralmente adota
> Um guia — a luz das circunstâncias, brilhando
> Sobre um intelecto independente.

Contudo, até que ponto o intelecto pode ser "independente"? Na tradição hartelyana, a razão podia coexistir com o paternalismo: filantropia ou boa vontade eram sinônimos de aristocracia, mas com Godwin a boa vontade migrou para a intelectualidade radical. Ele não escreve sobre ela como se fosse propriedade apenas de uma classe média instruída; ele escreve mais sobre ela como Razão, e é um ponto fundamental que todos os homens possam ser libertados pela Razão. Entretanto (escreveu ele no *Enquirer*), o estado existente da sociedade é "um estado de escravidão e imbecilidade". "Ele põe fim àquela independência e individualidade que são as características genuínas de uma existência intelectual, e sem a qual nada eminentemente bom, generoso ou prazeroso pode subsistir, em nenhum grau." Qual a posição social da Razão na época de Godwin? Fica muito claro que deve ser em meio à intelectualidade esclarecida. Somente seus membros podem se elevar acima das "circunstâncias" e conquistar a verdadeira independência.

Se tais termos foram alguma vez úteis, não há posição que mais mereça ser chamada de "radical burguesa" do que a de Godwin. Isso pode até mesmo ser expressado, quase de forma cômica, sob a forma de equações. De um lado, temos a superstição gótica hábito/instituições (todos eles = aristocracia) sentados sobre a Razão = Intelectualidade. Do outro lado temos a Razão = Intelectualidade sentadas sobre circuntâncias/costume/ignorância = o populacho. Assim, a Razão está espremida entre as instituições aristocráticas (acima) e a ignorância da gentalha (abaixo). Examinando os obstáculos da primeira situação, Godwin podia ver "o povo", com equanimidade, como aliado: "Os verdadeiros inimigos da liberdade em qualquer país não são o povo, mas aquelas classes superiores que encontram seu proveito imaginário num sistema contrário. Insuflem opiniões justas num certo número de membros ponderados e de educação liberal; dêem ao povo guias e instrutores; e o negócio está feito." Mas Godwin não chegou a essa opinião otimista sem antes ser assaltado por dúvidas: ele se lembra da segunda equação. E continua, imediatamente: "Isso, contudo, não deverá ser alcançado senão de modo gradual." E logo se volta para enfrentar o perigo das sociedades populares e a aversão às revoluções: "Durante um período de revolução, a investigação, e todas as pacientes especulações a quem a humanidade deve seus maiores avanços, ficam paralisadas... Essas especulações exigem ócio e um temperamento tranqüilo e desapaixonado; dificilmente podem ser buscadas quando todas as paixões do homem vêm à tona."

Então, essa era a voz de uma intelectualidade esclarecida, com suas virtudes mas também com seus defeitos arrogantes. (Para sermos justos, eles tinham boa razão para ter cuidado com a multidão, ao lançarem um olhar para trás, para os Distúrbios Priestley, em Birmingham, e as intermináveis queimas de efígies de Tom Paine.) Em que sentido isso transmite "boa vontade"? Esta poderia ser sempre recomendada, tanto por razões públicas quanto privadas. Como virtude particular, ela trazia sua própria recompensa na "auto-aprovação": "Nenhum homem jamais realizou um ato de boa vontade digno, sem que tivesse suficiente razão para saber, pelo menos enquanto a sensação estivesse presente em sua mente, que todas as gratificações de apetite eram desprezíveis comparativamente." A virtude pública da boa vontade era sua utilidade social — juízo racional desinteressado e ação em benefício da sociedade. Mas, no auge de sua popularidade, a "boa vontade" começou a perder identidade e a migrar de seu primeiro significado para o segundo. Conforme Godwin escreveu no *Political Justice* (terceira edição): "A moralidade é um sistema de conduta que é determinado pela consideração do bem geral maior; faz jus à mais alta aprovação moral aquele cuja conduta é, no maior número de vezes... guiada por razões de boa vontade e tornada subserviente à utilidade pública." Aqui nós somos apresentados à boa vontade com um aspecto muito diferente; somos levados da auto-aprovação para a aprovação pública, e da intenção racional do indivíduo à idéia externa de um padrão racional de utilidade lá fora, na sociedade, ao qual o indivíduo se ajusta.

Por um momento Godwin manteve essa dificuldade na mão, franzindo-lhe o cenho:

> A intenção, sem dúvida, é da essência da virtude. Mas não serve quando sozinha. Ao perceber o valor dos outros, somos tentados... a proceder da mesma maneira que ao perceber o valor das substâncias inanimadas. O ponto crucial é sua utilidade. A intenção não tem outro valor senão levar à utilidade: ela é o meio, e não o objetivo.

Aqui Godwin tinha cruzado o limiar do utilitarismo, e utilitarismo de um tipo sombrio, com todas as reduções autogratificantes, repetitivas, da história e da cultura. Bastava casar o seu pensamento com as elucubrações da economia política ortodoxa (muito à semelhança do que fez Bentham) para se ter essa nova progênie. O próprio Godwin não acompanhou essa idéia até sua conclusão final: e ficou firme, como um utopista briguento, mas o "agrupamento" coerente de Phil parece muito diferente. Foi alarmado com esse escorregão que Wordsworth se afastou, consternado. Parecia-lhe ser menos uma questão de argumento racional do que de sensibilidade. Não conseguiu ler a segunda edição de *Political Justice* devido a seu estilo "execrável". Numa observação muito interessante, ele se afasta dos principais conservadores e dos principais filósofos radiciais com base nas mesmas razões:

> Considero livros como o do sr. Godwin, do sr. Paley e daquele bando todo de autores dessa classe como ineficazes em relação ao seus pretendidos bons propósitos... Não conheço... sistema de filosofia moral escrito com suficiente força capaz de se mesclar a nossas afeições, de se incorporar ao sangue e aos humores vitais de nossas mentes... Esses raciocínios rasos e não elaborados são ineficazes contra nossos hábitos, eles não conseguem formá-los.

Devemos agradecer a Jonathan Wordsworth e a Mark Philp por nos ter permitido celebrar o bicentenário de *Political Justice*. Foi um daqueles raros momentos em que uma parte da intelectualidade inglesa questionou todos os assuntos e as vibrações foram sentidas por décadas. Foi um momento muito pouco inglês. Mas que devo fazer agora com um outro volume de Pickering, os *Political Writings* de Mary Wollstonecraft, incluindo o *Vindication of the Rights of Woman*, seu *Rights of Men*, e capítulos de uma história de sua autoria, inacabada, sobre a Revolução Francesa? Esta foi organizada por Janet Todd, que já havia organizado, com Marilyn Butler, uma edição de Wollstonecraft de sete volumes. Não preciso de uma nova edição de *Vindication:* já há uma boa, criteriosamente organizada por Miriam Brody, ainda no catálogo da Penguin. Entretanto, é útil ter à mão a polêmica e incisiva réplica a Burke, feita precocemente. Não é absolutamente bondosa. Na realidade, eu não gosto de pôr Godwin e Wollstonecraft juntos na cama da mesma resenha. Eu nunca consegui compreender como ela entrou naquele ato duplo com ele, do tipo Sartre-De Beauvoir. Sua sensibilidade era mais ardente e volátil — ela compartilhava a desconfiança de Wordsworth em relação a "raciocínios rasos e não elaborados" — e não se alinhava com a maneira de Godwin. Intelectualmente, ele permaneceu sua própria pessoa, vivendo em seu próprio nicho.

E aí vem, com essa avalanche de livros, mais um — um fac-símile barato e caprichado, em brochura, das *Memoirs of Wollstonecraft* de Godwin. Essa obra foi enviada à impressão imediatamente após a morte dela, quando Godwin, pelo menos uma vez, deixou de lado, comovido, sua habitual autopreocupação. Nunca pude decidir se isso foi um ato de piedade, que atendia às queixas que ambos faziam por uma maior sinceridade, ou um engano que a expôs a seus inimigos.

Samuel Taylor Coleridge
O poeta e seus editores*

*Os três ensaios que constituem esta seção — "Era grande a alegria naquela madrugada", "A luz e a escuridão" e "Um compêndio de clichês" — foram escritos entre 1971 e 1979, como resenhas dos sucessivos volumes dos *Collected Works*, de Coleridge. Parte do material teria sido incluída num estudo mais amplo sobre o poeta, o qual nunca chegou a ser concluído.

Era grande a alegria naquela madrugada

A questão da juventude revolucionária de Coleridge*

*Publicado originalmente no *Times Literary Supplement* de 6 de agosto de 1971, com as seguintes resenhas: James Dyke Campbell, *Samuel Taylor Coleridge*, Lime Tree Bower Press, 1971; *The Collected Works of Samuel Taylor Coleridge*, vol. 2: *The Watchman*, organizado por Lewis Patton; vol. 3: *Lectures 1795: On Politics and Religion*, organizado por Lewis Patton e Peter Mann, Routledge and Kegan Paul, 1971; Frida Knight, *University Rebel*, Gollancz, 1971.

Samuel Taylor Coleridge viveu em Bristol ou em suas cercanias a maior parte do tempo entre 1795 e 1796, quando tinha entre 23 e 24 anos. Casou-se, tornou-se pai, pronunciou duas séries de palestras (empreendimento que compartilhou com Southey, quase dois anos mais moço que ele), e entre março e os meados de maio de 1796 editou dez números de uma revista político-literária, *The Watchman.*

Cerca de seis ou sete anos depois disso, ele já havia mudado substancialmente suas posições, rejeitando o determinismo de Hartley e rejeitando a aliança apaixonada (se bem que ambígua) com os democratas. Alguns trechos de *The Friend*, em 1809, parecem em desacordo com sua própria juventude descabelada, apaixonada, passada em Bristol. O desacordo continuou em *Biographia Literaria* (1817) com tal tergiversação que ele conseguiu convencer a si próprio: seus amigos dos dias de *The Watchman* (alegou ele) "serão meu testemunho de como aqueles princípios do jacobinismo e até mesmo da democracia eram opostos aos meus". Embora esses tais amigos não tenham se lançado a prestar esse testemunho oportuno, a questão da juventude do poeta já se envolvia numa obscuridade coleridgiana familiar. A despeito da séria tentativa de James Dykes Campbell de reunir um acervo factual (inicialmente publicado em 1894 e agora reeditado) e dos inúmeros resgates de estudiosos recentes, uma parte dessa obscuridade permanece até os dias de hoje.

Praticamente toda essa obscuridade, a não ser alguns últimos vestígios, foi agora removida nos dois volumes muito bem editados de *Collected Works* (sob a direção e coordenação geral de Kathleen Coburn), nos quais Peter Mann e Lewis Patton apresentam as palestras políticas e teológicas de 1795, e *The Watchman.* A edição de *The Friend* organizada por Barbara Rooke já foi publicada nesta série e esperamos apenas a edição de David Erdamn para *Essays on His Times* (selecionados principalmente do *Morning Post* e do *Morning Chronicle*) para termos uma visão definitiva da evolução de Coleridge de 1795 até o início da década de 1800*.

A não ser por William Blake talvez nenhum escritor inglês dos últimos duzentos anos tenha sido objeto de estudo por parte de tal eminente conjunto de intelectuais norte-americanos e britânicos. Além de *Collected Works* (e sem falar de muitas importantes contribuições biográficas e críticas), agora dispomos da esplêndida edição de *The Notebooks* (por Kathleen Coburn), a edição mais discreta das *Collected Letters* (por Earl Leslie Griggs), e o erudito *Politics in the Poetry of Coleridge,* de Carl Woodring. O poeta que, enquanto viveu, completou tão pouca coisa que lhe desse plena satisfação, e que, de qualquer modo, raramente conseguiu dar a suas idéias uma organização coerente e sistemática, aparece agora exposto à nossa vista como uma verdadeira Herculano literária, escavada por meia centena de amanuenses literários póstumos extremamente capacitados. Esses dois novos volumes de

*Ver adiante (p.195) a resenha do volume de Erdman.

Collected Works pertencem ambos à melhor tradição desse trabalho acadêmico.

Coleridge é o próprio apogeu da figura do autor para um organizador. Como John Livingston Lowes foi o primeiro a mostrar em *The Road to Xanadu*, dificilmente saía uma linha da pena de Coleridge que não fosse derivada de uma experiência literária. Semana após semana, entra ano, sai ano, esse consumo literário continuava; e semana após semana ele voltava, bem ou mal assimilado, em cartas, cadernos de anotações, poemas, artigos, palestras. Uma das coisas que fascinam em Coleridge não é sua originalidade ou a força de seu intelecto (que muitas vezes é superestimado por estudiosos que têm uma tendência profissional em confundir amplitude de referência com originalidade criativa), mas a enérgica catolicidade de seus interesses. Tudo que aconteceu, como experiência literária, na década de 1790 e no início da década de 1800, encontrou alguma forma em seus escritos: toda controvérsia, toda questão filosófica, todo novo modismo literário, profetas acidentais milenaristas como Richard Brothers, profissionais antijacobinos como John Reeves, acordos diplomáticos sórdidos com o rei de Nápoles, viagens de descobrimento — qualquer coisa sobre a qual se escrevesse algo e que, de alguma forma, caísse sob seus olhos, era ingerida e depois lançada para fora de novo, geralmente dentro de um contexto oblíquo, imprevisível.

Tudo está lá. E daí a tentação dos estudiosos de usarem seus textos, não por seu próprio mérito, mas como cordas de varal onde se pode pendurar qualquer coisa. E há, de fato, longos trechos de "Palestras sobre a religião revelada" em que o próprio Coleridge faz pouco mais do que estender a roupa lavada por outros homens. Irrompendo no cenário de Bristol como um reformista apaixonado em fevereiro de 1795 (sua palestra "Sobre a guerra atual", publicada em *Conciones ad Populum*, pode — na literatura de folhetos de 1793 relativa à Paz de Amiens — ser comparada, no seu tom de absoluta indignação moral, apenas com alguns trechos de Gilbert Wakefield, William Blake ou William Frend), ele e Southey reuniram em torno de si um público que, com toda probabilidade, abarcava jovens ultragodwinianos, deterministas e deístas. Com uma mistura característica de coragem, egoísmo e perversidade, Coleridge imediatamente lançou-se, em suas palestras teológicas, a desafiar os preconceitos dos "infiéis" entre seus seguidores, ancorando seu próprio reformismo idiossincrático ao ensinamento e à revelação cristãos.

Entretanto — de novo caracteristicamente — ele raramente consegue preparar cada palestra antes da véspera. São conhecidos os empréstimos que faz na biblioteca de Bristol, e, com a ajuda desses registros e de sua própria e ampla leitura, as anotações do dr. Mann nos mostram Coleridge, como um jovem conferencista atormentado da WEA, sobraçando um punhado de livros, ao meio-dia, na véspera da palestra, indo para seu quarto de dormir, trabalhando durante a noite e surgindo com um manuscrito (geralmente inacabado) em cima da hora de entregá-lo. Não é de espantar que um comentarista amigo tenha observado que "o sr. C. faria... bem em aparecer em público com meias mais limpas, e se penteasse o cabelo... isso não o faria decrescer na estima dos amigos". Admira-nos que nesse breve período de intensa concentração ele conseguisse reunir, não as suas notas para a palestra, mas um rascunho razoável de sua maior parte.

Isso se fazia, entretanto, à custa de uma indigestão intelectual grande. Eram copiados parágrafos inteiros e até mesmo páginas, às vezes palavra por palavra, às vezes com uma revisão significativa, da pilha de livros meio destroçados junto a seu cotovelo: de Hartley e Priestley, de Maclaurin sobre Newton, de *Civil Government of the Hebrews,* de Lowman, de *True Intellectual System of the Universe* de Cudworth, de *Divine Benevolence Asserted,* de Balguy, de *Introduction to the New Testament,* de Michaelis. O dr. Mann observa que, em diversos casos, foi consultado apenas o primeiro de uma obra com vários volumes.

Houve seis palestras teológicas e grande parte das quatro primeiras é tomada por uma mixórdia de filosofia sem originalidade e apologética cristã. Seu interesse (ao lado de servir como orientação para a leitura de Coleridge) está na maneira pela qual o escritor organizava e desenvolvia fragmentos do pensamento de outros homens, e em ocasionais passagens preparatórias ou de transição que são inteiramente suas. Também de interesse é o modo pelo qual Coleridge preparava o terreno para a confrontação com a filosofia godwiniana. Em todos esses aspectos, o dr. Mann é um guia perspicaz.

Embora preparada cuidadosamente, a confrontação entre Coleridge e o godwinismo nunca aconteceu. Freqüentemente anunciado (em suas cartas, nos seus cadernos de notas, e em *The Watchman*) como o embate filosófico da década, Coleridge sempre se retirava depois de um espalhafatoso galope prévio em torno da liça. Em vários pontos o dr. Mann insiste em afirmar que as palestras teológicas sugerem a idéia de que Coleridge, em 1795, era um ardente discípulo de Godwin. E ele indica muito claramente aquelas passagens em que Coleridge assinala as diferenças entre eles — em particular, aquelas inúmeras passagens, estrondosas, nas quais Coleridge insiste que a boa vontade deve ser cultivada, em primeiro lugar, por sentimentos "nascidos no lar".

Contudo, passar disso para a sugestão de que a questão é elevada, nessas palestras ou em *The Watchman*, ao nível de argumento filosófico amadurecido é ler antecipadamente, em 1795-96, a evolução que se deu quinze anos depois. Também é levar longe demais o trabalho de um copista. Na realidade, Coleridge ficou inibido de apresentar essa confrontação por duas razões: uma temporária e outra que veio a se tornar permanente. A primeira é que tanto Godwin quanto o Coleridge de 1795-96 extraíram sua visão da natureza do homem de raízes hartleianas (e às vezes priestleianas) comuns. Ao deslocar-se para dentro das premissas do determinismo hartleiano, Coleridge tornou-se prisioneiro das premissas das quais Godwin tirou conclusões que ele repudiava.

A segunda, mais permanente, a inibição era um hábito de impaciência quando discutia com o deísmo ou o ateísmo: num certo ponto, Coleridge simplesmente levantava os braços e passava à retórica, geralmente de um tipo vulgar e preconceituoso. Ateísmo, para ele, *deveria* indicar uma capitulação à mera sensualidade: a questão não é discutida, mas sim afirmada como um lugar-comum. Um ateísta era "uma Deformidade intelectual". As palestras teológicas começam com uma seqüência de sonho na qual a Sensualidade e o Monstro Blasfêmia são descobertos juntos numa "Vasta e Sombria Caverna". A sensualidade do ateísta era tão axiomática que (na terceira palestra) Coleridge lhe nega a possibilidade de uma experiência estética:

> para um Sensualista e para o Ateísta somente pode ser belo o que promete uma gratificação do apetite — pois da sabedoria e da boa vontade o Ateísta nega a própria existência. O Vinho lhe é belo quando espuma na Taça — e a Mulher quando se movimenta lascivamente na Dança, mas a Rosa que se curva no seu caule e as Nuvens que envolvem o pôr-do-sol — essas não são belas.

Em *Religious Musings*, Coleridge estabeleceu o limite: "Vós, petrificai o coração empedernido do Ateísta", e Thelwall, muito apropriadamente, censurou-o por "uma dessas calúnias grosseiras & infundadas com as quais a mansidão *Cristã* nunca deixa de suprir a falta de argumento". Mas nem nessa ocasião nem mais tarde Coleridge aprendeu a suprir essa deficiência, quando chegava a ponto semelhante na sua discussão. Negando dignidade e sensibilidade a seu adversário, ele negava dignidade e rigor a seu próprio argumento, e descambava volta e meia para o mero protesto ruidoso e a apologética.

Às vezes ele mergulhava em algo pior. Quando exclamou, depois de traçar uma vívida caricatura de algumas idéias em *Political Justice*: "Os seus princípios são perversos! Eu não lhe confiaria minha esposa ou irmã — Pense então, eu lhe confiaria minha pátria?", ele descia ao verdadeiro nível do libelo difamatório, antilibertário e antiintelectual, que era o instrumento do ofício de John Reeves e do *Anti-Jacobin:* um tipo de difamação com a qual Mary Wollstonecraft era por demais familiarizada. Era um tipo de vulgaridade com a qual Godwin, apesar de toda sua insensibilidade, nunca veio a se contaminar.

Quinze anos mais tarde, Coleridge fez como que um pedido de desculpas a Godwin: "Quando li [seus escritos] o preconceito religioso, uma espécie de meia-compreensão de seus princípios e uma não-compreensão dos meus próprios, se combinaram para me tornar um ardente & impetuoso antigodwinista." Isso, numa carta particular a Godwin. Entretanto, em outros lugares públicos e privados ele se referia com crescente orgulho ao fato de que ele, Samuel Taylor Coleridge, nunca caíra, por um só momento, na senda dos Infiéis. Em março de 1798, ele escrevia a seu irmão, o reverendo George Coleridge: "Quero ser um bom homem & um Cristão — mas não sou *Whig*, nem Reformista, nem Republicano." Em 1809, em *The Friend*: "Posso com segurança desafiar meu pior inimigo a mostrar, em qualquer dos meus escritos, a menor tendência à Irreligião, Imoralidade ou Jacobinismo." E, nessa linda peça de ficção, o capítulo dez de *Biographia Literaria* (1817), ele simula querer explicar o fracasso de *The Watchman*: "Tornei inimigos todos os meus benfeitores jacobinos e democratas... desgostoso com a infidelidade deles e sua adoção da moral francesa com a psilosofia [sic] francesa." Isso é orgulho e difamação juntos: seus "benfeitores democratas" eram todos imorais e todos infiéis; apenas STC sobrevivia na pureza.

As duas últimas palestras sobre religião revelada (V e VI) são de maior originalidade e maior interesse. Os fantasmas delas não podem ser exorcizados por detratores de *The Friend* e da *Biographia*. Preconceito quanto à irreligiosidade elas talvez não demonstrem; mas discriminação contra a Igreja oficial pode ser encontrada em quantidade, e o Coleridge dos últimos escritos — que solicitava ao bispo de Llandaff que colaborasse para *The Friend* e *Biographia* celebrando a boa sorte da Grã-Bretanha por sua Igreja oficial — deve ter ficado contente de esses textos nunca terem passado de manuscritos. Como um não-conformista radical, o jovem Coleridge deseja mostrar aos infiéis entre seus ouvintes que eles estavam empunhando armas não contra a Revelação cristã, mas contra suas múltiplas corrupções nas igrejas mundanas: "Elas não podem deliberar contra a Cristandade a partir de argumentos aplicáveis apenas a suas Corrupções." A retórica da Palestra V é aquela com a qual William Blake é também familiarizado:

> Aquele que vê alguma diferença real entre a Igreja Católica e a Igreja Anglicana possui uma ótica que eu não possuo — a marca do Anticristo está em ambas. Não têm ambas uma aliança íntima com os poderes deste Mundo, que Jesus positivamente proíbe? Não estão ambas adornadas com ouro e pedras preciosas? Não está escrito na Testa de ambas, Mistério? Ambas não VENDEM o Evangelho — Não, não, elas não vendem, nem isso é o Evangelho — elas trocam violentamente a Blasfêmia pelos primeiros frutos e, roubando o Pão escasso da Boca do Pobre Homem, elas empurram suas Lendas mentirosas para dentro da Garganta dele!

Isso — com mais imaginação tirada da história da Prostituta e de "Mãe das Abominações" — foi redigido apressadamente; supõe-se que depois de uma sessão que durou a noite toda, o cabelo revolto, roupa amarrotada; e um parágrafo ou dois depois o manuscrito é interrompido. Mas é essa a revolta *oral* de Coleridge, de uma forma que seus colegas daqueles anos deviam se lembrar, mas de uma forma que não era nem prudente (no clima de processos de 1795-96) nem possível de levar à publicação. As costumeiras provocações, paradoxos e ambigüidades intrincadas da página impressa não se fazem presentes. Ele fala, *tout court*, da "idólatra doutrina da Trindade e do ainda pernicioso dogma da Redenção".

Esse é o Coleridge que odiava vestes pretas e que preferia pregar, nas casas de reunião dos não-conformistas, usando um casaco azul com botões dourados; que poderia se referir na sua palestra (nos fins de 1795) "A conspiração descoberta", a "revoadas completas de Padres e Bispos, homens negros, e homens negros de braços brancos, como pegas e corvos que picam os olhos dos carneiros"; e que não evitava escrever dissimuladamente para um colega não-conformista, durante sua excursão para arranjar assinantes para o *The Watchman*, que seus sermões ocasionais estavam ajudando a levar avante seu negócio editorial: "O Sagrado pode no fim ajudar o *profano* — e meus *Sermões* lançam uma espécie de santidade sobre minha *Revolução.*"

"Sei que ele não pode pregar com muita freqüência", arriscava John Thelwall no início de 1798, "sem viajar do púlpito para a Torre". E a última palestra (VI) explica também essa opinião, pois Coleridge, ainda sob seu impulso pantissocrático esboçou — com referência à versão de Moses Lowman da lei agrária hebraica (previamente apresentada na Palestra II) — uma crítica às instituições da propriedade (e, em particular, do imperialismo comercial e da industrialização) à luz de uma República comunista visionária. Sua crítica à sociedade é baseada não sobre exigências paineístas abstratas por igualdade de direito político mas sobre uma reivindicação mais ampla por igualdade socioeconômica.

Isso já fora apresentado em *Conciones ad Populum*; discutindo com o tranqüilo radical da classe média, com sua fé nos mecanismos políticos, Coleridge tinha declarado:

> É uma paródia dos erros de nossos semelhantes considerá-los iguais nos direitos, quando pela amarga compulsão de suas necessidades nós os fazemos inferiores a nós em tudo que pode suavizar o coração ou dignificar o entendimento.

O mesmo ponto é fundamental para a Palestra VI:

> A pobre criança nascida num casebre inglês ou irlandês respira o mesmo ar e compartilha a Luz do Céu: mas de suas outras riquezas ela é deserdada. Os poderes do intelecto lhe são dados em vão — Para fazê-la trabalhar como uma besta de carga, ela é mantida tão ignorante quanto uma besta de carga.

Todo nível da sociedade está contaminado: "O egoísmo está plantado em todo peito, e nos prepara para a Escravidão que ele introduz." No ponto em que parece estar se dirigir para um discurso comunista, a palestra se interrompe.

O que quer que se faça desse fragmento, ele certamente qualifica, de modo devastador, a extraordinária, e apropriada, abertura do Ensaio VI de *The Friend*: "Desde os primeiros anos da minha vida de adulto, era um axioma em Política para mim que, em todo país onde prevalecesse a propriedade, esta deveria ser a base maior do governo." Mas devemos deixar a juízo do leitor reflexões posteriores sobre essas interessantes descobertas, sugeridas pelas excelentes informações editoriais do dr. Mann.

O restante desses dois volumes de *Collected Works* — *The Watchman, Conciones, The Plot Discovered,* &c — são o jornalismo político mais direto de Coleridge desses dois anos. Os escritos sempre estiveram disponíveis, embora inacessíveis;

e estão bem apresentados pelo prof. Patton, com alguns apêndices de documentos contemporâneos úteis.

O professor se mostra especialmente prestimoso na apresentação contextual de *The Watchman*. Desenvolveu-se a lenda segundo a qual, devido ao desinteresse por coisas materiais da parte de Coleridge e suas caprichosas alternâncias de indolência e energia, *The Watchman* teve uma produção desleixada, sempre atrasada em chegar à gráfica, cada vez mais feita à base de canibalizações da imprensa em geral. O prof. Patton mostra, ao contrário, que (a despeito de certa inexperiência em negócios) Coleridge dirigiu, por dez números, um periódico político-literário regular, de assuntos variados. Seus empréstimos de outras publicações não foram senão uma convenção permitida no século XVIII. Além do mais, os fragmentos dos debates parlamentares e de jornais nacionais, longe de constituírem um amontoado aleatório para encher espaço, eram uma parte importante da intenção inicial do periódico (manter os reformistas das províncias informados sobre os acontecimentos políticos importantes na Inglaterra e na França) e — na sua seleção, resumo e edição — custaram a Coleridge tanto esforço como as colaborações originais.

Alguns outros comentários podem ser acrescentados para reforçar essa opinião. A idéia de lançar *The Watchman* num momento extremamente singular da década de 1790, durante a solidariedade temporária conseguida entre todas as facções dos reformistas que se digladiavam (foxistas e democratas plebeus, não-conformistas e "infiéis") na campanha contra os Two Acts. A região de Midlands e a de West Country estavam ativas nesse momento de grande agitação, e o público para um periódico parecia estar pronto, ali à mão. A causa era manifesta e sugeria o título. "Watchman" ecoava em muitas passagens de Isaías e Ezequiel que eram caras aos não-conformistas e que lançava Coleridge num papel profético, com alegria:

> Coloquei vigias nas muralhas, ó Jerusalém, que nunca terá paz nem durante o dia nem à noite; vós, que reverenciais o nome do Senhor, não façais silêncio...

Contudo, três meses mais tarde, quando *The Watchman* finalmente foi publicado, as solidariedades de dezembro de 1975 já haviam se dissipado e os reformistas e oponentes da guerra contra a França estavam de novo se recolhendo. A gélida sombra da perseguição pairava sobre eles e à frente se abria a noite da ortodoxia opressiva, que se estenderia de 1798 até os últimos anos das guerras. Poucas publicações radicais sobreviveram a 1796. *Tribune*, de Thelwall, fechou em abril daquele ano. Em Sheffield, James Montgomery, o editor de *Iris*, estava na prisão. Em Norwich, um periódico de assuntos variados, *The Cabinet*, que visava ao mesmo público do interior, fechou no final de 1795. A tentativa dos principais membros da Sociedade de Correspondência de Londres de publicar um *Moral and Political Magazine*, em 1796, terminou em desastre, a despeito dos protestos de lealdade do corpo social — um desastre que, na opinião de Francis Place, desfechou um golpe devastador nas finanças da instituição. Não é de se admirar que Coleridge não tivesse passado do décimo número. Quando se pensa nas dificuldades adicionais (as necessidades de sua jovem família, o fato de que seu livreiro de Londres recusou mandar-lhe qualquer quantia pelos exemplares vendidos), é surpreendente que ele tenha conseguido chegar até onde chegou.

Provavelmente o público disponível era apenas suficiente para manter os dois periódicos, para os quais Coleridge orientou seus leitores no seu ensaio de despedida: o discreto *Monthly Magazine* (no qual os resenhistas não-conformistas se encarregavam do restolho não-conformista) e o valente *Cambridge Intelligencer*, de Benjamin Flower, que fazia uma cobertura das notícias e comentários de interesse dos reformistas muito melhor do que a publicação de Coleridge podia apresentar. Entretanto, por menor que fosse, o público era de real importância. Foi o fracasso dos editores em localizar esse público o que constitui a única crítica substancial ao seu trabalho. Na realidade, longe de removerem os últimos vestígios da obscuridade sobre a postura política de Coleridge em 1795-96, eles na verdade acrescentaram novos mal-entendidos de sua própria lavra.

Jamais será possível relacionar os nomes e endereços dos que apoiavam Coleridge nesses anos. Não restaram listas de assinantes no caso de *The Watchman*, como aconteceu, por sorte, com *The Friend*. Entretanto, até mesmo sem essa ajuda, o grupo-referência intelectual de Coleridge não precisa ser posto em dúvida. Gerações de críticos literários concordam que o godwinismo era compatível com o ultra-radicalismo; e que qualquer intelectual que mostrasse um desacordo maior com Godwin deveria estar se afastando da "esquerda". Godwin não ocupa um lugar tão importante na corrente principal da história intelectual (a história representada por publicações em capa dura ou revistas mensais ou trimestrais) para que se possa cair num mal-entendido tão facilmente. Mas o leitor atento do *Morning Chronicle*, do *Iris*, do *Cambridge Intelligencer*, dos folhetos e da correspondência da época terá impressão diferente. Para muitos reformistas do interior, o godwinismo era irrelevante; era uma discussão acalorada que acontecia em Londres. O vocabulário radical alternativo é evidente na celebração lockiana da Revolução Gloriosa; no paineísmo rasteiro; ou nas tradições radicais dos dissidentes da Igreja Anglicana. Godwin, desprezando as sociedades políticas e o ativismo, e fugindo à questão inteira da França, nada tinha a oferecer aos membros da classe média simpatizantes das sociedades "patrióticas" de Norwich e Sheffield. Na verdade, o jovem godwiniano típico, como Montagu, o amigo de Wordsworth, estava ocupado demais discutindo a boa vontade universal para entrar na briga de foice da discussão política: petições contra os Two Acts, palestras públicas, *The Watchman*, movimentos contra a guerra.

Godwin também foi bastante astuto. Foi vítima do escândalo e da difamação, mas nunca foi levado a julgamento, para ser exilado ou preso, como o foram Thomas Fysshe Palmer, William Winterbottom ou Gilbert Wakefield. Alguns desses cristãos radicais tinham um tipo de engajamento que as autoridades consideravam mais perigoso que a maior parte do radicalismo filosófico de vanguarda. Em 1795, houve uma pequena, mas significativa, nova onda de engajamento entre os jovens, que tinham seus heróis (em Gerald, Palmer ou William Frend), que lamentavam o escorraçamento de Priestley para fora do país e que começavam a apresentar seus próprios porta-vozes.

Coleridge era exatamente um destes porta-vozes: sua situação política era difícil, mas não era absolutamente única, nem ele se achava tão isolado como mais tarde veio a alegar. Isso pode ser visto em página após página de *University Rebel*, a vida, extremamente vibrante, de William Frend, de autoria de Frida Knight. Em questões acadêmicas, a sra. Knight pertence a uma liga bem diferente da do dr. Mann e do professor Patton: seu estilo é ocasionalmente novelístico; ela não tem recebido bolsas da Bollingen ou de outras fundações. É uma historiadora "amadora" (isto é, não é remunerada), que já escreveu um abalizado estudo de Thomas Walker, o reformista de Manchester.

O livro de Frida Knight é um triunfo. Ano após ano, o Atlântico Norte escurece com as asas do estudiosos migrantes — os ingleses voando para escarafunchar os manucristos (ingleses) enterrados na Biblioteca Huntington, na Coleção Berg, na Pierpont Morgan ou na Pforzheimer; os americanos se amontoando no Museu Britânico ou lamentando a falta de tecnologia escolástica no Dove Cottage. Enquanto isso, Frida Knight montava numa bicicleta (ou talvez num telefone) e descobria a pista de duas importantes coleções das cartas de William Frend, sob a guarda hospitaleira de dois descendentes, bem como importante material afim em coleções mais simples, inclusive a Ely Diocesan Records. Seu trabalho é um lembrete muito saudável de que, a despeito das guerras e de esforços de recuperação, uma grande quantidade de material importante da década de 1790 em diante ainda sobrevive em sótãos particulares, e que as verdadeiras descobertas do estudo acadêmico estão fora das principais rotas migratórias, e se revelam apenas àqueles que têm persistência e habilidade.

A partir desse material, ela escreveu um livro extremamente interessante. A obra decai na segunda metade, em parte porque o assunto decai, mas em parte porque ela está interessada no drama de William Frend, o intrépido radical expulso de Cambridge depois de um ridículo arremedo de julgamento no tribunal do vice-chanceler, em 1793, e ela não consegue mostrar o mesmo interesse pelo pensamento unitarista de Frend.

Ela tem a mesma característica que confere a um de seus próprios personagens — "uma tendência revigorante de descartar pontos da doutrina em favor de verdades gerais" — mas, como o próprio Frend preocupava-se muito com a doutrina, isso às vezes é uma exclusão. Nesses momentos, ela mergulha no seu acervo de cartas e produz algumas páginas de dados biográficos, mas dados tão vívidos que parece que estamos sentados ao lado de Frend.

Frend, como ela mostra, exagerou o drama de seu "julgamento" e não consegue fazer dele a demonstração de integridade que poderia ter sido. Ele não tinha nem a experiência nem o temperamento para suportar uma notoriedade pública desse quilate, mas revelou-se bastante intransigente; exaltado aos olhos daqueles estudantes que, como Coleridge, o tinham apoiado; e conforme amadurecia (no exílio da Universidade) sua integridade ingênua e sua intransigência sem fervor o levaram até a Sociedade de Correspondência de Londres, em prol da qual falou e por cujos prisioneiros angariou dinheiro.

Anteriormente, quando os escrúpulos de Frend acerca da Trindade o tinham levado a exonerar-se de seu curato, ele havia trocado o preto clerical por um casaco azul com botões dourados: o mesmo traje com que Coleridge pregava a rebelião em 1795. Se quisermos situar a posição de Coleridge no panorama intelectual de 1795, é muito mais importante adotarmos Frend como referência em vez de Godwin. Também é importante fazermos visadas mais precisas do que as que o dr. Mann e o prof. Patton fazem sobre o movimento reformista popular. Quanto a isso, a "amadora" tem mais sensibilidade para a época do que os estudiosos profissionais.

Coleridge tinha se envolvido em um grande debate público contra os Two Acts e sem dúvida marchava ombro a ombro com centenas de novos aliados, reformistas de todos os graus. O Programa do *The Watchman* declara, explicitamente, que

> seus principais objetivos são cooperar (1) com o WHIG CLUB na obtenção da revogação [dos Two Acts] e (2) com as SOCIEDADES PATRIÓTICAS, para conseguir um Direito de Sufrágio geral e freqüente.

O prof. Patton tem algo a nos dizer acerca do Whig Club, mas, embora seja normalmente tão fluente, ele recusa o segundo debate inteiramente. Na introdução conjunta dos organizadores às *Lectures*, o fato de não olharem firmemente para o mesmo ponto aumenta a área de incompreensão. A atitude de Coleridge em relação ao godwinismo, sugerem, "afetou sua atitude para com todo o movimento radical que surgira na década de 1790", e:

> Ele ficou muito perturbado em pensar que os discípulos de Godwin, ou radicais contagiados pelas idéias godwinianas, pudessem assumir a liderança do povo. Holcroft, por exemplo... desempenhou um papel central nas atividades da Sociedade de Correspondência de Londres.

"Foi o poder de homens assim e sua influência sobre as massas que atraíram a atenção temerosa de Coleridge..." Holcroft não desempenhou nenhuma função na LCS e provavelmente nunca foi membro da instituição. Ele tinha apoiado a mais aristocrática Sociedade para o Conhecimento Constitucional, que (como os Amigos do Povo) cessara de ter qualquer presença nacional em 1795. Godwin nunca apoiara as "sociedades patrióticas" populares, nome pelo qual toda a Inglaterra chamava, em 1795, aqueles numerosos centros provincianos de "travessura" democrática dos quais a LCS era a mãe metropolitana. Na realidade, ele escolheu o momento de agitação contra os Two Acts para desfechar um ataque específico contra a LCS e o tribuno popular, John Thelwall. "Em condições normais", propõem os organizadores, Coleridge "teria compartilhado o medo que Godwin tinha de associações", mas ele ficou muito tomado de entusiasmo na época dos Acts para se juntar a seus membros na conturbação generalizada. Eles não têm como garantir essa proposição; nem se pode ver com facilidade como foram capazes de decidir o que um jovem excêntrico e instável, de 23 anos, poderia, "em condições normais", fazer numa situação de emergência nacional.

O que se *sabe*, a partir de registros, é menos que isso. Sabemos que Coleridge, em 1795, escolheu — como John Thelwall em Londres — o método aberto de fazer prosélitos mediante palestras públicas: uma cláusula dos Two Acts visava especificamente a esse tipo de palestras e Coleridge sugeriu certa vez que o governo visara não somente a Thelwall mas também a ele. Sabemos que Coleridge foi orador famoso nas manifestações em Bristol contra os Acts. Sabemos que o programa de *The Watchman* anunciava especificamente a cooperação com as sociedades patrióticas. Também no próprio *The Watchman* diversas colaborações entusiásticas (enviadas pelo reverendo John Edwards, um outro cristão do tipo de Frend, e sucessor de Priestley na Birmingham Meeting) dão uma descrição favorável, passo a passo, da perseguição, na época dos Acts, de Binns e Gale Jones, os "missionários" da LCS. E sabemos que, em 1796,

Coleridge iniciou uma calorosa correspondência com o tribuno popular, John Thelwall.

Vistos em seu conjunto, esses fatos sugerem que a curva do envolvimento de Coleridge, em 1795-96, o levou, na verdade, para bem perto das comunidades populares — ou na direção de seu componente mais intelectual. Se estava se afastando do elitismo arredio e da cômoda indiferença de Godwin em relação à perseguição, Coleridge pode, nesses anos, ter se orientado para o ativismo político, como seu mentor, William Frend. Na verdade, publicar *The Watchman* e viajar ao interior em busca assinantes é prova dessa postura.

Desprezando as alternativas de godwinismo, os organizadores desencorajam tal leitura e nos deixam com um Coleridge que é um individualista completo, numa única postura, afastando ideologias hostis de todo lado, como vespas. Eles defendem sua leitura com negativas: "Não se têm provas de que as sociedades (patrióticas) estivessem absolutamente ativas em Bristol, em 1795." Talvez não: os historiadores têm sido menos úteis em questões desse tipo do que poderiam ser. Mas houve uma vigorosa Sociedade Constitucional de Bristol em 1794, pequena em número mas confiante: "É nossa opinião firme", escreveram eles para a LCS, "se pudéssemos apenas despertá-los, que os patriotas se tornariam quase a maioria na nossa cidade." Não há razão para supor que a sociedade tenha cessado de existir em 1795; ela mostrava sinais de atividade ainda em 1797. Certamente que o tom da carta de Coleridge para George Dyer, em fevereiro de 1795, não sugere que suas palestras fossem proferidas num contexto político informal:

> Lancei-me à tarefa de disseminar a Verdade mediante três Palestras políticas... Mas a oposição dos Aristocratas é tão furiosa e determinada, que começo a temer que o Bem que eu faço não seja proporcional ao Mal que ocasiono — Turbas e Prefeitos, Cabeças-duras e Apedrejadores, Cartazes e gangues da Imprensa uniram-se numa terrível Conspiração contra mim — Os Democratas estão firmes no seu apoio a mim — mas seu número é comparativamente pequeno...

"Autômatos desajeitados e descerebrados" por pouco foram impedidos de "atacar a casa na qual o 'maldito jacobino' vociferava'".

É mais do que provável que a Bristol de 1795-96 tivesse, como Manchester, Nottingham ou Norwich, organizações de reformistas mais ou menos formais: talvez círculos sobrepostos — grupos de leitura aristocráticos e clubes de discussão, sendo que os membros mais ardorosos destes também apoiavam uma sociedade reformista mais popular. Há uma grande possibilidade de que esses "democratas" tenham apoiado Southey e Coleridge em suas palestras, além de angariar assinaturas contra os Acts e comprar *The Watchman*. Mas os organizadores estavam decididos a deixar Coleridge pairando, imponderável, no espaço político externo, sem estar submetido a qualquer atmosfera ou força salvo à repulsa de Godwin e à atração gravitacional remota de Burke.

Como apoio a sua tese, eles apontam diversas passagens das próprias cartas de Coleridge que não deveriam ter sido usadas sem um exame crítico mais cuidadoso. Escrevendo para o pai de Charles Lloyd, nos fins de 1796, o poeta faz referência a "políticos e política — um conjunto de homens e um tipo de estudo que considero extremamente pernicioso a todas as virtudes cristãs". Mas essa frase, juntamente com muitas outras tolices piedosas, vem de uma carta na qual o autor está tentando acalmar a ansiedade de um pai de mentalidade convencional, cujo filho perturbado Coleridge tinha recentemente acolhido debaixo do seu teto e de sua proteção. Isso não é mais útil como prova do que uma frase de uma das muitas cartas tranqüilizadoras que jovens conferencistas de língua inglesa ou sociologia estão sem dúvida, nesse momento, dirigindo a pais que se acham na mesma situação difícil:

> Embora compreenda o que é aceito pela cultura dos jovens, eu próprio há muito venho desencorajando meus estudantes a usar a maconha ou outras drogas. O idealismo de Julia é louvável, mas tenho certeza de que ela logo ultrapassará o espírito revolucionário prático de seitas mal orientadas...

Se os críticos exigem apropriadamente uma disciplina de leitura (palavras dispostas numa ordem), os historiadores deviam, com o mesmo direito, exigir sua própria disciplina (palavras num contexto). E ninguém mais do que Coleridge deveria estudar essas disciplinas, ele que combinava uma ambivalência de atitude freqüentemente inesperada com uma capacidade camaleônica de modificar a cor de suas opiniões de acordo com a pessoa com quem se correspondia. É muito desanimador encontrar o dr. Mann concluindo seu hábil e erudito prefácio para as *Lectures* com um uso pouco criterioso de passagens inteiras da notória carta que Coleridge escreveu para *Sir* George Beaumont em outubro de 1803, quando acabara de saber da morte de Emmett. O acontecimento trouxe-lhe à lembrança, num forte choque, sua própria juventude de agitador:

> Felizmente para mim o Governo, penso eu, achava que Southey & eu éramos totalmente desligados de qualquer partido, clube ou sociedade... Eu rejeito todas essas Sociedades, esses Impérios dentro de um Império, esses Ascarídeos nos Intestinos do Estado... Todas essas Sociedades, sob qualquer nome, eu as detesto como perversas Conspirações.

Isso, e muito mais — uma torrente incoerente, contraditória, de autojustificativa —, apenas evidencia o estado de espírito de Coleridge em outubro de 1803. Nem uma única frase naquela carta tem algum valor como prova histórica, a menos que confirmada por outras fontes. Como autobiografia, o documento é totalmente sem valor. Não se está, é claro, discutindo a questão menor da filiação ou não de Coleridge a uma certa Sociedade Constitucional de Bristol. Se esta sociedade de fato existiu, ela provavelmente pecava tanto pela falta de organização que não tinha carteira de sócio; e, se tivesse, Coleridge provavelmente esqueceu-se de ingressar nela, ou alegou um motivo qualquer para recusar ser sócio. A questão é a trajetória das alianças de Coleridge durante esses anos, e isso (já sugerimos) os organizadores mantêm obscuro. Tal trajetória chegou muito perto da de William Frend ou da de Gilbert Wakefield, e, se não tivesse sido abortada pelo retiro em Stowey, certamente o teria levado à prisão.

Não foi apenas Hazlitt que se lembrou dele como um ardente sedicioso, isso acontecendo até mesmo o ano de 1797. Quando Coleridge negou suas simpatias jacobinas em *The Friend*, Southey observou: "Se ele não era um jacobino na acepção comum do termo, fico a pensar que diabo ele era." Os organizadores subestimam esse comentário, como um "ataque de mau humor", mas há outros — os quais eles deixam passar — que ainda têm de ser explicados. Recentemente o prof. Pollin trouxe a público uma cópia da *Biographia*, anotada por Thelwall, na qual Coleridge escreveu "como eram opostos, já mesmo nesse tempo, meus princípios em relação aos do jacobinismo e até mesmo da democracia". Thelwall exclamou: "O sr. C. estava realmente afastado da Democracia, porque se achava muito além dela, eu bem me lembro — pois ele era um igualitário zeloso, até a raiz dos cabelos." Há amplo testemunho do modo com que o espírito sedicioso de Coleridge chocou os cerimoniosos parentes de Thomas Poole em Stowey. Cinqüenta anos mais tarde, um velho clérigo nas Quantocks ainda dava risadas ao se referir às "tristes tolices democráticas" ditas por Coleridge naqueles dias:

> "Era uma época de grande agitação política, e, sabe, nós não mudamos nossas opiniões, mas eles mudaram", disse o vigário piscando o olho...

Não desejaríamos privar o vigário de seu pequeno triunfo octogenário; mas não teria ele compreendido mal o que Coleridge queria dizer? Se isso aconteceu, então alguém muito mais íntimo de Coleridge teria incorrido no mesmo equívoco. Em abril de 1799, a infeliz Sara (com Samuel na Alemanha) precisou apelar para Poole para poder pagar as contas domésticas:

> Minha principal razão para perturbá-lo agora é pedir-lhe que me envie dez guinéus, pois pensei que Coleridge tivesse pensado nisso, mas ele não...

A carta tem dois pós-escritos irritantes. Primeiro: "As *Lyric Ballads* não agradavam de forma alguma." E o segundo: "É muito desagradável para mim ser a toda hora indagada se Coleridge mudou seus sentimentos políticos, pois não sei como responder adequadamente. Por favor, me auxilie." Não há dúvida de que o admirável Poole forneceu-lhe os dez guinéus e 170 anos de estudo acadêmico fizeram alguma coisa para amenizar o primeiro pós-escrito. Entretanto, quanto ao segundo, Sara ainda está esperando uma resposta definitiva.

Os organizadores não "auxiliam" Sara completamente. O domínio que eles têm da história da intelectualidade é impressionante e o dr. Mann, na introdução editorial, esclarece muita coisa. Ele insiste, com propriedade, sobre o desenvolvimento do pensamento unitarista de Coleridge, mesmo onde essa unidade é a descamação de sucessivas ambigüidades inter-relacionadas. A partir dessas primeiras palestras, pode ser traçada a regularidade de preocupação. Como escreve o dr. Mann:

> As ênfases fundamentais no seu pensamento religioso e político que as palestras revelam sugerem que sua obra inicial pode ser vista com maior precisão e justiça como uma reação intelectual contra a filosofia da revolução, compartilhando a preocupação moral e social da revolução certamente, mas resistindo a algumas de suas idéias fundamentais mais importantes sobre o indivíduo, a sociedade e a religião, tal como aparecem, pelo menos, no trabalho de Godwin e de Paine.

É exatamente isso; e, desde que se tenha em mente que a "filosofia da revolução" se identifica com Godwin/Paine, o argumento está provado. Mas se essa condição — condição esta que pode ser aplicada com igual validade àquele outro revolucionário, William Blake — for esquecida, podemos ser levados a conclusões falsas. O dr. Mann escreve que "o desenvolvimento intelectual posterior de Coleridge pode ser visto não apenas como uma rejeição apóstata de suas idéias de 1795, mas como uma profunda exploração e desenvolvimento delas". Sim; mas uma exploração e desenvolvimento em apenas *uma* das diversas direções possíveis, e numa direção que incluiu uma apostasia distinta na direção de outras alternativas e, na realidade, na direção de parte daquela "preocupação moral e social" que iluminara sua juventude.

Pois, nos brilhantes paradoxos de seus cadernos de notas, palestras e cartas relativas àqueles anos, têm-se vestígios de abundantes possibilidades alternativas de desenvolvimento. Coleridge, o milenarista; Coleridge, o cristão comunitário; Coleridge, o revolucionário (mais do que burkiano) crítico do utilitarismo. Coleridge nos espanta, entre 1794 e 1798, por causa de sua capacidade de conter dentro de si tantos impulsos filosóficos oscilantes, contraditórios, cada um realizado momentaneamente, num lampejo de iluminação. Se falarmos de "exploração e desenvolvimento", devemos também falar de limitação e rejeição. E a questão da apostasia permanece importante, não porque se deseje implicar com seus biógrafos, mas porque apenas esse sentimento de autotraição dissimulado explica a veemência, a incoerência cheia de culpa e tortuosa, de alguns de seus escritos tardios, quando ele se aproxima dessa área sensível.

A contradição na qual Coleridge estava imerso em 1795-96 não era apenas filosófica: era também social. Ele era um revolucionário utopista que, não obstante, fica profundamente nervoso com "a turba" e que podia ver esperança apenas na conversão de sua própria classe ou, no máximo, nos artesãos instruídos e moralizados. Por mais que esses escritos vão a extremos de *opinião*, eles mostram coerência nesse ponto. Em *The Watchman* (VI) ele escreveu sobre "esse maior dos males, um revolução gerada por um governo sem princípios e extravagante sobre um povo miserável, ignorante e perverso". (Vinte anos mais tarde ele se esquecera da paternidade e escreveu sobre revoluções como se elas fossem malcheirosos nascimentos virginais.) Na sua palestra de 1795 contra a guerra (em *Conciones ad Populum*), seus insultos contra o suposto par do conflito, William Pitt, ultrapassam todas as medidas:

> O céu agraciou aquele homem com uma porção de sua ubiqüidade, e deu-lhe uma presença real nos Sacramentos do Inferno, onde quer que sejam administrados, com todo o pão da amargura, com todos os copos de sangue.

Mas, na mesma palestra, ele prevenia que a disseminação da verdade política deveria ser feita apenas entre aqueles "cujas mentes sejam suscetíveis de raciocínio: e nunca para a multidão, que, ignorante e pobre, deve necessariamente agir a partir do impulso de Paixões inflamadas". "O Esclarecimento Geral deve preceder a Revolução", e o "pequeno mas glorioso grupo... de Patriotas esclarecidos e desinteressados" deveria "interceder *pelos* Oprimidos, não *para* eles".

O auto-isolamento de um revolucionário intelectual utopista raramente foi definido de maneira mais explícita, mas as poderosas pressões da experiência que levaram Coleridge a essa posição nem sempre são levadas em consideração. Na Inglaterra de 1795, a multidão não se apresentava como qualquer tipo de força democrática organizada. Era a turba dos Distúrbios Gordon: a turba da facção Church-and-King, que, havia apenas quatro anos, tinha posto fogo ao laboratório de

Priestley; a gentalha da fixação dos preços que, historicamente, se voltara contra os comerciantes de milho não-conformistas (dissidentes da Igreja Anglicana) e *quakers*, e que durante todo o ano de 1795 clamara contra os intermediários; os arruaceiros da Church-and-King que atacaram as reuniões das sociedades patrióticas (cujos membros, quando plebeus, eram selecionados de uma elite autodidata e digna), e que por pouco foram impedidos de derrubar as portas das próprias salas de palestra de Coleridge. E, se ele se voltasse para a França, a multidão também parecia uma máquina de destruição, esmagando imparcialmente o privilégio aristocrático e as esperanças utópicas do republicano da classe média. Conforme ele escreveu em *Conciones*:

> Os Anais da Revolução Francesa registraram em Letras de Sangue que o Conhecimento de Poucos não pode se opor à Ignorância de Muitos; que a Luz da Filosofia, quando confinada a uma pequena Minoria, destaca da Multidão os Possuidores como as Vítimas, em vez de Iluminadores.

A revolução comunista de suas palestras "teológicas" deve ser precedida por uma revolução moral dentro de cada indivíduo:

> Exerçamos sobre nossos corações um despotismo virtuoso e levemos nossas próprias Paixões em triunfo, e então não desejaremos nem Monarca nem General. Se não temos nenhum Nero fora, devemos colocar um César dentro de nós, e que esse César seja a Religião.

A partir dessa posição, poder-se-ia facilmente lançar uma fonte adiante, através da qual ele poderia passar, abandonando seu utopismo de jovem e ocupando o território de Burke e da

Igreja Oficial. Mas essas palestras redescobertas estabelecem firmemente o igualitarismo sedicioso das terras que ele deixou para trás. No exemplar de Thelwall da *Biographia*, na linha que diz, "eu me retirei para um chalé em Stowey", há uma anotação à margem:

> Onde eu o visitei & e achei-o um Igualitário decidido — insultando os democratas por sua moderação hipócrita, fingindo desejarem dar ao povo a igualdade de privilégios & classe, enquanto, ao mesmo tempo, lhes recusariam tudo que aos outros possa ser valioso para a divisão de riqueza — ou, melhor, abolição de toda a riqueza.

Ainda assim, em 1797, a crítica de Coleridge à revolução vinha da "esquerda". Mas o vigia tinha abandonado seu posto e a noite se aproximava, não apenas do lado de fora mas também dentro dele. O uniforme do vigia — o casaco azul com botões dourados — estava, sem dúvida, guardado num dos baús de Sara. Não era a última vez que o crítico intelectual da esquerda deveria perceber, na impotência do seu próprio auto-isolamento, uma desculpa para a reconciliação com o *status quo*. As ondulantes Quantocks eram mais convidativas do que Botany Bay; os grandes elmos em torno da torre da igreja de Stowey eram uma imagem de maior segurança que as margens do Susquehanna. Em julho de 1797, ele recebeu a visita de John Thelwall e eles se sentaram para conversar em um pequeno vale entre as colinas. "Cidadão John", disse Coleridge, "esse é um lugar bom para conversarmos sobre traição." "Não, não! Cidadão Samuel", replicou Thewall, "é mais um lugar para fazer um homem esquecer que há necessidade de traição."

A luz e a escuridão*

Times Literary Supplement, 24 de maio de 1974. *The Notebooks of Samuel Taylor Coleridge*, organizado por Kathleen Cobur, vol. 3, 1808-1819, Routledge and Kegan Paul, 1974.

Em 1808, Coleridge já tinha perdido muito de seu entusiasmo. O jovem que saltara sobre um portão, ansioso por se encontrar com os Wordsworth, tinha se transformado em uma figura mais estática, que De Quincey encontrou em um pórtico em Bridgwater libertando-se com dificuldade do seu estado de devaneio. A eloqüência, uma vez desencadeada, era tão espantosa quanto antes — "como um grande rio, o Orellana ou o St. Lawrence", disse De Quincey — mas havia certo elemento de auto-hipnose enquanto Coleridge procurava dominar ou iludir as contradições que ameaçavam sufocar sua vida emocional e intelectual. Durante os próximos doze anos, ele tentaria diversos expedientes diferentes, numa tentativa de conseguir a "grande obra" que deveria justificar seus anos de leitura e pesquisa.

O novo volume dos Cadernos de Coleridge abrange esses anos — um volume que assinala o maior triunfo editorial da série até agora, desde que as correntes confusas do pensamento de Coleridge alcançaram uma nova complexidade, exigindo grande quantidade de anotações. Kathleen Coburn se mostra inteiramente à altura da tarefa. À medida que o trabalho avança, ela achou possível permitir-se mais espaço nas anotações. Se Coleridge se refere a um autor, podemos ter certeza de que a professora Coburn terá procurado o trabalho, verificado a edição e feito um resumo de sua importância. Se Coleridge diz que um trecho não pode ser transcrito por inteiro, a deficiência invariavelmente será corrigida nas notas. A todo momento o livro chama nossa atenção para usos paralelos de determinados termos, discussões adicionais das questões, possíveis fontes da leitura de Coleridge. Contudo, tudo isso é feito com sensibilidade e o desejo de não interpretar além do que o texto permite. Um dos artifícios mais felizes é o uso da pergunta especulativa, que evita a deselegância de frases como "poderia razoavelmente ser sugerido que..." com todas as suas variações.

A organizadora lida com a vida privada de Coleridge com discrição, oferecendo provas mas evitando formar juízo generalizado ou análise psicológica apressada. De forma sutil, ela começa a nova seqüência com uma introdução na qual, pesando os efeitos ruinosos de seu relacionamento com a casa dos Wordsworth, Coleridge comenta: "O que resta? — fazer-lhes todo o bem, eu posso; mas com um coração vazio!" O "ainda olho — e com que olhar vazio!" de "Dejection" generalizou-se agora, cobrindo uma esfera mais ampla de suas ações: e isso ajuda a explicar o estilo de pensamento mais complexo que é desenvolvido nessas notas. Antes, sua vasta sensibilidade era muitas vezes satisfeita em se exercitar diretamente; agora tende a correr para dentro, emergindo com menos freqüência com seu brilho direto.

O leitor comum que folheia ao acaso encontrará certas idéias e observações que brilham sugestivamente por si mesmas; em outros casos, ele precisará de orientação adicional antes que o significado da anotação se torne claro. O encadeamento do pensamento é tão complexo que às vezes as anotações, por mais extensas que sejam, não bastam. Com maior freqüência é uma questão de se ver o padrão amplo de significado que deu origem a determinado registro. Coleridge observa que as manchas de fruta sairão mais facilmente de um tecido na estação desta fruta, mas se tornarão indeléveis se deixadas além do tempo. Esse ponto, não mais que um interessante detalhe por si mesmo, assume um significado mais completo quando lido no contexto de especulações anteriores sobre os possíveis inter-relacionamentos entre as diversas manifestações de vida. Ela fala de seu "*all-zermalming*" (esmagador) argumento sobre a questão dos fantasmas, aparições etc.; o tom brincalhão não deve obscurecer o fato de que a teoria que ele então expõe a respeito dos poderes da "imaginação, a matriz criadora", para impor um padrão interpretativo sobre sensações de outro modo inexplicáveis (um fator poderoso, argumenta ele, na produção de pesadelos) contém algumas de suas mais fecundas idéias. Persistem, além do mais, esperanças anteriores de que o estudo de tais fenômenos mentais poderia ajudar a esclarecer a importância da própria religião; em 1810, ele ainda tem esperança de escrever um tratado intitulado "Os Mistérios da Cristandade baseados nos Mistérios da Natureza Humana e a eles correspondentes".

Há alguns trechos áridos. O leitor avisado aprende a virar a página rapidamente quando vê um diagrama ou uma tentativa de verificar a autenticidade do Gênesis. Mas não tão rapidamente: "qualquer coisa", como observou Virginia Woolf, "pode sair daquele grande bucho".

Os novos registros lançam mais luz sobre aquela crise de sua vida pessoal que culminou na briga com Wordsworth. No início, seu amor pela cunhada de Wordsworth, Sara Hutchinson, apoiado por sua fé de que um amor puro, cultivado com energia, seria necessariamente uma fonte de inspiração, parecera prometer novo vigor criativo; com o passar dos anos, sem perspectiva de um relacionamento consumado, o sentimento tornara-se agonizante e artisticamente entorpecido. Nos últimos estágios, também, Coleridge registrou em seus cadernos de anotações a ocorrência de paixões tão inoportunas como um "ciúme involuntário" em relação a Wordsworth (que, afinal de contas, tinha três mulheres, incluindo a própria Sara, para lhe suprir os confortos domésticos) e uma necessidade física crescente da própria Sara, que ele tentava sublimar. Entretanto, a despeito de uma alienação cada vez maior, o fato produziu um grande choque quando palavras contundentes de Wordsworth lhe chegaram aos ouvidos — que ele vinha sendo uma "absoluta inconveniência na sua casa" e que ele "não tinha esperança a respeito dele". A reação de Coleridge é imediatamente registrada nos cadernos: "Noite de domingo. Nenhuma esperança a meu respeito! absol. Inconveniência! Deus Misericordioso, isso é um Sonho?" e, um dia ou dois depois: "Girando sem um centro — como num pesadelo — sem gravidade — um vórtice sem um centro." Mesmo que esses registros sejam comoventes no contexto, talvez ainda pareçam uma reação exagerada às observações de um velho amigo. Para apreciar sua inteira ressonância, devemos olhar novamente para o que estivera acontecendo na década anterior.

Aqui novamente os cadernos de notas nos trazem novas provas. Numa auto-referência bastante clara, Coleridge discute a condição de um homem "a quem uma *Droga perniciosa* tornará capaz de conceber & produzir Pensamentos, antes escondidos nele, que evocam os sentimentos mais profundos de seus melhores, maiores & mais lúcidos Contemporâneos".

Uma explicação possível para esse fenômeno paradoxal, sugere ele, é que "o terrível veneno tenha feito, por um tempo enganador, o corpo, i.e., a *organização*, não a articulação (ou instrumentos de movimentação) algo desconhecido, um Instrumento mais adequado à todo-poderosa Alma".

A implicação disso é significativa: que no próprio processo de arrasar com a sua saúde, o ópio ajudou o surgimento de idéias que outros, pelo menos, tinham podido usar com bom proveito. E os supostos beneficiários devem certamente incluir Wordsworth, que havia encontrado nas idéias de Coleridge um importante estímulo para suas próprias produções. O fato de reconhecer isso evidentemente agiu como bálsamo para o sentimento de culpa de Coleridge, que vinha à tona facilmente; observar Wordsworth escrevendo o seu "Poema para Coleridge" (que agora conhecemos como *The Prelude*), através da assimilação das idéias de Coleridge para a interpretação de sua própria experiência, era sentir que seus próprios fracassos não tinham sido inteiramente em vão.

Em prova disso, os declarados comentários de Wordsworth a uma terceira pessoa tiveram um efeito desproporcionalmente devastador, destruindo com um só golpe o sentimento de uma lealdade encorajada; passou-se bastante tempo até que Coleridge recuperasse o equilíbrio. Quando isso aconteceu, foi para ver seu amigo de uma maneira muito mais fria. Aí ele equilibrava certa fraqueza contra sua grandeza de "procurador da linguagem de Trismegisto", como ele os denominou — e permitiu-se alguns comentários amargos, dando a entender que, se Wordsworth publicasse seu poema, ele cancelaria todas as passagens relacionadas à filosofia de Coleridge "como exemplos de interpenetração mútua de 2=1" e até mesmo escrevendo uma sátira (mais tarde excluída) sobre o relacionamento wordsworthiano de marido, irmã e esposa.

Durante a década seguinte, o estado físico de Coleridge continuou a piorar. Em 1820, ele recusou um convite para jantar alegando "os súbitos ataques aos quais estou... extremamente sujeito depois de qualquer estímulo de vitalidade proveniente e de companhia agradável". E não era apenas um simples problema de alternância de boa e má saúde; muitos homens conseguiram realizar seus feitos intelectuais contra fatores físicos piores. O problema com Coleridge era que a própria vitalidade na qual ele não podia mais confiar havia anteriormente desempenhado um papel fundamental em seu pensamento. Em dias melhores, ele tinha até mesmo pensado que seria possível vislumbrar, em suas obras mais sensíveis, a presença de uma benévola alma do mundo.

Foi precisamente devido ao fato de seu pensamento sempre incluir esse elemento absorto que seus sofrimentos físicos repercutiam no nível intelectual. Onde o livre jogo de suas energias antes fornecia os laços de coesão para sua poesia e seu pensar, dando a suas palestras, poemas e melhor prosa uma firme corrente de inteligência aguçada. O rompimento desses laços o deixou exposto a uma divisão dentro da psique, entre movimentos mecânicos ininterruptos e cansados e necessidades de seu corpo, e o espírito ansioso que ainda olhava antes e depois. O mito do "Velho Marinheiro" materializava-se novamente em sua própria carreira, ao se encontrar ele paralisado, atormentado entre a morte-em-vida de seus fardos físicos e a vida-em-morte de suas persistentes aspirações imaginativas. A dualidade entre corpo e alma é um tema literário bastante familiar, mas aqui a divisão se dá de modo diferente, e é descrita por (para citar de novo Virginia Woolf) "um homem de consciência exagerada, dotado de um espantoso poder de auto-análise".

Os cadernos de notas expõem ainda mais o Coleridge dos biógrafos: uma figura que tem sempre atraído apoio invulgar ou desprezo invulgar, de acordo com os pressupostos do observador. Juntamente com a perda de força criativa, ternamente descrita, há uma gama extraordinária de realizações: *The Friend, Zapolya, Biographia Literaria, Sibylline Leaves*, os *Lay Sermons*, os vários conjuntos de palestras. E se às vezes detectamos nestas obras um arcabouço desesperado, que se estende por áreas de autocontradição, podemos também descobrir uma característica insinuada pelo bem conhecido relato de Lamb: "Ele está muito mal, mas aí ele escolhe maravilhosamente um outro dia e seu rosto, quando ele repete seus versos, tem a antiga glória..." Essas últimas obras ainda são assombradas por vestígios de um tempo anterior, quando sua vivacidade se manifestava com plena força, encorajando-o a especular com mais presteza sobre os possíveis laços entre as manifestações da vida, postulando um Deus que era, de certo modo, identificável com "a vasta Energia sempre atuante da Natureza" e escrevendo a poesia de uma imaginação energizada. Mesmo nessa época, qualquer coisa no pensamento alemão ou na especulação científica contemporânea que pudesse dar respaldo àquelas antigas especulações é absorvida e anotada.

Para sua filosofia mais positiva, Coleridge adota uma linha que coincide mais de perto com sua crescente autodivisão, mas ainda se volta para um tempo que já passou. Se ele agora se declara mais freqüentemente a favor das grandes instituições religiosas e do cristianismo tradicional, até certo ponto é porque os vê como guardiões do significado moral de uma forma de energia que nunca o traiu: a luz.

A luz é uma presença constante, se bem que discreta, em todos os escritos de sua fase tardia, particularmente na poesia. Às vezes chega perto de reviver a força poética do antigo Coleridge — como quando descreve o relance que teve de um falcão defecando à luz do sol:

> A sujeira que caiu do Falcão pousado no limite extremo da Vista através de uma coluna de luz do sol — uma estrela cadente, uma gema, a fixação, & cristal, de Luz substancial, de novo se dissolvendo & alongando como uma Gota líquida — como ela é linda, no seu conjunto, para o Olho e para a Mente também, enquanto permaneceu ela mesma, tudo & apenas seu próprio Eu. Que miserável francês não seria aquele que pudesse gritar — lindo excremento do Falcão!

Por um momento, a rudeza do universo físico é transfigurada e o ansioso Coleridge se liberta, mas apenas para enfatizar seu problema central: existe ou não uma relação entre o poder transfigurador da luz física e a força do amor humano? A crença de que havia essa relação desempenhara, no fim das contas, um papel crucial no seu amor por Sara, que parecia às vezes brilhar com um fulgor próprio. Os versos que ele escreveu sobre esse sentimento a respeito dela são diversas vezes recorrentes nos seus cadernos:

> Toda Aparência ou semelhança tirada da Terra,
> Todo acidente de Parentesco ou Nascimento,
> Se esvaíra: não havia traço
> De nada sobre seu rosto iluminado,
> Levantado debaixo daquela Pedra fendida,
> A não ser uma Imagem — toda dela!
> Ela, Ela sozinha, e apenas Ela
> Brilhava através de seu corpo visivelmente.
> (3291)

Mesmo que o amor por ela, que ele baseara em experiências assim, tivesse levado ao desastre emocional, ele não conseguia abandonar seu interesse pelo mistério envolvido. A crença nele sobrevivente de que a capacidade da luz de se corporificar poderia ser a chave para a própria compreensão da experiência humana ajuda a explicar grande parte da fase posterior de sua carreira — inclusive a dificuldade em conseguir uma linguagem central adequada e que fluísse livremente. Embora escrevesse com extraordinária facilidade sobre muitos assuntos, há alguns em que a linguagem disponível parece inadequada. Daí, paradoxalmente, seu desejo de apropriar-se da linguagem dos outros quando isso oferecia uma aproximação com seus próprios pensamentos e sentimentos. Aqueles que o lêem com o objetivo principal de descobrir seus empréstimos não reconhecidos como tal encontrarão pouco material novo nesse volume. Poderão encontrar consolo, contudo, numa série de registros nos seus cadernos de notas, reunidos de boa fé por seu neto para o *Anima Poetae*, que se verificou terem sido baseados em grande parte nas meditações em prosa de autoria de J. P. F. Richter — e presumivelmente foram pegas por Coleridge para remediar sua deficiência em expressar sentimentos relacionados. Incluem certo número de notas sobre a relação entre o amor e a luz (inclusive a observação de que em Nova Zembla a imagem do sol aparece no horizonte dezesseis dias antes do próprio sol), e um registro que Lowes usa como epígrafe para a última seção de *The Road to Xanadu:*

> Se um homem pudesse passar através do Paraíso num Sonho, & receber uma flor de presente como testemunho de que sua Alma havia realmente estado lá, & encontrado essa flor quando acordasse... (4287)

"como ansiaria ele por aquela terra elísia, sempre que olhasse aquela flor", continuou Jean-Paul, liricamente; o anseio de Coleridge, propriamente dito, se coloca de modo mais irônico: Ah! e daí?", conclui ele.

É o enigma que paira sobre toda sua carreira, e que ele sabe que paira quando fica sentado (citando os inspirados versos de Shelley),

> obscuro
> No extraordinário brilho e na pura
> Intensa radiação de uma mente,
> Que, com seu próprio resplendor interno cego,
> Agita-se pesadamente na escuridão e desespero...

Esses cadernos de anotações, mais do que quaisquer outros documentos que sobreviveram, nos trazem tanto a irradiação quanto o desespero; o grande feito da organizadora é tê-los tornado acessíveis com observações que esclarecem não apenas as forças e as fraquezas das obras e palestras de Coleridge concluídas do período, mas também o período como um todo.

Seria surpreendente se anotações tão abundantes não levantassem, ocasionalmente, desacordo. No registro 3672, por exemplo, ao não mencionar o fato de o nome de Mary não estar sublinhado ao traduzir o código e ignorando a sugestão de contraste nos dois pontos de Coleridge, a organizadora parece ter sido levada a tratar os defeitos pessoais discutidos como referentes a Mary e a Sara Hutchinson, e não a Mary em oposição a Sara. Em um ou dois outros casos, obviamente, a observação será acrescentada com o passar dos anos.

A apresentação, quanto ao mais admirável no seu todo, pode ser criticada da mesma forma, em um ou dois aspectos

A menos que uma observação seja datada por Coleridge, é de fato muito difícil para um estudioso que pode estar trabalhando a partir de manuscritos ou de transcrições anteriores (tais como as de *Anima Poetae*) saber onde procurar a procedência de determinada passagem nessa edição. Promete-se um código para o último volume, mas nesse ínterim muita coisa adicional é criada e se perpetuam versões anteriores imprecisas. Também a datação fornecida nos cabeçalhos é freqüentemente simplificada ao excesso, como a referência às notas ou ao aparato crítico mostrará; a datação específica de cada observação à margem poderia ter sido mais útil. Apenas ocasionalmente, também, a transcrição deixa de lado sua costumeira perfeição; um "tau" redundante foi introduzido no grego no registro 3421; alguns caracteres supérfluos foram copiados em fac-símile com o código 4032; a revisão deixou passar "*underpraved*" (por "*undepraved*") em 4033, "Ismium" (por Osmium) em 4309 e um numeral que deveria ter sido apagado em 3289. A pontuação (particularmente na transcrição dos versos) é às vezes ligeiramente errática.

São pontos de menor importância, contudo, merecedores de citação apenas em uma edição que se orgulha de nunca ter necessidade de usar "*sic*", por mais estranho que o texto original pareça. Nós nos afastamos rapidamente deles para contemplar a magnitude do feito — 4.500 registros anotados até agora — e para perguntar se houve outra façanha editorial de tais proporções no século XX.

Uma ou duas vezes, a despeito de tudo, a organizadora é forçada a confessar-se derrotada — e aí faz parte do espírito da edição que um resenhista deveria solicitar ajuda adicional. Algum leitor sabe se foi realmente Erasmo que usou a expressão "*ubi non fur, ibi stultus*" (4269) — e, se foi, onde? Ou onde encontrar a história da mulher alemã que, tomada por um súbito pressentimento de que determinado homem seria seu marido, fez envenenar sua esposa e depois, trazida a julgamento muitos anos mais tarde, não conseguiu dizer nada além de "Deus é justo!"(4275)? Ou que escritor italiano disse que um homem que sempre come perdiz às vezes terá ânsias pela carne de estorninho (3306)?

Um compêndio de clichês

O poeta como ensaísta*

The Wordsworth Circle, vol. X, nº 3 (verão de 1789). *The Collected Works of Samuel Taylor Coleridge*; *Essays on his Times*, organizado por David V. Erdman. 3 volumes, Princeton University Press, 1978.

Trabalhando intermitentemente entre 1798 e 1818 como ensaísta e principal colaborador do *Morning Post* e do *Courier*, Coleridge ganhou algum dinheiro que lhe permitiu pagar parcialmente seu sustento, livros e drogas. Em 1850, sua filha Sara identificou alguns desses escritos e reuniu-os em três volumes de *Ensaios*. A presente edição vem substancialmente ampliada em relação à anterior, pois o organizador, David Erdman, identificou de maneira definitiva muitas outras contribuições de Coleridge. Os volumes se aproximam, assim, da metade do objetivo do empreendimento editorial (os *Collected Works* de Coleridge) que, sob a direção geral de Kathleen Coburn, e com o apoio esclarecido da Bollingen Foundation, tem arrolado os serviços de tantos estudiosos excelentes. A Princeton University Press deve ser parabenizada por esta linda produção.

Na realidade, os parabéns devem ser dirigidos em todas as direções, exceto ao autor dos *Ensaios*. Voltarei a ele no devido tempo. Mas vou me afastar inicialmente da convenção usual das resenhas, segundo a qual o autor conceituado é comentado em diversas colunas e o organizador é depois brindado com dois tostões de pequenas críticas. Pois neste caso o organizador é o mais interessante dos dois homens.

Esqueço em que ocasião, e por quem, David Erdman foi considerado não-americano, no auge da Guerra Fria. Provavelmente ele também já esqueceu. Na época, era uma imputação comum contra o pensamento independente. Naquela era de subserviência, as universidades como que cerraram fileiras contra ele, que também ficou sendo um não-professor. Poderíamos ter perdido um grande estudioso e organizador se aquela corajosa "universidade do povo", a Biblioteca Pública de Nova York, não tivesse tido a integridade, e também uma excelente visão do que melhor servia a seus interesses, de contratar seus serviços para o departamento de publicações. Aqui, no próprio coração de Manhattan, nasceu a conspiração, destinada a solapar reputações, destruir opiniões acatadas e reviver causas esquecidas. O memorável estudo de Erdman, *Blake: Prophet Against Empire*, foi apenas o início de um prolongada campanha que penetrou até os recessos do conhecimento sobre a literatura do romantismo. Sob sua direção editorial, o boletim da Biblioteca cresceu em termos de reputação internacional. Além do mais, sendo um não-professor, ele de certa forma permaneceu inatacado pela inveja profissional, ante a qual sucumbem tantos estudiosos.

Ele pode ser considerado o mais generoso intelectual que já conheci. Há cerca de vinte anos, quando eu lhe era desconhecido, solicitei dele uma informação sobre certo trabalho que eu fazia (e ainda estou fazendo) acerca dos poetas ingleses do romantismo na década de 1790. Por sobre o oceano Atlântico, voltou não apenas uma carta comprida, cheia de informações, mas um pacote com o arquivo de suas pesquisas, o qual, para vergonha minha, ainda permanece comigo. Quando passei a conhecer melhor a fraternidade (nem sempre tão fraternal assim) dos estudiosos do romantismo, descobri que minha experiência não era exceção. Isso pode ser testado com facilidade. Peguem qualquer obra séria sobre a literatura inglesa do romantismo publicada nas duas últimas décadas e, em dois casos em cada três, vocês encontrarão agradecimentos à ajuda de Erdman, a maior parte das vezes em termos extremamente calorosos. Há alguns anos, Erdman voltou à vida acadêmica, em Stony Brook, embora tenha permanecido como diretor da Biblioteca. Dessa maneira, ele agora é professor e (devemos supor) um americano amadurecido, um dos membros dessa elite num campo da erudição já cheio de estrelas. Por sua vez, seus pontos de vista estão agora sendo contestados, como é normal. Mas, mesmo quando o questionam, seus contestadores sabem que pisam no terreno que ele foi o primeiro a limpar e arar.

E que esclarecimentos trazem esses volumes! Acima de tudo, ficamos admirados com a economia do organizador. A introdução editorial, que nos conduz através das nebulosas relações de Coleridge com o proprietário do jornal, Daniel Stuart, e através das evoluções políticas do autor, em estilo caranguejo, é comprimida como antracito. Exige leitura cuidadosa. Não colide com as opiniões do organizador; na realidade, há uma evidente autonegação. Em um ou dois dos volumes anteriores da edição Bollingen, defrontamos com página após página de notas de rodapé, ligadas a algumas linhas de texto. O organizador, num determinado caso, achou necessário informar aos leitores o que era um juiz da paz e, na explicação, conseguiu ser tão prolixo quanto evasivo. As notas de Erdman são necessárias, apropriadas, bem informadas e informativas, além de precisas. Se é preciso emitir opinião, isto é feito de forma indireta, por uma justaposição de dois sentimentos incompatíveis de Coleridge, ou pela mera sugestão de um arquear de sobrancelhas editorial.

Quanto aos textos de Coleridge, inteiramente recuperados, devo dizer que minhas próprias sobrancelhas se arquearam violentamente no volume I e não desceram até terminar o volume III. Esses livros prejudicam muito a reputação de Coleridge como pensador político exaltado, e, além do mais, é muito bom que essa reputação inflada seja esvaziada dessa forma. Os ingredientes do pensamento político do poeta — históricos, filosóficos — são excepcionalmente ricos, mas os resultados são sempre medíocres. No início da década de 1790, ele deixou que seus amigos, seus colegas e sua esposa pensassem que era um ultrajacobino, que desdenhava a mera igualdade política porque defendia a igualdade social, um tipo de "asfeterismo" comunista. Sonhava com um sistema "prático" (e ridículo) de pantissocracia, a ser fundado às margens do Susquehanna.

Para alguns dos contemporâneos radicais de Coleridge, que no exílio seguiram o dr. Joseph Priestley nas grandes aquisições que este fez nos arredores de Forksville, Pensilvânia, aquilo era um empreendimento sério e viável. Seus terrenos estão registrados no Cartório de Terras em Harrisburg sob denominações tais como "Esperança", "Firmeza", "Liberdade" e "Utopia". Para Coleridge, o projeto levou-o apenas a uma rixa com seu cunhado, Robert Southey. Naquela época, Coleridge andava muito inflamado no que diz respeito aos direitos das mulheres. As mulheres "podem no mínimo preparar o Alimento da Simplicidade para nós — deixemos que as Mulheres casadas façam apenas o que é absolutamente conveniente e usual para Mulheres grávidas ou enfermeiras — deixemos que os Maridos façam *todo* o Resto — e o que será todo esse resto? — Lavar com uma Máquina e Limpar a Casa. Uma hora a mais à nossa Labuta diária — e a Pantissocracia torna-se praticável no seu mais perfeito Sentido" (*Letters*, org. E. L. Griggs [1956-71], I, 114). Mas as mulheres, não obstante, eram consideradas um problema. Será que elas tinham, perguntava ele a Southey, "o entusiasmo generoso da Boa Vontade," ou estavam simplesmente excitadas com a novidade do projeto? Será que suas mentes estavam bem impregnadas com a "Teologia da Verdade"? Se não, então as mulheres introduziriam uma infecção no coração do Éden; elas "conspurcariam a Mente das Crianças com preconceitos" (*Letters*, I, 119).

Isso representa um tempo imenso (quatro anos completos) antes que esses volumes se abram; mas, em nenhum momento, em mais de mil páginas, passou pela mente de Coleridge duvidar de que sua *própria* mente estivesse saturada com a Teologia da Verdade. Levanto objeções a esses ensaios, não por causa das opiniões que contêm — embora a maioria delas seja lamentável —, mas por causa do fervor com que são apresentados. Não importa que preconceito Coleridge escolha para anunciar, primeiro ele o apóia em estacas morais exaltadas. Somente ele escreve a partir de Princípios e daí que seus pontos de vista são "santificados" (uma palavra favorita). Ensaios inteiros são dedicados a estratégias hipócritas destinadas a exibir sua própria probidade moral, sua coerência e a denegrir as razões atribuídas a seus adversários, que freqüentemente eram seus antigos colegas ou amigos (Dyer, Thelwall, Gilbert Wakefield, William Frend, Godwin). Estes enfrentavam, na ocasião, a ameaça de prisão e as atenções dos diversos organismos de atividades antibritânicas, e tinham pouca oportunidade de revidar.

Ao examinarmos os ensaios, vemos que, em 1798, Coleridge ainda é um homem da Esquerda (um defensor da Paz), embora já esteja preparando sua retirada. Esta é feita por meio de uma prolongada crítica a Bonaparte e à traição dos revolucionários aos princípios que nortearam a Revolução Francesa. O "caráter e a conduta de Napoleão" (observou Sara Coleridge) foram "a prancha ou a ponte" sobre a qual seu pai passou "de um caloroso interesse pela causa da nação francesa a um decidido antigalicismo," da defesa da paz à mais belicosa defesa da guerra. Erdman acrescenta que, nos ensaios do *Morning Post*, "vemos Coleridge freqüentemente naquela prancha ou ponte, correndo de lá para cá ou parando inseguro no meio" (I, lxiv). Esses primeiros ensaios são indubitavelmente os mais interessantes; eles fornecem prova de uma sensibilidade política inflamada, de um conflito interno atormentado, e, com toda a aversão às medidas de Napoleão, um apreciação justa do seu gênio de ação. Daí em diante, parece que cai uma cortina sobre a mente de Coleridge. O assunto está encerrado. Se persiste um conflito interno, este é reprimido com severidade. Debates dão lugar a imprecações; os franceses são guiados por "Liberticidas", que "só usam a voz para proferir pornografias e blasfêmias"; a causa disso reside até certo ponto no caráter nacional francês ("essa raça vaidosa mas superficial, frívola mas feroz"), mas, acima de tudo, na Falsa Filosofia do Jacobinismo — a ilusão perversa e maligna da igualdade dos direitos naturais.

Ao terminar a leitura dos volumes, estamos empanturrados de tanto farisaísmo e clichês. Coleridge está sempre escrevendo "com o mais íntimo de sua alma", oferece-se como "professor de sabedoria moral". Mas a substância de sua sabedoria poderia ser mais bem intitulada "O compêndio de clichês de Coleridge". Caminhamos entre Molochs, pilotos em mares tempestuosos e engenheiros semeando a terra com minas jacobinas; por toda parte ossos embranquecendo; movemo-nos entre vulcões, avalanches e terremotos; admiramos paládios de humanidade e "a graciosa linhagem de Reis da Inglaterra"; ficamos sabendo "do bom senso natural dos britânicos", de vozes "que saem dos sepulcros de nossos antepassados", do "homem, o ser superior, o protetor do outro sexo", e da classe média como a "maior bênção e ornamento da natureza humana". E assim continua, interminavelmente. Quando, ao fim das Guerras, irrompe o movimento popular pela Reforma, Coleridge apavora-se com o espectro do jacobinismo ressurrecto. Entretanto, ele acha que as exigências do debate (e da Filosofia) são satisfeitas caracterizando-se os reformadores da classe operária como "agitadores e senadores beberrões de cervejarias", e pressupondo que são "fanáticos ou dissolutos".

É um assunto sério; e deveria ser sério para a reputação de Coleridge. Uma parte de suas colaborações para o *Courier* nada mais são do que produções ocasionais de jornalismo político; ele era uma espécie de sr. William Safire da época, e seu trabalho merece tão pouca, ou tanta, atenção quanto este merece. Entretanto, em outras partes, ele assume uma personalidade totalmente exaltada e profética; tenta imitar os períodos bombásticos e as inspiradas jeremiadas de Burke nos últimos escritos deste, da mesma forma como tomou emprestado de Burke as únicas idéias coerentes (em relação à propriedade e ao dever) que podem ser encontradas nessas páginas. Por um período demasiadamente longo, os estudiosos aceitaram essa auto-avaliação. Como Coleridge escreveu vários poemas de valor (a maioria antes de 1800), como era imensamente culto e tinha uma mente extremamente confusa e uma exuberante fertilidade no que se refere à capacidade inventiva — para ser sempre apreciado no que tem de melhor em produtos inacabados, isto é, em palestras, cartas e cadernos de notas —, devido a tudo isso, muitos vieram a supor que tudo o que ele fez deve ter muito valor, e que seus mais rotundos clichês devem ser profundos.

Não o são. Quanto mais ele tenta burilar seus impulsos em pensamentos acabados, mais inescrupuloso se torna. Em seus escritos políticos ele serve, principalmente, como um exemplo da complexidade intelectual da apostasia. Ele era, sem dúvida, um apóstata político, e os críticos só fizeram confusão com a questão porque a transferiram de um tribunal de julgamento político para um estético. Um crítico literário pode se dar ao luxo de ser tolerante com um escritor se ele mostra boas imagens — e a ambigüidade pode ser uma virtude literária. Mas essas são, afinal de contas, diferentes áreas de julgamento.

Se um escritor político assume uma postura aberta e impopular, então tem a obrigação de defender seus companheiros de idéias, mesmo que estejam fazendo papel de tolos (como geralmente estão). Se ele chega à conclusão de que estava redondamente enganado, e isso em pontos fundamentais, então duas linhas de ação respeitáveis podem se apresentar para ele. Uma é o caminho difícil de debater o assunto em profundidade, sem caricaturar suas antigas alianças ou aliados e sem manipular os fatos. Foi o que fez Wordsworth, num período de oito anos, escrevendo o *Prelude*. A outra é um pequeno intervalo para guardar silêncio e fazer autocrítica. Mas Coleridge passa instantaneamente para os ataques mais acerbos, acompanhados de imputações maliciosas quanto às razões de seus amigos e de extensas manipulações de sua própria autobiografia, a fim de trazer ao pelourinho posições que todos supunham ser suas. De qualquer ponto de vista político, ele foi desleal, egocêntrico e totalmente irresponsável. Havia também nele um quê de Whittaker Chambers. Por mais que auto-suprimisse seus impulsos durante esses anos, aqui subsiste viva a prova de sua crueza, má índole e total falta de generosidade na denúncia daqueles que mantinham posições que antes tinham sido suas.

O perigo desse tipo de gente tem paralelo na nossa época. O Congresso para a Liberdade Cultural tinha um ou dois Coleridges de bolso no seu meio. Mas o que nos alarma em seguida é o exemplo que ele fornece da total irresponsabilidade de certo tipo de intelectual com pretensões a autoridade política. Ao longo desses vinte anos, Coleridge errou em quase tudo, exceto na sua previsão quanto ao gênio e aos duradouros poderes de Napoleão. Mas ele não tinha de assumir nenhuma das conseqüências que mortais políticos mais humildes têm de assumir. Durante a breve Paz de Amiens, como principal colaborador de um diário importante, ele ajudou a lançar o país novamente na guerra; depois voltou a seus "velhos manuscritos" e ao cenário pacífico do distrito dos Lagos. Tinha defendido seus princípios!

Examinemos o que ele fez na questão da Irlanda. Uma das mais trágicas conseqüências das Guerras deve ser imputada à feroz repressão à rebelião de 1798, à conseqüente segregação política da Irlanda católica e protestante (pois os Irlandeses Unidos deviam tanto à consciência nacional "jacobina" de Wolfe Tone e Emmett no Norte Protestante quanto ao campesinato católico de Wexford) e à dissolução forçada de um Parlamento Irlandês na questão "União" com a Grã-Bretanha. E o que é que encontramos, em tudo isso, saído da pena do nosso brilhante ensaísta? Em primeiro lugar, o silêncio, em qualquer fase da rebelião, no que se refere à extremada selvageria com a qual ela foi sufocada. Página após página sobre os crimes militares de Bonaparte: nenhuma palavra sobre os de Castlereagh. É verdade que, numa instância, há um sugestão de que ele *faria* um protesto se isso fosse "seguro", coisa que não aconteceu; como nos lembra Erdman, outros jornalistas foram presos por terem protestado. Os irlandeses são caracterizados como "uma raça selvagem e bárbara" (I, 106); chamado às falas, Coleridge finge desculpar-se, mas derrapa na frase "o feroz caráter vingativo de tribos selvagens". Depois ele apóia o Ato de União (1800) e apresenta-se como oponente da

Emancipação Católica (1811); não se pode confiar na Irlanda, que está "na última e mais baixa posição do mundo civilizado" (II, 281). Mais tarde, em 1814, Coleridge desfecha oito virulentos ataques, totalmente desinformados, sobre um juiz irlandês, sr. Justice Fletcher, que, baseado em grave e equilibrado senso de humanidade, tinha apelado pela conciliação, tinha censurado alarmistas ingleses (tais como Coleridge) e ousara citar injustiças contra católicos irlandeses perpetradas pelos (tecnicamente ilegal mas abertamente tolerado) Orange Lodges. É um ataque ignorante e perverso, e, pelo que sei, o prof. Erdman é o primeiro estudioso que se dispôs a desencavar a acusação humanitária de Fletcher e a permitir que o leitor julgue a credibilidade de Coleridge.

Assim, Coleridge foi um agente ativo ao impor essa alienação de duas culturas que nos levou, diretamente, à situação atual. Não digo isso porque defenda o Provisional I. R. A., mas sim como alguém para quem continuam a existir as mais sentimentais ilusões. Não existirá uma Irlanda Unida sem que se redescruba o espírito e os objetivos dos Irlandeses Unidos, e isso deve incluir as aspirações nacionais (de Tone e Emmett) do Norte. Mas Coleridge ajudou a preparar o terreno e a aprestar as armas para os exercícios de hoje. Sua "sabedoria" no caso foi uma das influências que ele transmitiu a Thomas Carlyle, outro que odiava os hibérnicos. Com toda certeza, não devem todos esses "grandes homens" ser eximidos de suas responsabilidades de simples mortais simplesmente porque eram "grandes"?

Coleridge achava que o sentimento nacional e o patriotismo eram inteiramente morais e santificados sempre que se tratasse dos ingleses. Eram desprezíveis apenas quando encontrados nos irlandeses ou franceses. Erdman não deixa que o leitor cuidadoso seja enganado. Numa nota de rodapé sutil, ele até mesmo se permite a extrema licença de criticar, por conseqüência, a própria Kathleen Coburn. Isso porque ela escreveu, num artigo inteligente, que "politicamente [Coleridge] veio a acreditar em uma política esclarecida, mas expansionista e colonial, para a Grã-Bretanha, baseada no desenvolvimento econômico e cultural dos territórios colonizados" (I, cxxvi). Isso soa nobre e respeitável em um "grande" pensador, mas, naturalmente, significa nada mais do que o fato de que Coleridge compartilhava a retórica e a parlapatice do imperialismo comercial do seu tempo; pois que imperialista já desprezou a cultura e o esclarecimento, ou confessou que sua intenção era roubar?

Assim, esses artigos são, em geral, tão irresponsáveis quanto inescrupulosos. Pois, por qualquer elevado princípio moral que Coleridge se paute, a conclusão é feita em termos do interesse britânico, da nobreza das intenções e das armas britânicas apoiando a nobreza dos interesses. Além disso, são mal escritos. Há, para dizer a verdade, aqui e ali, algumas passagens que trarão conforto aos liberais. Numa coluna Coleridge se expressa em palavras severas contra a prática de se açoitar publicamente mulheres despidas, acusadas de furto. Isso era algo de esclarecido da parte dele. Mas o leitor atento das notas de Erdman lembrar-se-á da situação da época dessa solitária intervenção. A imprensa oposicionista, os inimigos do *Courier*, vinham fazendo vigorosa campanha contra o açoitamento (às vezes até a morte) de soldados (II, 140). Coleridge tentava desviar a matilha da raposa. Cobbett foi preso por sua participação nessa campanha. Pela sua, Coleridge recebeu dois guinéus.

Será então que os ensaios de Coleridge tiveram influência? Não há dúvida de que o autor estava em evidência; estava sempre construindo fantasias, nas quais os ensaios eram "sensações" e nas quais os ministros, que nunca se preocuparam em conhecê-lo, eram guiados por ele em suas deliberações. Quanto a isto, não há prova convincente. Há, talvez, um lugar onde sua influência poderia ser presumida. Ele passou todo o ano de 1811 escrevendo uma série de parágrafos irascíveis, mas extremamente moralistas, defendendo o assassinato de Bonaparte. O tiranicídio era justificável, mas somente em circunstâncias extremas, as quais podiam ser identificadas por Coleridge. O que acontece é que Bonaparte não foi assassinado. Mas, no ano seguinte, foi assassinado o primeiro-ministro da Grã-Bretanha, Spencer Perceval. Se algum dos incitamentos ao tiranocídio feitos por Coleridge aninhou-se na mente conturbada do assassino, John Bellingham, então os sentimentos do poeta deram finalmente asas a um objetivo palpável. Afinal de contas, se Coleridge podia identificar as circunstâncias que justificassem essa medida, por que Bellingham não o poderia fazer? Esse é o resultado comum da retórica moral inflamada a serviço de interesses.

Na realidade, a prestimosidade de Coleridge para com o *Post* e o *Courier* era mais simples do que isso. A um simples olhar podia-se perceber que ele era um homem cuja vaidade lhe permitia ser facilmente conduzido. Erdman especula muito pouco sobre os motivos do proprietário dos jornais, Daniel Stuart. Provavelmente seu principal estímulo era ganhar dinheiro, às vezes (lançando notícias forjadas a respeito de ações) por meios ilegais. Mas ele também queria permanecer nas boas graças dos ministros e manter um alto nível de circulação com uma pretensa "independência". Para essa finalidade, Coleridge, com a sua reputação de homem da esquerda, servia como um ótimo disfarce. Ele conseguia escrever um ensaio após outro apoiando, em linhas gerais, o poder e a política em vigor, mas que eram salpicados de escrúpulos e ambigüidades luminosas, preservando a impressão de corajosa independência. Coleridge nunca usou a abertura que tinha na imprensa nacional; sempre foi *usado*. As últimas fases no *Courier* foram piores. Stuart havia perdido o interesse e o editor-geral do jornal, Stree, estava na folha de pagamento do Tesouro, e isso era do conhecimento geral. Coleridge permitiu que o abrissem e fechassem como uma torneira. Precisava do dinheiro. Quando a torneira era aberta e ele se derramava em insultos contra o juiz Fletcher ou em justificativas da Velha Corrupção, tudo que fazia era confortar leitores de mentalidade estreita e interessados em sentir que seus interesses eram santificados, por um grande intelectual, por razões nobres, se bem que obcuras, e escrupulosas, se bem que ambíguas.

Nos seus últimos anos (que são deixados de fora desses livros), Coleridge ficou com medo do utilitarismo, e sua crítica subseqüente a este tem mais peso, mais originalidade, mais interessse e mais influência. Mas o "pensamento" desse período é um desastre. Eu me refiro à minha própria opinião, não à do professor Erdman. Ao lidar com os pormenores de seu excelente trabalho acadêmico, ele passou a amar tanto o trabalho que fazia que talvez tenha se persuadido de que o trabalho é merecedor da tarefa. Mas o trabalho editorial vale mais do que seu objeto.

Acho que Erdman não irá gostar quando eu disser que Hazlitt foi incomparavelmente maior do que Coleridge como pensador político e ensaísta. Também foi incomparavelmente mais generoso. Um dos aspectos mais interessantes desses volumes é que eles ilustram a extrema pressão sob a qual se achavam os antigos amigos de Coleridge da esquerda: Hazlitt, Lamb, Thelwall e outros. Eles revelam também as razões pelas quais a "esquerda" mais jovem da geração seguinte — Hunt, Keats, Shelley — sentia tanto desprezo por seus antecessores. Coleridge foi um apóstata, com um apetite voraz por ódios. Ao percorrermos esses ensaios e suas cartas, dificilmente veremos uma sílaba generosa para com os amigos de sua juventude jacobina. Hazlitt e seu círculo, em contraste, devolviam os ataques abertamente apenas quando se tornava imprescindível fazê-lo em público. Viam-se tolhidos, não por covardia, mas por um sentimento de compaixão por Coleridge: a ruína de uma mente imensamente rica mas perturbada.

Temos de voltar a Hazlitt repetidas vezes se quisermos recuperar o sentido do vigor de Coleridge, se quisermos encontrar pistas que expliquem o contraste entre atribuir-lhe o epíteto de "gênio" e os deploráveis e às vezes malcheirosos frutos produzidos. No estudo que fez em *The Spirit of the Age*, em "Coerência de Opinião," e, acima de tudo, nesse extraordinariamente generoso "Meu primeiro contato com poetas" —, que recupera toda a exuberante *promessa* do jovem Coleridge, e que devolve o rancor dos anos com um leve sorriso melancólico — Hazlitt mostra onde aquele gênio se encontrava. Estava sempre exatamente do outro lado do limiar da execução; pode ser visto nos materiais brilhantes e contraditórios, sem forma definida, de suas cartas e cadernos de notas; atravessa o limiar em alguns poemas, em alguma crítica, em trechos ocasionais de outros escritos. E compreendemos, com auxílio de Hazlitt e de Lamb, a brandura com que o editorialista lamuriento do *Courier* era tratado. Muita gente sabia de seus achaques particulares e do espantoso desmoronamento de seu gênio para vê-lo senão como uma figura trágica.

Os organizadores deveriam continuar a tratar Coleridge com a mesma delicadeza com que Erdman o faz. Vejo menos razões para perdoá-lo desde que foi decidido, no auge da Guerra Fria, e às vezes por escritores que sofreram a mesma reestruturação interior, que Coleridge foi um grande e importante pensador político. Esse sempre foi um caso de má identificação, às vezes efetuada defronte de um espelho. O próprio Erdman não dá um veredicto, mas sua erudição dá, e a impostura do "pensamento" de Coleridge não pode sobreviver ao exame das notas de rodapé do organizador.

Vejo uma certa ironia nisso. Um organizador, em algum momento vítima de uma Guerra Fria, que observa com olhar tranqüilo e equilibrado as transformações de cena quanto a princípios e confusões da apostasia, colocou por fim sob a forma de livro a retórica espúria de um camaleão de uma época comparável. Erdman também escreve uma prosa melhor que Coleridge, quando tenta. Sua imagens são mais felizes. Como observa ele, sobre uma série de cartas de Coleridge a Fox, defendendo a guerra, esses "não são mais que fungos brotando das insinuações escuras dos próprios parágrafos de Stuart [o proprietário do jornal]" (I, 388n).

Caçando a raposa jacobina*

*Quando comecei essa pesquisa, há muitos anos, recebi a ajuda extremamente generosa de David Erdman. Mais recentemente, tive o auxílio e aconselhamento de Greg Claeys, Penelope Cornfield, James Epstein, Nicholas Roe e Dorothy Thompson.

...proscrito e caçado — escorraçado como um animal selvagem, e banido, como algo contagioso, da sociedade... ele foi caçado como alguém pior que um bandido... [1]

I. PEGA! PEGA!

Até que ponto reinava um consenso "legalista" na Inglaterra nos últimos anos da década de 1790?[2] Até que ponto ia a insatisfação de pessoas das classes médias? Quem eram os "jacobinos"? Como devemos entender a experiência da derrota política e do retiro intelectual entre os reformistas ativos? Podemos tomar John Thelwall como um caso exemplar.

Recentemente renovou-se o interesse pelos escritos políticos de Thelwall do início da década de 1790. Ele foi banido da vida política pública da Grã-Bretanha em 1797-8. Sua derrota coincide com o "*annus mirabilis*" de *Lyrical Ballads* de Wordsworth e Coleridge e Thelwall era conhecido dos poetas. Era um sobrevivente dos famosos julgamentos por traição de 1794 e, enquanto seus companheiros de infortúnio (ou "delinqüentes absolvidos" como os chamou William Windham)[3] — Thomas Hardy e John Horne Tooke — mantinham distância da atividade pública aberta ligada aos reformistas de vanguarda, Thelwall retomou um papel público muito importante como conferencista e nos conselhos da Sociedade de Correspondência de Londres.[4] Suas palestras, proferidas nos Beaufort Buildings da Strand, foram publicadas no seu periódico, *Tribune*. É evidente que Thelwall buscava um público mais sofisticado do que se podia usualmente encontrar numa seção da Sociedade de Correspondência. Ele sempre tivera a ambição de se destacar no mundo das letras e havia publicado diversos volumes de poesia, inclusive *The Peripatetic* (1793). Suas palestras nos Beaufort Buildings arrastava platéias de quatrocentas a quinhentas pessoas, a quem se cobrava uma entrada relativamente alta de um xelim ou seis pence, e ele se gabava de que até mesmo "aristocratas" se espremiam para ouvi-lo.[5] Os anos de 1795 a 1797 foram o período áureo do crescente entusiasmo godwiniano e esse mesmo entusiasmo da classe média elevou a popularidade de Thelwall.

A história de silenciar Thelwall começaria com a aprovação dos Two Acts, em novembro de 1795. Esses decretos tinham cláusulas especificamente destinadas a proibir palestras políticas. Thelwall concluiu, não sem razão, que elas visavam a ele e burlou os Acts, retomando suas conferências sob o disfarce de dissertações sobre a "história romana".[6]

Por razões não inteiramente claras, ele partiu de Londres no verão de 1796 e prolongou sua empreitada até Norwich.[7] Embora pudesse falar livremente sobre assuntos políticos em pequenas reuniões domésticas, qualquer reunião com público acima de 49 pessoas era controlada pelos Two Acts. Assim (de novo), ele deu uma série de 22 palestras sobre "História clássica, e particularmente as leis e revoluções de Roma".[8] Norwich era um forte baluarte reformista, tanto da classe média quanto da classe baixa, e as palestras decorreram sem incidentes e sem desafiarem a lei.

Thelwall apreciou o "intercâmbio com um círculo da sociedade extremamente agradável e inteligente",[9] o qual incluía algumas pessoas que, no ano anterior, tinham se unido para publicar um periódico de radicalismo filosófico, o *Cabinet*. Anne Plumptre, bem como sua irmã, uma escritora, ficou "encantada" com Thelwall:

> Palavras não podem expressar quanto estou encantada; como orador ele é maravilhoso, como homem deve ser admirado ainda mais — severo apenas no seu apego à virtude. Seus modos têm uma delicadeza encantadora, o que o faz não menos amável no convívio particular do que seus transcendentes poderes de oratória o fazem na tribuna.[10]

Deve-se observar que havia muitas mulheres entre seu público, em Londres, Norwich e Yarmouth.[11] Mas nem todos os que o ouviam ficavam tão encantados. O jovem Crabb Robinson achou "seu discurso cheio de truques visando ao aplauso fácil". O amigo Thomas Amyot "freqüentemente apreciava sua habilidade & gracejos, embora às vezes não gostasse de seus sofismas & jogos de palavras buscando o aplauso vulgar".[12] De maneira menos favorável ele diria: "Ele se agita que nem um pastor metodista enlouquecido: o mais bombástico dos Atores no mais bombástico dos Personagens nunca fez tanto barulho quanto o Cidadão Thelwall..."[13]

É verdade que a oratória de Thelwall era histriônica e pode-se ter uma pequena idéia disso a partir de uma relação impressa, da qual ele se servia, contendo truques de retórica e modos de agir no palanque. É quase certo que William

Hazlitt se referia a Thelwall quando escreveu isso no *Plain Speaker*:

> O mais inflamado orador que já ouvi é o escritor mais enfadonho que já li. Ao falar, ele era como um vulcão vomitando lava; ao escrever, ele é como um vulcão apagado... Era o modelo do demagogo poderoso, brilhante... Ficava possuído, enfurecido com a *mania* patriótica; parecia rasgar e despedaçar a carcaça podre da corrupção... O relâmpago da indignação nacional brilhava em seu olho; via-se o funcionamento da mente popular no seu peito... mas... leia-se uma dessas mesmas efusões populares e eletrizantes... e não se acredita tratar-se da mesma coisa![14]

Ele preferia adotar uma postura teatral na qual, sozinho, desafiava todo o Estado, e era claro que apreciava o desafio aberto que fazia aos Two Acts. Chegava até mesmo a sacrificar seus próprios filhos para dar mais vida a sua retórica. Numa palestra, na ocasião em que os Two Acts estavam para ser aprovados, ele declarou:

> Esta noite eu não estou muito cuidadoso, cidadãos, com as minhas palavras, pois declaro que nenhuma morte é tão terrível para mim como viver para ver o dia em que a lei será aprovada. Tenho dois filhos pequenos, a alegria do coração de um pai, cujos sorrisos inocentes me dão meu único repouso... Mas afirmo que prefiro ver essas crianças estranguladas diante de meu rosto, prefiro ter meu corpo perfurado como uma peneira... do que viver sob a vergonha de ver essa lei passar sem fazer a ela toda a oposição que tiver força para fazer...[15]

Não espanta que Southey, anos mais tarde, considerasse Thelwall "um consumado bufão"; mas que também dissesse: "Ele é um homem bem-intencionado; além do mais, precisamos nunca esquecer que ele esteve certa vez muito próximo de ser enforcado, e há muito mérito nisso."[16] Provavelmente o próprio Thelwall não permitiria que seu público esquecesse esse "mérito", o qual contribuiu tão largamente para sua fama.

As palestras em Norwich foram interrompidas pela eleição geral, e nessa ocasião Thelwall se retirou durante três semanas para Westminster, para auxiliar seu companheiro "delinqüente", John Horne Tooke (que não foi eleito). Norwich vivia um estado de agitação eleitoral. Os reformistas encontraram um candidato pouco entusiasmado na pessoa de Bartlet Gurney, um rico *quaker* que acreditavam ser a favor do sufrágio universal masculino e que permitiu que seu nome fosse lançado contra William Windham, o ministro da Guerra, mas que não tomou parte na campanha. O lema dos reformistas era "Paz e Gurney — Chega de Guerra — Chega de Pão de Cevada". No resultado final, o candidato da situação, Henry Hobart (1.622), foi reeleito, e também Windham (1.159), com Gurney chegando em seguida numa eleição apertada (1.076). A margem entre Windham e Gurney seria atribuída bastante a eleitores de fora, trazidos na ocasião para votar por Windham. Anne Plumptre escreveu indignada que "o bando que elegeu Windham é uma gota num balde comparada com a população total da cidade, e eles o escolheram em meio à execração do resto de seus concidadãos".[17]

Quando da volta de Thelwall à cidade, uma importante reconciliação aconteceu entre a tendência filosófica e mais ativista dos "jacobinos". William Godwin e Thelwall tinham subido de cotação com a aprovação dos Two Acts. Godwin publicara um folheto que parecia justificar a proibição governamental de palestras inflamadas e que comparava as declarações de Thelwall quanto a suas intenções pacíficas à conduta de Iago, que, depois de fazer tudo que podia para levantar as suspeitas de Otelo, aconselhou-o a "não dar guarida a um pensamento de ciúme".[18] Em resposta, Thelwall zombou (com certa justiça) da proposta de Godwin de que a mente do público deveria ser transformada "escrevendo-se volumes in-quarto, e conversando com alguns filósofos especulativos ao pé da lareira".[19] O cínico amigo de Robinson, Thomas Amyot, testemunhou as reconciliações:

> Quando se encontrava em Norwich, *Godwin* se reconciliou com Thelwall na casa de William Taylor & desde então eu os tenho visto caminhando juntos em torno da Castle Hill. É claro que o primeiro não mais será acusado de "apreciar uma fraqueza de espírito", nem o segundo será novamente comparado a Iago. Como Gog & Magog... eles agora prosseguirão de mãos dadas com seus lindos planos.[20]

Foi contra esse pano de fundo que Thelwall aceitou uma insistente solicitação de Great Yarmouth para dar seis palestras lá. Talvez as autoridades estivessem alarmadas com o sucesso das palestras proferidas em Norwich, alarme este que teria se intensificado com a vitória apertada de Windham na eleição. De qualquer modo, correu o boato de que Thelwall estava levantando as províncias para que estas se revoltassem:

> Quando Thelwall, durante algum tempo, deixa a Strand
> Para organizar a revolta em mar e em terra.[21]

Restaram relatos completos dos acontecimentos no Yarmouth, de modo que podemos examinar essa manifestação de legalismo com mais precisão.[22] Como acontecera em Norwich, Thelwall manteve discussões políticas em duas reuniões com menos de 49 pessoas, e, como em Norwich, alguns dos "principais habitantes" e membros de "famílias importantes e respeitadas", tanto mulheres como homens, lhe deram apoio.[23] As palestras se realizaram numa local exposto, num salão à beira-mar, e a elas compareceram cerca de duzentas pessoas de ambos os sexos, inclusive algumas crianças. Na primeira palestra, o prédio foi cercado por um grupo de desordeiros "instigados por um oficial da Marinha" a invadir o recinto, mas não houve nenhum incidente sério.[24] Na terceira noite, cerca de noventa marinheiros armados com cacetes caíram sobre o público e fizeram-no debandar para todos os lados. Eram comandados pelo capitão Roberts, da chalupa, *L'Espiegle*, e outro oficial do mesmo navio, ambos armados de facões. Thelwall tentou fugir, foi pego na porta e, salvo por uns amigos (tendo de apontar uma pistola a um dos agressores), conseguiu refúgio numa casa que a multidão mais tarde ameaçou invadir. (Isso foi impedido por tiros de pistolas sinalizadoras que convocaram todos os homens de volta a bordo.) Diversas pessoas na assistência ficaram seriamente feridas e os vencedores levaram troféus para seus navios, inclusive xales, bonés, perucas, sapatos, chapéus, casacos e os livros de Thelwall.[25] É meritório a Thewall e aos reformistas de Yarmouth que as três palestras restantes tenham sido proferidas sem problemas.

Os depoimentos feitos no tribunal (Court of King) preenchem os detalhes. Por acaso um violinista cego e seu filho, que podia ver, estavam a bordo da *L'Espiegle* durante a semana do acontecimento e se prestaram a testemunhar. No dia do tumulto, o capitão Roberts veio a bordo e reuniu todos os tripulantes. Selecionou 36 deles, disse-lhes que pegassem cacetes e que "fossem a terra para pegar o pregador... e trazê-lo a bordo". Não deveriam invadir o prédio, mas "entrar e esgrimir seus cacetes". De acordo com outros testemunhos, esse grupo foi engrossado em terra por marinheiros de outro navio de guerra. Antes de o salão ser invadido, um oficial chamou os homens e disse: "Vamos, meus bravos rapazes, vamos cantar *God Save the King*", o que foi saudado com três vivas. Depois que o público havia sido agredido e dispersado, um tenente naval disse: "Meus rapazes, destruam tudo e não deixem nada de pé", e as cadeiras e toda a mobília foram imediatamente despedaçadas. A bordo do *L'Espiegle*, o violinista e seu filho viram os homens voltarem, trazendo os troféus. Um dos marujos disse que ele "tinha pego alguns livros do libertino e um outro que havia um libertino safado com uma Careca no andar de cima [na Galeria] e que eles o atiraram para baixo e lhe deram uma surra". (Talvez esse fosse o cavalheiro corpulento que saiu cambaleando do prédio coberto de sangue e que exclamou: "Com toda certeza eu não estou num País Cristão".) Não há dúvida de que essa demonstração de lealdade pode também ter sido encarada como uma contribuição à "apoteose de Jorge III".[26]

É evidente, de acordo tanto com fontes legalistas quanto reformistas, que a intenção dessa invasão era seqüestrar Thelwall, levá-lo a bordo e incutir-lhe medo.[27] Nesse caso, os desordeiros não conseguiram seu intento. É testemunho da coragem e do senso de dever político de Thelwall que ele tenha aceitado outros convites para proferir palestras em dois outros portos de mar, King's Lynn e Wisbech. Em Lynn, um grande número de tripulantes de navios mercantes criou um distúrbio fora do prédio, apoiado por um pelotão de recrutamento. Alguns forçaram a entrada no salão de conferência e cantaram *God Save the King*, mas foram expulsos pelos ouvintes. Os desordeiros contentaram-se em quebrar as vidraças. As duas palestras seguintes (e últimas) foram cercadas da mesma maneira, mas foram defendidas da invasão pelo público que as assistia. Thelwall então foi para Wisbech, onde foi recebido por cartazes que invocavam um outro verso de *God Save the King*:

> Ó senhor, nosso Deus, levantai-vos, debandai nossos
> Inimigos,
> E fazei-os tombar
> Confundi suas políticas, frustrai seus ardis desonestos,
> Em vós depositamos nossas esperanças,
> Deus nos salve a todos.

Ali, sua palestra foi acompanhada por uma "música estridente" liderada por um destacamento de militares. Nas três cidades, foi solicitada proteção aos juízes, sem que o pedido fosse atendido.

Diversos historiadores tiveram a delicadeza de nos informar que as medidas de Pitt contra os reformistas estavam longe de constituir um Terror Branco. Devemos agradecer-lhes por revelarem uma verdade até então não percebida: que não foi erguida nenhuma guilhotina em Tyburn. Contudo, a Grã-Bretanha de 1796-97, quando o "grito da anarquia" transformou-se em "nenhuma Lei para os Jacobinos!",[28] talvez fosse um lugar desconfortável para os reformistas. Thelwall, um dos poucos que tentaram navegar no mundo das letras e no campo da agitação popular,[29] de vez em quando virava notícia do *Anti-Jacobin*:

> Thelwall é o meu homem para o Perigo do Estado:
> Amo os Rebeldes da Fazenda Chalk;
> Patifes que nenhuma lei pode subjugar,
> Que trariam os Franceses, e os liderariam também.[30]

Mais de vinte anos mais tarde, durante novas agitações por reformas ocorridas depois das guerras, Thelwall emergiria do retiro político, fundaria seu próprio periódico — o *Champion* — e se apresentaria mais uma vez no papel de líder. Disso se ressentiriam alguns reformistas, que o censuraram por ter desertado da causa naquele intervalo de tempo.[31] Thelwall ficou furioso e respondeu com um relato das perseguições que sofreu naqueles anos, quando ele era

> proscrito e caçado — escorraçado como um animal selvagem, e banido, como algo contagioso, da sociedade — durante aquelas reiteradas tentativas de bandidos armados, para me seqüestrar e assassinar, ...durante todas aquelas monstruosas atrocidades em Yarmouth, em Lynn, em Wisbeach, em Derby, nas divisas de Leicestershire — em Stockport, e em Norwich... Ele nunca abandonou o público — o público é que o abandonou.[32]

Diversos desses incidentes podem ser identificados com maior clareza. Ao passar por Ashby de la Zouch a negócios particulares, "uma multidão de soldados e desocupados foi contratada por certos fanáticos daquela cidade para o agredir". Parece que essa gente o perseguiu até Mountsorrel, a cerca de 25 quilômetros. Foi por fim salvo por "um policial honesto daquela localidade (nem um *tory* nem um *whig*, mas um bom e firme reformista) [que] convocou um destacamento para conduzi-lo a salvo para fora da cidade".[33] Em Derby, março de 1797, quando Thelwall dava uma palestra na capela batista, um multidão lá fora "o perturbava com música estridente", usando tambores, cornetas e fazendo algazarra; depois quebraram as janelas e lançaram tijolos e pedras para dentro do recinto. "Thelwall, com uma pistola na mão, afirmou que atiraria em qualquer pessoa que o agredisse, e em vista disso permitiram-lhe que fosse embora."[34] Em Stockport, os Voluntários ameaçaram jogar Thelwall no canal. Segundo seu próprio relato, ele "ficou de costas para um muro, pistola na mão", e "resolveu vender caro a vida", mas foi salvo por um amigo, e juntos eles "forçaram passagem no meio daquele destacamento extremamente audacioso e legalista".[35] O mais triste de tudo, quando Thelwall voltou para sua amada Norwich, no final de março de 1797, os reformistas foram incapazes de o proteger e as reuniões em diversas hospedarias foram dissolvidas pelos Inniskilling Dragons.[36]

Desses acontecimentos, podem-se fazer três observações. Primeiro, parece ter havido um aviso geral (ou uma piscadela) informando aos legalistas que Thelwall podia ser acossado sem perdão. Segundo, os legalistas antijacobinos e da facção "Church and King" estavam usando em proveito próprio, como haviam feito nos "distúrbios de Priestley", em Birmingham[37], e na histeria subseqüente da queima das imagens de Tom Paine, o vocabulário simbólico e os atos rituais de "música estridente".[38] Na realidade, havia uma competição, em certas localidades, para convocar a multidão e tomar as ruas. O mesmo vocabulário foi empregado pelos reformistas nos centros onde eram fortes, tais como Sheffield e também

Rochester, cujo bispo, dizem, teria afirmado num debate dos lordes que "a massa do Povo nada tem a ver com as Leis, a não ser obedecê-las", e, como conseqüência, sua imagem foi conduzida pelas ruas sobre um asno e depois queimada.[39] Charles James Fox queixou-se de que "o infeliz animal, que era do mesmo nome, foi condenado a sofrer" — presumivelmente as raposas também eram empaladas e queimadas. A raposa, perseguida pelos caçadores — muitos dos quais podemos presumir serem membros dos Voluntários em exercício —, também recebeu por essa razão o nome de "Charlie", que é como é chamada até hoje entre caçadores e mulheres.[40]

A terceira — e óbvia — consideração é que, por mais que Thelwall tenha sido perseguido como uma raposa, a perseguição não era para matar. Tanto naquela época quanto mais tarde, ele viajou muitos quilômetros a pé ou a cavalo, sozinho ou com um companheiro, não encontrando nenhuma hostilidade (a menos que fosse provocada por alguém de uniforme ou alguma autoridade), e, se tivesse havido alguma intenção de assassiná-lo, então as autoridades teriam sido muito incompetentes. A intenção era afastá-lo da questão das reformas.

E nisso elas tiveram sucesso, pois quando Thelwall partiu de Londres para o oeste da Inglaterra e Gales, no dia 29 de junho de 1797, intrepidamente, numa longa "viagem a pé", ele já estava com a vaga idéia de encontrar um refúgio adequado. Sua esposa e a família ficaram em Derby, para onde ele havia se mudado havia algumas semanas, acedendo a um convite dos proprietários para dirigir o periódico local *Courier*. Entretanto, a "veemência da hostilidade com que o jornal foi perseguido" forçou-o a abandonar o emprego.[41] Ele fora obrigado a desistir da moradia e do salão de palestras alugados em Londres devido a dívidas acumuladas.[42] Estava saturado com os mexericos e brigas entre os reformistas da cidade e escreveu irritado a Thomas Hardy, que continuava a lhe prestar apoio e aconselhamento nos bastidores.

> As pessoas em Londres falam alguma coisa de mim — qual é a mentira do dia? (que estou em Portsmouth,[43] já ouvi) — mas que vou viajar para a França numa missão de traição? e estou ensinando os Irlandeses Unidos a usar Armas? (o grande Canhão, você sabe, eu aprendi a fazer funcionar na Torre!!!)[44] ou ganhei uma pensão por pregar a moderação? — ou uma confortável sinecura por discordar de petições pela paz ou pela exoneração de ministros? ou finalmente que me aposentei com uma imensa fortuna conseguida com os desonestos níqueis obtidos durante os sete meses de palestras nos Beaufort Buildings? — De uma forma ou de outra, espero e confio que os londrinos continuem a falar de mim — & se meus inimigos não podem inventar uma mentira bastante perversa, que procurem meus amigos e eles os ajudarão na empreitada.
> Adeus, irmão de meu coração político — Tu, homem de natural integridade & alma inflexível, eu te saúdo.[45]

A carta ilustra bem uma outra característica dos movimentos submetidos à repressão e dependentes de um apoio que minguava — o crescimento de divisões, do partidarismo e de animosidades pessoais.[46] Talvez Thelwall também tivesse razões táticas para querer se distanciar dos ativistas, numa época de motins navais, aumento de distúrbios na Irlanda, ameaça de invasão crescente e o fato de alguns membros da Sociedade de Correspondência de Londres estarem recorrendo a atividades traiçoeiras clandestinas com os "homens Unidos".

Thelwall não deu nenhum desses motivos para sua viagem a pé. Afirmou que tendo "o estado geral dos acontecimentos por fim determinado que se afastasse da atividade pública", ele tinha retomado seu antigo entusiasmo pelo "pitoresco e romântico", e também decidira registrar "Todo fato relacionado com a história e a condição real das classes trabalhadoras". Outro motivo foi visitar, no litoral de Somersetshire, "um amigo inestimável, bem conhecido do mundo literário", que, até então, ele nunca vira, mas com o qual se empenhara numa "correspondência familiar e confidencial".[47] É claro que este amigo era Samuel Taylor Coleridge, que também se opusera aos Two Acts, com suas "palestras teológicas" em Bristol e com seu periódico, *The Watchman*.[48]

A viagem a pé de Thelwall não tem nada de extraordinário, sendo muito dedicada a descrições convencionais do "romântico e do pitoresco". Reuniu alguns pormenores sobre salários e condições de trabalho, mas suas tentativas de descobrir as opiniões das classes trabalhadoras foi menos feliz. Que o orador jacobino estava longe de quebrar as arrogantes convenções de classe social é evidente pelo trecho de um ano antes, no seu *Tribune*:

> Tenho perambulado, de acordo com minha prática costumeira, da maneira mais democrática, a pé, de localidade em localidade... De vez em quando, paro nas pequenas cervejarias de beira de estrada para descansar. Sento entre camponesess rudes, de roupas andrajosas, sujas devido a seu trabalho bruto; pois não esqueci que todos os seres humanos são igualmente meus irmãos; e adoro ver o trabalhador com o seu casaco rasgado — isto é, eu amo o trabalhador: tenho pena que o casaco dele deva estar tão rasgado. Então eu amo o trabalhor, no seu casaco rasgado, assim como amo o lorde no seu arminho; talvez mesmo mais... [49]

Se bem que essa postura lhe tenha obtido aplausos nos Beaufort Buildings, ela o levou bem menos longe na produtora área rural. Quando tentou obter informações sobre "as condições dos pobres trabalhadores" de um velho debulhador em um celeiro, "Cada pergunta era rechaçada com um sarcasmo irônico ou alusão sagaz; e seus gestos maliciosos e meias-sílabas enfáticas mostravam a esperteza autogratificante da suspeição". Em outros locais ele também encontrou a "ciosa relutância da comunicação". Por fim, ele achou um trabalhador que era "curioso, esperto e comunicativo". Gabava-se de ler diversos jornais e era, sem dúvida, o "oráculo de toda cervejaria":

> Infelizmente, entretanto, não conseguimos levar a conversa para o canal que desejávamos. Ele não falava de outra coisa senão de Parker e dos delegados, da guerra e dos partidos. Em resumo, estava cheio demais de bebida e de *política temporária*, para dar qualquer informação sobre a questão da *economia política*...[50]

Essa mudança de direção para a economia política vinha preocupando Thelwall havia um ano ou mais. Ficou registrada no seu livrete, *The Rights of Nature* (1796), que revela uma virada, da análise política e constitucional para a análise econômica e histórica, e que é considerada sua contribuição mais original para o pensamento político.[51] Essa era também a opinião do próprio Thelwall. Ele escreveu para seu amigo Wimpory, em fevereiro de 1797, que a segunda parte de *The Rights of Nature*

> é tão superior à primeira como o sol do meio-dia para um fétido bruxuleio no escuro. É opinião uniforme de todos os homens de letras cujos juízos consegui reunir (& suas opiniões a esse respeito coincidem perfeitamente com a minha) que o primeiro é um folheto bastante medíocre — mas que o segundo é muito superior a qualquer coisa que eu já produzi antes. E um em particular — me refiro a Coleridge, que, embora jovem, é um dos mais extraordinários Gênios & brilhantes intelectuais da época, não tem dúvidas em proclamá-lo como "o melhor folheto já escrito desde o início da guerra".[52]

Uma pretendida conclusão para *Rights of Nature* nunca chegou a ser escrita: dificilmente poderia ser feita por uma raposa em fuga.

Durante sua peregrinação a pé, a atitude de Thelwall foi ambivalente. Sua viagem começava a se tornar conhecida e ele recebia as boas-vindas dos reformistas e às vezes era solicitado a fazer pequenas reuniões: Salisbury, Frome (um "triste refúgio de jacobinos", onde ele vendeu cinco ou seis libras de suas obras), Bath e Bristol, aonde ele prometeu retornar.[53] Era claro que lhe agradava o apoio que encontrava e sentia a tentação de voltar ao cenário político. Mas, logo no início da viagem, ele registrou que ele e seu companheiro "lamentavam a condição de nossos irmãos e arquitetavam planos Utópicos de retiro e colonização".[54] Esses planos assumiram um aspecto mais urgente e quase prático quando Thelwall alcançou seu primeiro objetivo — Coleridge em Stowey — e visitou William e Dorothy Wordsworth em Alfoxden House, onde eles haviam se instalado havia umas poucas semanas.

O episódio da visita de Thelwall aos poetas, onde eles foram também vigiados por um espião do governo, Walsh, já foi contado tantas vezes que dificilmente precisa de ser passado de novo em revista.[55] A carta de Thelwall para Stella, sua esposa, é saturada com seu sentimento de alívio da tensão, e de relaxamento num retiro tanto físico quanto mental. Com Wordsworth e Coleridge, "fizemos hoje um delicioso passeio entre a vegetação ao longo de um romântico e selvagem vale dessas terras, ...através do qual uma torrente d'água coleia no seu longo curso natural, espumando, murmurando, se apressando". "Lá ficamos às vezes sentados numa árvore — às vezes vadeando no riacho com água até o alto das botas & de novo deitados num pedra cheia de musgo, um triunvirato literário & político julgou a produção e as personalidades da época." Aqui, "as mentes, pela filosofia, chegaram a um estado de tranqüilidade que os líderes das nações invejariam e os habitantes das Cidades nunca poderão conhecer". Thelwall não poderia ainda dizer "quantos dias eu posso me afastar do mundo nesse cenário de encantamento", e acrescentou que "durante todo esse passeio pensei muito sobre um chalé. Não fique surpreso se na minha próxima carta eu lhe informar que aluguei um". Escreveu também que não havia esquecido que surgira a proposta de que Jack, o irmão de Stella, deveria morar e cultivar com eles.[56] Será que ele iria se satisfazer com um chalé e terra bastante para uma vaca e alguns porcos com um jardim e "um modo de vida com pão filosófico & ninharias"?[57]

Não há dúvida de que foi naquele "romântico e selvagem vale" que ocorreu a troca de palavras bem conhecida:

> "Cidadão John! aqui é um ótimo lugar para se conversar sobre traição!"
>
> "Não! Cidadão Samuel! este é um lugar para fazer um homem esquecer que há alguma necessidade de traição."[58]

Thelwall era o mais velho dos três e os dois homens mais jovens o respeitavam por seu papel político — talvez reverenciassem sua fama — e o reconheciam como um companheiro de poesia. Muitos anos mais tarde, Wordsworth se recordaria dele como um homem "de extraordinário talento",[59] enquanto a cordialidade de Coleridge era expressa em suas cartas dirigidas a ele a outros: "ele é intrépido, eloqüente e — honesto".[60] Estimulada pelo filosofar e pelas ansiosas conversas, a idéia de Thelwall se estabelecer entre eles foi levada a sério. Houve até mesmo uma sugestão de que Thelwall poderia morar com William e Dorothy Wordsworth na mais do que espaçosa mansão destes:[61] poderia o nome da casa, "All fox den" (como escrevia Thelwall), parecer mais ironicamente apropriado? Buscou-se um chalé, mas o generoso anfitrião e protetor dos poetas, Thomas Poole, proprietário de curtume, não quis causar ainda mais alarme numa vizinhança já alarmada. Se Thelwall se instalasse lá (em seguida a Coleridge e Wordsworth), "toda a Malignidade dos Aristocratas convergirá" sobre Poole e "distúrbios & perigosos distúrbios poderiam ser a conseqüência".[62] Isso porque muitos dos vizinhos de Poole e até mesmo parentes comungavam com a opinião do espião, Walsh, de que ele dava abrigo a um "perverso bando de ingleses desleais".[63]

Thelwall engoliu seu desapontamento, mas o desapontamento foi doloroso. Ao partir de Bridgwater, a caminho de volta para Bristol, ele declarou:

> minha alma
> Está doente da agitação pública — ah, muito doente
> Do esforço vão para redimir uma Raça
> Escravizada, porque degenerada; perdida para a Esperança,
> Porque perdida para a Virtude — embrulhada em si Mesma,
> Na avareza sórdida, na pompa luxuriosa,
> E na intemperança libertina...

Também lamentava a perda do estreito relacionamento com seu Samuel:

> Ah, seria doce, sob o teto do vizinho,
> Viver em harmonia filosófica,
> Escrevendo verso, ou conto, ou tema moral,
> Alegre ou instrutivo; e seria doce
> Com um intercâmbio amigo de ajuda mútua,
> Cultivar nossos pequenos canteiros...

Ele se apresentava num papel trágico como vítima inocente de perseguição:

> ... um Ano de tristezas,
> De tempestades e perseguições, das angústias
> Da esperança desapontada, e de arrependimentos pungentes,
> Arrancados do peito por um Mundo sórdido
> Que paga bondade com ódio, e em troca
> Do bem dá o Mal...[64]

Não há dúvida de que os boatos sobre esse episódio se espalharam e inspiraram o *Anti-Jacobin* a ligar os nomes dos poetas com Thelwall no conhecido poema de Canning, "The New Morality":

> TH-LW-L, e vós que fazeis palestras enquanto viajais,
> E por vossas dores sois apedrejado, louvai LEPAUX!

Os outros evocados nesses versos foram Coleridge, Southey, Lloyd e Lamb "e Companhia" (Wordsworth?), bem como Priestley e Wakefield, além de Paine, Helen Maria Williams,

Godwin e Holcroft.[65] Thelwall estava em companhia importante, mas ele foi o dentre esses que desempenhara um papel de liderança como ativista jacobino.

Thelwall voltou a Bristol, onde ficou sob cuidadosa vigilância.[66] Passou alguns dias andando a pé através de Gloucestershire, onde gozou da hospitalidade de diversas famílias:

> alguns poucos,
> Ainda calorosos e generosos, pelo mundo perverso
> Ainda não corrompidos, nem ao jugo do medo
> Dobrando o pescoço humilhado: mas que, firmes
> Em seus princípios deliberados, ainda ousam amar
> O Homem proscrito por amar a humanidade.[67]

De lá, Thelwall adentrou Gales, onde sem dúvida visitou lugares de beleza cênica que então estavam sendo popularizados, e onde continuou a ser vigiado — talvez até mesmo seguido. Hazlitt dispõe de um pormenor a respeito da chegada de Thelwall a uma hospedaria em Llangollen. Ele estava sentado a uma janela esperando pelo café da manhã quando passou um rosto que ele não pôde reconhecer na hora, mas que lhe causou profunda inquietação. Antes que percebesse que era o rosto de "Taylor, o espião", um mundo de impressões e recordações inundou-lhe a mente — ele recordou-se de seu julgamento por Alta Traição; ouviu "os discursos do Promotor e do Assistente do Procurador da Coroa de novo; a lúgubre figura do sr. Pitt olhou para ele; as paredes da prisão o cercaram; e ele sentiu as mãos do carrasco perto dele..."[68] Taylor era um fervoroso antijacobino e, se de fato seguia Thelwall, teria sido por iniciativa própria, derivada do zelo.[69]

Mas por fim o "Patriota" parece ter se livrado das atenções e encontrou uma pequena fazenda em uma aldeia isolada para onde podia se retirar.

II. NO CHÃO

Thelwall encontrou refúgio no vilarejo de Llys Wen, às margens do Wye, cerca de 11 quilômetros de Hay, 14,5 de Brecknock, 17 de Builth Wells.[70] No final de outubro de 1797, ele escreveu para Thomas Hardy, tomado de ansiosa expectativa, que a fazenda tinha cerca de 16 hectares, "terra muito boa", com um pomar de primeira qualidade; a casa, "um chalé agradável & espaçoso", é "um refúgio literário tão desejável como a Fantasia poderia sugerir". Seu cunhado, Jack Vellum, dirigiria a fazenda e "eu serei um aprendiz na minha própria fazenda". Ele e a esposa se propuseram também a aceitar alguns alunos a trinta guinéus por ano. Ainda tinha de levantar a maior parte das 270 libras para o gado e o plantio etc., e estava convidando os amigos a contribuir: "como esse é um plano para minha instalação *permanente*, talvez haja algumas pessoas que se interessem por ele".[71] Poderia Hardy ajudar a "obter os fundos de que necessito mediante empréstimo ou contribuição patriótica"? Stella (que Crabb Robinson descreveu como o "bom anjo" de Thelwall)[72] partiria de Derby em alguns dias, com seus três filhos, Maria, Algernon Sidney e Hampden, e com seu irmão, Jack, e ele logo os seguiria.[73]

A carta seguinte de Thelwall a Hardy vem de Hereford (a cidade mais próxima na qual ele podia encontrar uma biblioteca e jornais), em janeiro de 1798. Thelwall ainda se achava assoberbado por problemas monetários — a idéia de uma escola havia sido abandonada — e desfrutava uma vida simples:

> Comemos como nossos criados comem — e (até onde a diferença de força produzida por hábitos diferentes permitirá) trabalhamos como eles trabalham. Cavo — transporto esterco e Cinzas — faço a debulha no celeiro — abro valas no campo... Em suma, o conferencista político dos Beaufort Buildings é um mero camponês em Llyswen...

Ele se descreve em roupas grosseiras, "com minha pá e minha enxada caminhando pesadamente pela aldeia".[74]

Em março, ele escreveu para um de seus patrocinadores, dr. Peter Crompton, declarando que estava "extremamente encantado" com sua situação. A saúde da família estava melhorando e ele notava especialmente a melhora de sua filha mais velha, Maria. Quando esta era um bebê, Thelwall escrevera para Jack Vellum uma carta irrefletida na qual assegurava que "a criança não tem um desenvolvimento ruim pelo fato de não ter sido batizada... Tenho esperança de que mais cedo ou mais tarde [ela] será a feliz mãe de uma esplêndida e valorosa estirpe de Republicanos & Sans Culottes".[75] A missiva foi interceptada e levada por um espião da polícia do Procurador do Tesouro, sendo incluída no dossiê de provas contra Thelwall no julgamento a que foi submetido por alta traição! Os "jacobinos" intelectuais da década de 1790 eram reformistas em tudo — modos de se cumprimentar,[76] relações entre sexos e relações sexuais, alimentação infantil, brinquedos e educação,[77] estilos e vestidos. Thelwall informa ao dr. Crompton que Maria "se torna uma moça robusta & vigorosa":

> Temos provas, todo dia & toda hora, das vantagens do estilo de vestir que adotamos, pois ela vive saltitando em suas calças com toda a travessa vivacidade da independência, sobe o morro correndo, escala as rochas, & e sua constante atividade a inunda de saúde.

Thelwall também ficou encantado com os vizinhos e sua "civilidade respeitosa":

> Os aldeães rudes nos prestam todo tipo de atenção. Eu & Jack somos olhados como uma espécie de Oráculos, nossos votos são lei em todas as reuniões paroquiais, recebemos & retribuímos as visitas dos fazendeiros & tenho recebido mensagens respeitosas de alguns dos aristocratas dos arredores... Em nenhum caso sequer recebi o mais leve insulto desde que vim me instalar em Gales; & entre a parte mais inteligente do *povo*, o chapéu é tirado & o olhar brilha sempre que eu passo.

Entretanto, num certo aspecto, essa carta assinala uma mudança em relação à carta destinada a Hardy, dois meses antes. Ele tinha subestimado as despesas para começar a explorar a fazenda e estava assoberbado de dívidas. Como conseqüência, havia desistido de sua participação no trabalho agrícola e se voltara para objetivos literários, na esperança de ganhar um guinéu ou dois do *Monthly Magazine*, e talvez mais com seu pretendido romance ou autobiografia. Em conseqüência, ele agora despendia seu dia de trabalho na escrivaninha.[78]

Richard Phillips, o editor do *Monthly Magazine,* estava animado com Thelwall, bem como seu editor literário, dr. John Aikin. A revista fazia sucesso e podia pagar bem.[79] A primeira contribuição de Thelwall pode ter sido sobre "Os fenômenos do Wye, durante o inverno de 1797-8",[80] uma descrição bastante convencional de assuntos pitorescos. E isso nos faz lembrar que Thelwall não se encontrava tão isolado, no que ele se referiu mais tarde na vida como seu "exílio", como podia parecer. Wye era agora um balneário famoso para aqueles que buscavam o belo e o pitoresco. Havia se tornado conhecido com as *Observations on the River Wye* (1782), de William Gilpin, e agora era um balneário de artistas e viajantes.[81]

Talvez seja esse o momento para se avaliar o retiro de Thelwall, em parte para compensar o relato amargo que ele próprio fez em "Prefatory Memoir". Quando Crabb Robinson visitou-o em outubro de 1799, encontrou-o "numa casa muito boa & otimamente situada". Tinha uma "biblioteca sofrível" (que ele havia trazido de Londres) e "uma mulher simples, sincera, mas sensível, por esposa, e quatro filhos jovens".[82] A despeito da má colheita de 1799, Robinson achou que ele "se sai melhor do que se poderia esperar de alguém cujas necessidades o compeliam a dividir a atenção entre a produção de um livro e o crescimento do milho". Além de visitantes ocasionais, ele mantinha uma copiosa correspondência.[83] Uma parcela desta deve ter sido com seus protetores, como Peter Crompton, e com aqueles que o ajudaram a "levantar o capital", como Hardy.[84] Contudo, a julgar pelos fragmentos de sua correspondência que vieram a público, e de outras inferências, Thelwall era um elo importante entre os círculos de reformistas de vanguarda e intelectuais de Londres e do interior, em localidades como

Norwich, Derby, Nottingham e Liverpool. Em Derby, em 1797, ele, Stella e as crianças foram hospedadas por Daniels, um mestre artesão em seda; teve uma recepção cordial por parte de algumas das "pessoas mais importantes" do lugar, e foi convidado a dirigir um jornal. É evidente que ele conhecia muitos membros do "círculo Roscoe" em Liverpool, e, em carta a Crompton, ele pediu que o recomendasse a "Raithbone" (outro protetor seu),[85] Shepherd,[86] Smith,[87] Rushton,[88] e ao próprio Roscoe.[89] O próprio dr. Peter Crompton havia recentemente se mudado de Derby para Liverpool.[90] Havia também um ou dois eminentes burgueses, como Joseph Strutt de Derby, filho de Jedediah Strutt, (o fiandeiro de algodão e sócio de Arkwright), provavelmente outro protetor de Thelwall[91] — e talvez os irmãos Wedgwood.[92] Como se acrescente a esses nomes os numerosos conhecimentos de Thelwall em Londres, e os círculos intelectuais de George Dyer, William Frend, Coleridge, Wordsworth, Lamb, Southey e Crabb Robinson, bem como as amizades que ele começava a fazer em Gales e em Hereford,[93] ele se revela uma figura menos solitária.

Se o rótulo parece ajudar, provavelmente será correto ver Thelwall, em 1797-1802, como um reformista "burguês" de vanguarda[94], que se afastara do ambiente de artesãos da Sociedade de Correspondência de Londres. Entretanto, suas ligações não eram somente com bolsões isolados de intelectuais insatisfeitos. A extensão do descontentamento era bem maior do que isso. Na eleição geral de 1802, William Windham, o ministro da Guerra e firme aliado de Pitt (e anteriormente de Burke), foi derrotado por um reformista (William Smith) em Norwich. Roscoe foi eleito em Liverpool, em 1806, época em que teve uma carreira parlamentar curta e inexpressiva, e em Notingham, em 1802, um reformista (Joseph Birch) derrotou um membro do governo entre extraordinárias cenas de triunfo. Um magistrado alvoroçado escreveu que no desfile da vitória estavam:

> A Deusa da Razão acompanhada por vinte & quatro Virgens vestidas, ou melhor, meio-vestidas, de branco à moda francesa, seguidas pela Árvore da Liberdade e pela Bandeira tricolor; uma Banda de Música tocando o hino "Milhões sejam livres" e a multidão cantando em coro.[95]

Atendendo a uma apelação feita a uma comissão da Câmara dos Comuns, a eleição foi anulada.

Esses exemplos servem para enfatizar o fato de que a insatisfação era generalizada até o começo da segunda guerra contra a França, em 1803, e é subestimada nos relatos que a apresentam em declínio depois da aprovação dos Two Acts, no final de 1795.[96] Contudo, a insatisfação não tinha um foco nacional e isso pode explicar por que as autoridades mantinham Thelwall sob vigilância. Entretanto, o próprio Patriota já estava perdendo sua inclinação para desempenhar qualquer papel político. Talvez, como Coleridge, ele tivesse ficado profundamente consternado com a invasão da Suíça pela França, em fevereiro de 1798.[97] Ele escreveu para Hardy em maio daquele ano chamando a atenção para o fato de que "nenhuma nação pode ser livre a não ser por seus próprios esforços". "Quanto ao Diretório francês e sua facção, nada me parece estar mais longe de suas intenções do que deixar qualquer átomo de liberdade, seja para a própria, seja para qualquer outra nação." Mas recusava qualquer reconciliação com aqueles "rufiões", Pitt e seus ministros:

> Entretanto, o que é que temos a ver com Diretórios e política? Sombras pacíficas de Lyswen! abrigai-me debaixo de vossa luxuriante folhagem: acalentai-me para o esquecimento, vós, águas murmurantes do Wye. Deixai que eu seja parte fazendeiro, parte pescador. Mas nada mais de política — nada mais de política nesse mundo perverso![98]

Mais ou menos na mesma ocasião, ele escreveu para o intelectual e poeta galês, Iolo Morganwg, desculpando-se por não poder ir visitá-lo. Ele pretendia visitar o litoral de Glamorgan, mas: "O estado de coisas ...& os preconceitos com os quais eu próprio sei que sou encarado fizeram com que eu considerasse prudente pôr de lado essa intenção, para que a curiosidade pelo pitoresco, & visitas de amizade não venham a ser traduzidas como Alta Traição.[99]

Se isso era verdade, então visitá-lo seria considerado também um ato de traição. Mas isso não dissuadiu Coleridge e William e Dorothy Wordsworth de caminhar até o Wye, numa decisão súbita, para visitar os Thelwall, no início de agosto de 1798.[100] William e Dorothy tinham caminhado ao longo do Wye havia apenas três semanas, chegando até Tintern Abbey, onde o poeta compôs suas notáveis "Lines".[101] Esses versos, que têm pouca conotação "política", nos trazem de volta o ânimo de afirmação tranqüila do "adorador da Natureza" nessa época, embora não se saiba muito sobre a visita a Thelwall, que aconteceu apenas quatro ou cinco semanas antes que os poetas partissem para a Alemanha. Thelwall (pode-se deduzir) não estava tão entusiasmado quanto no início do ano, pois tinha começado a desavir-se com os fazendeiros vizinhos e talvez já estivesse adotando a postura e auto-imagem do

"Recluso". Talvez fosse esse o "Solitary", de que mais tarde Wordsworth se lembraria.

Pouco sabemos sobre suas razões para as desavenças com os vizinhos, mas um exemplo que chama a atenção (em todos os sentidos) é que um vizinho o agrediu com uma picareta no verão de 1798. Esse fato certamente ocorreu. Thelwall levou o agressor à assembléia de Brecknock, onde pediu que o caso fosse julgado com clemência.[102] Subseqüentemente, Thelwall deu a entender que essa era uma de uma série de perseguições com motivação política, talvez encorajadas pelo pastor local, que insuflava hostilidade contra ele com "inflamadas alusões do púlpito".[103] Ele também atribuiu a hostilidade à "animosidade que os galeses são propensos a demonstrar... contra todo SAXÃO que se intrometa, como residente, entre eles".[104] A segunda explicação talvez esteja mais próxima da verdade do que a primeira, pois Thelwall revelou em outra ocasião que a agressão surgiu devido a uma disputa sobre um córrego d'água.[105] Essa terá sido uma região de costumes obscuros, não escritos, sobre direitos de pastagem e de aguada, onde o recém-chegado poderia ser facilmente mal interpretado. A fazenda de 15 hectares de Thelwall espalhava-se em diversos lotes (era um percurso de mais de 11 quilômetros para circundá-la a pé)[106] e ele terá tido muitas oportunidades de se indispor com seus vizinhos fazendeiros; uma tentativa de desviar um córrego de seu leito costumeiro poderia tornar furioso um fazendeiro.

Não há dúvida de que boatos, inspirados pela aristocracia ou pelo clero legalista, de que Thelwall era um traidor indesejável terão dado pano à hostilidade. Mas havia outras razões: seus "ataques de abstração, passeios solitários entre os bosques e pequenos vales" deram-lhe a reputação, entre os mais crédulos, de ser um feiticeiro que andava pelos bosques "para falar com os espíritos maus".[107] Durante uma caçada a um delinqüente, sua casa foi cercada. Os menos crédulos talvez estivessem irritados com sua curiosidade, pelo olhar crítico que ele lançava sobre seus trabalhos. Com seu costumeiro excesso de confiança, Thelwall já estava escrevendo para o *Monthly Magazine*, apenas um ano depois de se instalar, como uma autoridade em agricultura do sul de Gales.[108] É possível que nem todos os seus vizinhos tenham sido leitores da revista, mas eles eram capazes de identificar um sabe-tudo. A lista geral de queixas contra os costumes da terra apresentada por Thelwall só apareceu 18 meses depois, e é escrita com uma veemência quase cômica.

Thelwall lamentava "a irritante ignorância e indolência" dos fazendeiros. "Todo seu prazer está em seus cavalos, que, seja como for, em geral não passam de um triste bando de pangarés." Usavam cavalos demais no arado. Não sabiam como cultivar forragem de inverno, tais como nabos:

> Não cultivamos nenhum repolho para o gado. E, na realidade, nem a moralidade do povo nem seu gado permitem um cultivo tão caro. Quanto aos fazendeiros, há diversos aqui mesmo na vizinhança que se dedicam a toda espécie de pequenas pilhagens... que seguem seu instinto como uma ocupação regular e respeitável, e prosperam no mundo... roubando jardins, pomares e galinheiros. Não somente isso, mas há os que, mediante essas e outras práticas igualmente condenáveis, se tornaram senhores proprietários de terras em Gales... Que chance teria um campo de repolhos de inverno em tal vizinhança...

> Mas, se os vizinhos lhe poupassem os repolhos, com toda certeza o gado deles não o faria. Há certas máximas na moralidade galesa... que, embora até aqui tradicionalmente e na prática passadas de pai para filho (como a lei comum na Inglaterra até agora) seria instrutivo e útil colocá-las... por escrito — a saber — É legal e direito manter vinte vezes uma quantidade de gado (particularmente ovelhas) do que a terra que se tem para mantê-lo; considerar todas as fazendas nos arredores como sendo propriedade comum; pastar tudo que seu vizinho tem sobre o solo, maduro ou verde, exceto seu trigo; insultá-lo se ele resmunga ou se queixa. É legal e direito soltar seus cavalos, quando ociosos, nas estradas, para que se arranjem, derrubar as cercas de seus vizinhos e destruir seu feno ou cereal. É legal e direito criar porcos que nunca recebem ração e soltá-los sem canga ou anel, de modo que não há sebe ou cerca que lhes resista... Tudo é perfeitamente correto e moral — mas prender o cavalo, o carneiro ou o porco... ou mesmo deixar que seu cachorro os ataque e arranque as orelhas de um invasor... essas coisas são enormidades que quase equivalem ao estupro ou ao assalto nas estradas e ao assassinato...[109]

Essa "moralidade" era apoiada não apenas pelos próprios predadores, mas também por "um boa quantidade de gente amiga" que tolerava esses "costumes tradicionais". Mas a pior referência de todas é reservada aos carneiros:

> A moral dos próprios carneiros está contaminada e seus modos corrompidos pelas circunstâncias sob as quais vivem. No meio da plantação, e com as marcas de seu proprietário nas costas e nas orelhas, eles têm todos os hábitos de uma natureza selvagem. Com a selvageria e esperteza de cachorros chucros... eles pulam por sobre os muros de seus jardins

> e de suas sebes, como os lobos de antigamente costumavam pular sobre as cercas dos currais. Plantei mil repolhos de gado no meu jardim no ano passado... mas, olhem, os carneiros do meu vizinho saltaram sobre o muro durante uma geada forte e devoraram e estragaram quatro quintos deles...[110]

Ainda hoje esses carneiros delinqüentes não são desconhecidos nas regiões montanhosas de Gales. Eles não precisam ter motivação política.

Thelwall era um estranho naquela rede de relações e de trocas de serviços em que se apoiavam os pequenos fazendeiros de Brecon, e sem dúvida os predadores o julgavam uma presa fácil. Ele se voltava cada vez para seus objetivos literários, gastando vários meses num épico saxão, "The Hope of Albion", mas seu trabalho foi interrompido pela incursão pública de um mensageiro do rei sobre um transporte que vinha de Londres, em Hay-on-Wye, onde foram apreendidos um embrulho de livros, bem como cartas, endereçados a ele. "Todas as furiosas paixões de uma vizinhança assustada e ignorante vieram novamente à tona... o Recluso e sua família ficaram de novo expostos a todo o rancor do insulto vulgar..."[111]. Depois disso, nem o correio que chegava nem o que partia eram seguros. Desanimado, ele abandonou "The Hope of Albion". Isso talvez não tenha sido uma grande perda para a literatura, embora os trechos que publicou, a título de propaganda, em *Poems Chiefly Written in Retirement,* sejam de certa forma mais promissores do que o conteúdo medíocre do restante do livro.[112] Na realidade, Thelwall demonstrou mais ambição do que resultados como poeta, e Coleridge escreveu, com justiça, que ele não tinha "aquela paciência da mente que consegue olhar intensa e freqüentemente para o mesmo assunto. Ele acredita e deixa de acreditar com confiança apaixonada".[113]

Num certo momento, na primeira metade de 1799, ao que tudo indica o irmão de Stella, Jack, os deixou, e Thelwall teve de retomar sua parte nos negócios da fazenda. Em setembro ficou patente que a colheita de 1799 seria um desastre. Ele escreveu para Hardy que ele estava "quase acossado & atormentado até a morte pela inclemência da estação". Chuvas torrenciais inundavam os campos e destruíam as colheitas. Ele estava tendo sérios prejuízos.[114] Contudo, uma outra perda que sofreu no fim do ano foi mais terrível e inesperada. O *Monthly Magazine* trouxe em sua coluna de obituários:

> Em Llys-Wen, Brecknockshire, com a idade de seis anos (de crupe), Frances Maria Thelwall, uma criança cujo brilho precoce da mente, modos afetuosos e gênio bondoso a tinham feito um objeto de afeição em todos os diversos círculos da sociedade nos quais (por ser tão jovem) os peculiares destinos de seus pais a levaram a conhecer.[115]

Era essa a menina que antes encontramos saltitando nas colinas em suas calças. Seus pais ficaram arrasados e, durante meses, John Thelwall ficou escrevendo patéticas efusões poéticas para Maria:

> cujos doces sorrisos
> E lindas belezas, expansivas, através da noite
> De meu desastroso destino espalhava
> Uma balsâmica radiância...[116]

No verão, a saúde de Stella também lhe causou susto, e ela foi para Hereford para ficar com amigos.

Thelwall tinha enorme autocomiseração e não tinha receio de mostrá-la. Havia posado de Patriota e depois de Recluso e fracassara em ambos os papéis. Toda parcela de culpa caía sobre os outros — seus perseguidores, os predadores — e ele se retratava assim:

> Sobrecarregado de cuidados e tristezas! enquanto tu lutavas
> Com teu duro Destino, na labuta opressiva,
> Preocupado, em defender teus parcos meios
> Do Predador à espreita, ou da fúria inclemente
> De uma perversa estação.[117]

Ele não se preocupava tanto (em 1800) com a perseguição política:

> ... agora não mais, com seu insensato Uivo,
> O demônio Perseguição, cansado penetra
> Na minha solitária privacidade...[118]

Entretanto, o fato de ele ainda ser um alvo de vigilância ficou evidenciado quando foi visitar Merthyr, em junho e talvez de novo em setembro, pouco antes dos grandes distúrbios (pelos quais foi acusado).[119] Na realidade, sua mente estava voltada para outras coisas. Ele havia começado um romance, *The Daughter of Adoption*, e tinha ido a pé até Londres com um capítulo no bolso, onde conseguiu vendê-lo a Phillips da St. Paul's Church Yard, e receber adiantado. Completou um terço e então o trabalho ficou muito atrasado, depois "mais de dois terços... foram feitos às carreiras, no decurso de umas poucas semanas, na azáfama da *decepcionante colheita*" de 1800. O romance reflete bem isso. O primeiro volume contém alguns trechos de crítica social, mas os três volumes restantes são puro ganha-pão convencional.[120] Já para o final do ano, o proprietário terminou o arrendamento entre muita acrimônia. Fora uma experiência decepcionante:

> Das "Platéias e Salões de Reunião" a uma pequena Vila de apenas vinte miseráveis chalés — dos círculos amistosos, esclarecidos e animados de Norwich — da sociedade elegante e extremamente intelectual de Derby à sórdida ignorância de uma vizinhança cujos aborrecidos habitantes misturam um bárbaro jargão de galês deturpado com um inglês ainda mais deturpado... foi outra dessas súbitas transições que fazem as nossas faculdades ficar necessariamente atordoadas e estupidificadas.[121]

Assim o Recluso foi juntar-se a Stella em Hereford, uma "vizinhança, cuja civilização superior... lhe garante a segurança e o protege contra as agressões".[122] Ali ele se envolveu em objetivos literários e em pesquisas sobre antiguidades nórdicas, saxônicas e célticas, presumivelmente para o seu "Hope of Albion".[123] No ano seguinte, ele contou a seu protetor, Joseph Strutt, de Derby, que havia sofrido uma "metamorfose":

> Nada resta da sincera e antiquada excentricidade do velho republicano, a não ser no meu coração — e ali ela repousa em silêncio, exceto quando com alguns escolhidos eu posso dar vazão às minhas energias naturais. No vestuário, nos modos etc. eu me identifico com todo o zelo possível com a moda dos tempos, assumo o orgulho e atitude de um homem de certa importância e aspiro à reputação de toda a cultura aristocrática. Em resumo, com uma perseguição que não me permitiria rastejar na terra, eu estou tentando o que pode ser feito voando nas nuvens.[124]

Ele havia confiantemente assumido uma nova carreira, como conferencista e professor de elocução.[125] Nada sobreviveu do Patriota exceto sua fama evanescente.

III. O GOLPE FINAL

Caberia a Wordsworth e Coleridge darem o golpe final. Embora Thelwall tivesse sido silenciado sob o ponto de vista político, ele não havia confessado seus erros — e nem o fez; na realidade, nos anos que se seguiram às guerras, ele tentou um retorno político. Perdera, nos anos que passou em Llys-Wen, sua exuberância e "confiança arrebatada"; a morte de Maria ao que parece deixou-o ainda mais abatido. Mesmo assim, o "jacobinismo" ao qual ele era ligado não estava inteiramente fora de cogitação.

Conforme se aproximava o fim da década, os legalistas ridicularizavam toda forma de opinião liberal ou inovadora como sendo "jacobinismo". Nisso eles seguiam Burke, que havia declarado que um quinto de toda a nação política, ou cerca de 80 mil pessoas, eram "puros jacobinos; totalmente incapazes de se corrigirem; objetos de eterna vigilância". Thelwall recusou-se a ceder à agressão e abjurar de sua comunhão com os princípios jacobinos. Ele escreveu em *Rights of Nature:*

> Adoto o termo *jacobinismo* sem hesitação —
> 1. Porque está implantado sobre nós, como um estigma, por nossos inimigos...
> 2. Porque, embora eu abomine a ferocidade sanguinária dos últimos jacobinos na França, ainda assim seus princípios... são os mais condizentes com as minhas idéias de razão, da

> natureza do homem, que eu jamais encontrei... Eu uso o termo jacobinismo simplesmente para indicar *um amplo e abrangente sistema de reforma, não afirmando que deva ser construído sobre as autoridades e princípios da lei gótica.*[126]

O uso legalista de "jacobino" para ele era, subseqüentemente, para descrever um "apelido no jargão popular... um termo sem significado definível, mas que fazia nascer nas mentes dos realistas alarmistas & fervorosos todas as emoções relacionadas com o ódio a todos os crimes & perversidades".[127] Grande parte desse mesmo ponto de vista havia sido expressado por Charles Lamb: "*todas* as pessoas e *todas* as coisas, a quem esses caluniadores eram *hostis*... eram *jacobinas* e *jacobínicas*". Eles "imputam *a posteriori o termo jacobinismo* a homens como Milton, Sidney, Harrington e Locke".[128]

Entretanto, quem eram de fato os jacobinos confessos? Eram poucos: Tom Paine estava exilado e as sociedades de correspondência tinham poucos líderes de âmbito nacional conhecidos. O *Anti-Jacobin* concentrava seu fogo sobre os nobres e políticos partidários de Fox e sobre os jornais liberais, mas para um alvo popularmente conhecido John Thelwall servia. Na famosa ilustração de Gillray de "The New Morality" — um encarte na *Anti-Jacobin Review* (julho 1978) — ele está sentado na própria cabeça da besta (Bedford) e na frente de Fox. Continua a ser uma figura banal da polêmica, tanto em caricaturas como em textos. É apresentado como o "Cidadão Bombástico" em *The Vagabond* (1799), de George Walker, e também no *Vaurien*, de Isaac D'Israeli. O modo como foi retratado neste último era tão transparente e malicioso que a *Analytical Review* receou que pudesse incitar os leitores a atacar Thelwall: "pode trazer imenso perigo para o indivíduo".[129]

Conforme Coleridge e Wordsworth ficavam mais conservadores em seus pontos de vista, não é de admirar que quisessem se distanciar de uma figura tão notória. Não houve uma ruptura brusca entre Thelwall e cada um dos poetas. Coleridge manteve correspondência com ele por vários anos, sem expressar concordância sobre assuntos políticos e religiosos, mas "simples e sincera afeição".[130] Contudo, quando ele ficou doente, em abril de 1801, Coleridge escreveu-lhe em termos que deixaram Thelwall muito frustrado:

> somos tão diferentes um do outro quanto a nossos hábitos de pensar, e adotamos opiniões tão irreconciliavelmente diferentes em Política, Religião, & Metafísica (& provavelmente em Gostos também) que... tal é o abismo entre nós que, longe de podermos apertar as mãos através dele, nós nem mesmo podemos fazer nossas Palavras inteligíveis um para o outro.

Ele continua a expressar "Estima Moral, votos freqüentes & bondosos, & um vivo interesse no seu Bem-Estar como um Homem bom & homem de Talento". E ponto final, exceto que Coleridge acrescentou, no que parecia uma reflexão tardia: "estou certo de que não preciso pedir-lhe que não mencione meu nome em suas autobiografia".[131]

Sem se desencorajar, Thelwall arriscou-se a visitar os poetas nos fins de novembro de 1803, quando viajava para a Escócia para fazer palestras sobre elocução. Jantou com a sra. Wordsworth e Dorothy em Grasmere, e o próprio Wordsworth chegou de Keswick no momento em que partia. Thelwall foi até Keswick para visitar Southey e Coleridge, e também Hazlitt (que estava morando lá). Seus comentários sobre os conhecidos não são de forma alguma elogiosos. Quanto a Coleridge, ele não teve nada a dizer (quando escreveu a Stella). Sara Coleridge "parece pelo menos ter melhorado, já que fala menos (i.e., menos óbvio)". Da sra. Southey, "a única expressão é vaidade, & parece uma simples figurante no drama":

> Até mesmo S.[outhey] sobressai entre seus próximos mais por sua vaidade do que por seu gênio. *Parece* um homem que leu mais do que pensou, & que tem imaginação sem energia &, *quando* fala, percebe-se, até mesmo no próprio timbre de sua muito *execrável* voz, que está no meio caminho entre um coaxo & um guincho, mais a formalidade do leitor do que a desenvoltura de um amante da conversa.

Thelwall apreciou mais o "argumentador metafísico Hazlet [sic]". Ele é "um jovem que faz progressos. Sua mente se expandiu. Tornou-se menos argumentativo & mais sociável". Hazlitt acompanhou-o no trajeto até Penrith e ficaram ambos extasiados com a beleza da paisagem.[132]

As pessoas em Keswick talvez evitassem assuntos políticos delicados, embora Thelwall mais tarde recordasse que Southey "declarou expressamente, & C[oleridge] tacitamente admitiu que a segunda [guerra] foi apenas o *restolho*, ou a necessária conseqüência da primeira".[133] Coleridge também fez considerações, à sua maneira paradoxal, sobre questões religiosas".[134] Essa talvez tenha sido a última ocasião em que Thelwall encontrou Wordsworth e Coleridge, embora mantivesse algum contato com Southey. A distância fizera-se sentir, sem amargura, e mais tarde os três poetas se referiram a Thelwall com boa vontade condescendente. Ao que tudo indica também Thelwall cultivava lembranças agradáveis do relacionamento com eles, se dermos crédito ao relato de sua esposa, Cecil,[135] pois quando estava preparando a biografia do marido ela escreveu a Wordsworth recordando que "Thelwall freqüentemente falava do relacionamento amistoso que em certa época manteve com o senhor, com grande prazer: e sempre falava do senhor com muita admiração e amizade". Mas ela tinha sido bem instruída e apressou-se a acrescentar que "não desejo dar nenhuma referência política ao conhecimento que então existia entre vocês..."[136]

De Keswick, Thelwall prosseguiu para a Escócia para dar suas palestras sobre elocução. Tentava, com relativo sucesso, modificar sua identidade. Era um orador prático de muito sucesso, tendo se curado de um ligeiro cecear na juventude, e sua habilidade como orador, mais tarde, foi indiscutível.[137] Tratava agora a elocução como uma ciência e desenvolveu tratamento para os defeitos da fala. Os estudiosos têm certo respeito pelo seu trabalho.[138] Ficou encantado com o sucesso e (escreveu a Hardy) que tinha confiança em que essa sua nova carreira lhe proveria "o sustento confortável" da família.[139] "Você é pela paz, diz você", escreveu de novo a Hardy; "Muito bem — Que a paz esteja com você, tanto aqui & como daqui para frente. Eu sou pela Elocução!!! Cícero & Demóstenes para sempre! Viva!!!"[140] Mas seu triunfo não chegou a Edimburgo, onde ele feriu a si próprio.

O recém-lançado *Edinburgh Review* já havia mostrado sua aversão aos poetas de *Lyrical Ballads*, e também sua hostilidade particular a Thelwall. Em abril de 1803, a revista publicou uma resenha extremamente desfavorável dos *Poems Chiefly Written in Retirement*, de Thelwall: a resenha era anônima mas sabia-se que o autor era o editor do periódico,

Francis Jeffrey. Ele fazia pouco da humilde origem social de Thelwall e sugeria que ele teria se saído melhor se tivesse permanecido na banca de alfaiate "para cortar casimira ou costurar entretela", em vez de tentar uma carreira política ou literária. A resenha era principalmente uma descrição sarcástica do "Prefatory Memoir" do volume; em resumo, era uma condenação esnobe.[141] A hostilidade foi levada mais adiante. Assim que começou, em 8 de dezembro de 1803, a série de palestras de Thelwall teve um fim brusco na primeira noite, devido a algazarra e risadas que (Thelwall acreditava) foram orquestradas pelo próprio Jeffrey, atrás de uma tela.[142] Thelwall foi ferido até o âmago em sua auto-estima (um grande órgão), na sua reputação literária e em seu próprio meio de vida. Apressadamente, ele escreveu um folheto atacando Jeffrey; é algo medíocre, sem inteligência e cheio de autojustificativas. Ele argumentava que

> Durante os sete últimos anos de minha vida, é verdade, eu abjurei de toda política: — do fundo da alma eu a abjurei. Estou aferrado — entusiasticamente aferrado a um objetivo diferente. Mas será que *mudei de lado*, como um lutador profissional? Terei eu me retirado de um partido, apenas para mostrar minha violência em outro?... Como político, estou absolutamente *defunto*, mas não me lancei, com redobrada perversidade, como um difamador ou perseguidor, nem abandono minha Igreja, na lívida mortalha da Crítica, a cruzar o caminho de qualquer ser humano — para assombrá-lo com as lembranças de coisas que são passado...[143]

Não, mas Thelwall dificilmente poderia se queixar de Jeffrey aludir a seu passado político, pois seu próprio "Prefatory Memoir" tem isso como tema.

Jeffrey retrucou com uma resposta vivaz (e mais espirituosa):

> É muito mortificante... para o orgulho da filosofia observar como o pequeno sr. Thelwall parece ter aproveitado sua longa experiência de perseguição e insulto. Depois de ter sua cadeira e mesa derrubadas pelos agentes da polícia no Borough... depois de ter sido quase assassinado em Yarmouth, Lynn, Wisbeach, Norwich, Stockport e Derby (sendo que nas duas primeiras localidades ele quase foi levado para Kamtchatka),... depois de ser "sucessivamente atacado pelos Marinheiros, pelos Armed Associators e pelos Inniskilling Dragons"... e "ferozmente agredido com uma picareta" por um rude monarquista em Llyswen — é realmente extraordinário que ele tenha se ofendido tanto porque alguns críticos anônimos riram de seu Livro e alguns jovens desocupados, de suas Palestras.[144]

E a isso Thelwall replicou com um folheto tão mal-humorado e parco de espírito como o anterior.[145]

Thelwall enviou seu primeiro folheto a Wordsworth e uma carta (que se perdeu) em que talvez pedisse seu apoio. Wordsworth mandou-lhe de volta uma resposta longa e caracteristicamente egoísta, na qual se queixava do tratamento dado pela *Review*, não a Thelwall, mas a ele mesmo — uma carta na qual ele procura expressar boa vontade, embora evitando dar atenção às questões em pauta.[146] Thelwall retirou-se para Glasgow, mas no seu costumeiro estado de excesso de confiança auto-enganadora. Estava convencido de que tinha sido o vencedor no combate e (de acordo com Coleridge) escreveu uma carta ao dr. Crompton:

> que, para a Vaidade autoglótica bêbada de coração sincero, no delírio do Triunfo, certamente nunca aconteceu coisa semelhante ["parti de Edimburgo desanimado & pesaroso; Glasgow, acredita-se, apressar-se-á ansiosamente a apagar a mancha, que, ela considera, Edimburgo lançou sobre a Escócia ["] &c &c &c — & muito pior.[147]

Não se pode culpar os poetas por não terem vindo em auxílio de tal ilusão, pois Thelwall não fora o vitorioso na contenda. A "mancha", se houve alguma, permaneceu como sua.

A raposa política agora estava morta. E as coisas ficariam assim até o término das guerras com a França, com a publicação, em 1817, da *Biographia Literaria*, de Coleridge, e de *Excursion*, de Wordsworth, em 1814. Nenhum dos dois fez qualquer referência explícita a Thelwall, mas ambos estavam preocupados em exorcizar o fantasma jacobino de seus passados. Coleridge já tinha tentado isso em *The Friend*: "Posso com segurança desafiar meu pior inimigo a mostrar, em qualquer de meus poucos trabalhos, a menor inclinação para a Irreligiosidade, a Imoralidade ou o Jacobinismo..."[148] Ao que protestou Robert Southey: "se ele não era um jacobino, na acepção comum do termo, fico a imaginar que diabo ele era".[149] Na *Biographia Literaria* ele elaborou uma desculpa mais ampla, tanto desonesta quanto auto-enganadora, sobre seu passado e, por sorte, subsistiu uma cópia de Thelwall com anotações, onde Coleridge declara, a respeito de seus anos de *Watchman*: "como eram opostos, mesmo naquela época, meus princípios e os do jacobinismo e mesmo da democracia". Thelwall observou: "O sr. C. estava realmente longe da Democracia, porque ele estava muito além dela, eu bem me lembro — pois era um inequívoco e zeloso igualitário & na verdade, num dos piores sentidos da palavra, ele era um jacobino, um homem de sangue..." E quando Coleridge escreveu "eu me retirei para um chalé em Stowey", Thelwall inseriu:

> Onde eu o visitei & achei-o um igualitário convicto — insultando os democratas por sua moderação hipócrita, que fingem desejar dar ao povo igualdade de privilégios & classe, enquanto, ao mesmo tempo, lhe recusam todos os outros que lhe poderiam ser valiosos para — a igualdade de propriedade — ou melhor, a abolição de toda propriedade.

E quando Coleridge passa a descrever o drama alemão moderno como "jacobínico", Thelwall faz um comentário mais extenso. O termo "jacobino"

> é usado pelo coerente sr. C. de tal modo que fica aparentemente aplicável a todos os reformistas & *simpatizantes* do republicanismo — em resumo, a todos aqueles que estão insatisfeitos com os tradicionais sistemas de despotismo *legitimado*: & portanto tudo que é imoral & detestável nas artes, literatura, modos & hábitos... deve ser chamado também de jacobínico; & a conclusão lógica esperada a seguir é que tudo que é imoral & detestável está concentrado & personificado nos ditos reformistas & c. — Ele não chama aqueles de quem *desertou* de "cria do Inferno" — Ele apenas se esforça em conduzir as mentes de seus leitores a pensar (ou pelo menos a sentir) que o são.[150]

Diversos escritos subseqüentes de Coleridge deveriam confirmar esse diagnóstico.

Não tenho lembrança de nenhuma ocasião nesses anos em que Wordsworth tenha abjurado de seu próprio passado "jacobino" tão pública e explicitamente. Ele fez isso por procuração e o procurador foi a figura do Solitário em *Excursion*. Com muita propriedade, Marilyn Butler considerou *Excursion* como o texto central de "Guerra dos Intelectuais" nos anos pós-guerra.[151] O poema é uma "comemoração da vitória" da Inglaterra sobre a Revolução Francesa e da ortodoxia cristã sobre o jacobinismo: é (nas palavras de Marilyn Butler) "um poema que aspira à permanência num estilo cristão tradicional, institucional e ortodoxo". Sua opinião não difere muito do que Francis Jeffrey fez na época: a doutrina que a obra pretende impor é que "uma crença firme na providência de um Ser sábio e bondoso deve ser nosso grande apoio e suporte em todas as aflições e perplexidades sobre a terra — e que há indicações de seu poder e bondade em todos os aspectos do universo visível..."[152] Conseqüentemente, o poema, que às vezes é fortemente didático, procura inculcar a maior deferência, não apenas quanto ao Ser Supremo, mas também quanto à Natureza.

Há, é claro, trechos em que se pode ver o trabalho do que Hazlitt chamou de "Musa igualitária" de Wordsworth; Jeffrey ficou irritado ao perceber a filosofia apresentada pela boca de um Mascate (o Andarilho), "uma pessoa acostumada a pechinchar sobre cadarços ou botões de metal das mangas... Um homem que, se fosse vender flanela e lenços de bolso com sua fala empolada, logo afugentaria seus fregueses".[153] Ele também é crítico em relação à atenção dada a habitantes dos vales e de chalés humildes. Entretanto, para os reformistas que ainda havia entre os admiradores de Wordsworth, esse impulso democrático foi uma leve compensação para a manifesta submissão do poeta à autoridade tradicional, espiritual e temporal, pois a afinidade com assuntos mais simples nunca permitiu que chegasse a conclusões democráticas, fossem políticas fossem doutrinárias. E *Excursion* permaneceu, para gerações contemporâneos de Wordsworth, seu principal exercício em poesia filosófica, pois *Prelude* só foi publicado em 1850.

É papel do Solitário no enredo de *Excursion* negar quaisquer aspirações à reforma política. Sua história é contada duas vezes, uma no Livro II pelo Andarilho e de novo no Livro III por ele mesmo. Capelão de um regimento na região montanhosa; tinha um casamento feliz, com duas crianças encantadoras, e (logo, de acordo com o habitual enredo lúgubre de Wordsworth) a mãe e as duas crianças morrem. O viúvo desconsolado encontra conforto numa "voz de arroubo social", ouvida da França revolucionária. Ele compartilha

> Uma confiança orgulhosa e extremamente audaciosa
> Na sabedoria transcendental da época,
> E no discernimento desta; não apenas nos direitos,
> E na origem e nos limites do poder
> Social e temporal; mas nas leis divinas,
> Deduzidas pela razão, ou reveladas à fé.
> Levantou-se uma confiança avassaladora; e o medo
> Foi expulso, seja de pessoas ou de coisas.
> Espalhou-se uma praga dessa união, de cujo veneno sutil
> O mais forte não pôde escapar facilmente;
> E Ele, que maravilha! assumiu uma aparência humana.
> Como posso mostrar a transformação, como ousar contar
> Que ele traiu a fé naqueles que tinha disposto
> Nas escuras câmaras da terra, com uma esperança cristã!
> Um desprezo pagão da escritura sagrada

Inculcada furtivamente aos poucos sobre sua mente; e [depois
A vida, como aquele Jano romano, de duas caras;
A mais vil das hipocrisias — a risonha, alegre
Hipocrisia, não aliada ao medo, mas ao orgulho.
Palavras suaves tinha ele para persuadir as almas simples;
Mas, para discípulos da escola interior,
A antiga liberdade era apenas a antiga servidão, e eles
Os mais sábios, cujas opiniões se curvavam o mínimo
A conhecidas restrições; e que com extrema ousadia fizeram
Prognósticos esperançosos de um credo,
Que, à luz de falsa filosofia,
Espalham-se como um halo em torno de uma lua enevoada,
Aumentando seu círculo conforme avança a tempestade.[154]

Por fim ele renunciou a "sua função sagrada" e gozou da "desembaraçada liberdade natural do leigo":

Discurso, modos, moral, tudo sem disfarce.
Não desejo enganá-lo; embora o curso
De uma vida privada mostrasse licenciosamente
Ímpios atos — plantados como uma coroa
Sobre a insolente fronte ansiosa
De idéias espúrias — gasta como sinais abertos
De preconceito escondido...[155]

No Livro III, uma boa parte da mesma história é recontada pelo próprio Solitário, com sugestões adicionais de "atos ímpios" conforme os fanáticos debandam, brigam entre si ou se valem de recursos extremos:

Entre homens
De tal caráter eu lutei
Sem esperança, e cada vez mais sem esperança a cada hora;
Mas, no decurso, comecei a sentir
Que, se a emancipação do mundo
Estivesse perdida, eu pelo menos deveria assegurar a minha,
E ficar em parte compensado. Por direitos
Amplamente — inveteradamente usurpados,
Eu falei com veemência; e prontamente arrebatei
Tudo que a Abstração fornecia para minhas necessidades
Ou objetivos; nem hesitei em proclamar
E propagar, pela liberdade de vida,
Essas novas crenças.[156]

Muitos anos mais tarde, em 1843, Wordsworth ditou para Isabella Fenwick uma observação na qual declarava que o Solitário se baseava em diversas pessoas "que ficaram sob minha observação durante os freqüentes períodos que residi em Londres no início da Revolução Francesa":

> O líder desta era, pode-se dizer *agora*, um certo sr. Fawcett, um pastor de um templo não-conformista, em Old Jewry... Mas... como muitos outros naqueles tempos de talentos bombásticos semelhantes, ele não teve a firmeza de caráter para suportar os efeitos da Revolução Francesa, e das opiniões arrebatadas e vagas que tanto contribuíram para que ela acontecesse, e ainda mais para levá-la a seus extremos. Pobre Fawcett, têm-me dito, tornou-se bastante parecido com uma pessoa que eu descrevi; e logo desapareceu de cena, descambando para os hábitos de intemperança, os quais, segundo ouvi (embora não responda pelo fato) apressaram sua morte... havia muitos como ele na época, que nunca deixarão de existir no mundo...[157]

É claro que, em qualquer trabalho de criação, um personagem pode ser composto a partir de diversos modelos e invenções; mas suspeita-se de que essa observação tinha a intenção de despistar os leitores. Fawcett tem sido cuidadosamente investigado e ele se adapta muito mal ao papel de Solitário. Ele talvez tenha contribuído apenas com o elemento do pastor carismático. "Uma paciente pesquisa", observou George McLean Harper, "não conseguiu descobrir nada depreciativo em seu caráter, e o boato a respeito dele que Wordsworth ouviu é apenas um exemplo do modo como as reputações dos homens eram conspurcadas por pessoas que aceitavam, sem provas, que opiniões heterodoxas deviam, por necessidade, brotar de um coração perverso e terminar numa vida má".[158] Mas Hazlitt, que declarou calorosamente sua admiração por Fawcett ("De todas as pessoas que conheci, ele foi a mais completamente livre de qualquer mancha de ciúme ou mesquinhez"), acrescentou que: "Era um dos mais entusiásticos admiradores da Revolução Francesa; e creio que a perda das esperanças que ele havia alimentado a respeito da liberdade e da felicidade da humanidade pesou em sua mente e apressou sua morte".[159] Talvez ele tenha de fato "caído nos hábitos da intemperança", como disse Wordsworth, mas esse não foi um hábito atribuído ao Solitário.

Contudo, há claramente em Thelwall um modelo para o Solitário muito mais próximo da vida de Wordsworth e de seus conflitos interiores. Na verdade, Thelwall poderia ter posado para o seu próprio auto-retrato como o Solitário. Em retrospectiva, ele se referiu à sua "melancólica solidão em Llyswen". Às vezes denominava-se — tal como o Solitário de Wordsworth — "o Recluso". Ele descreve seu estado de espírito como "um triste quadro de amargura e irritabilidade da mente, tão descontente de si mesmo como do mundo".[160] É difícil ler a abordagem ao Solitário no Livro II e *não* evocar a figura de Thelwall:[161]

> A glória dos tempos se esvaindo —
> O esplendor, que dera um ar festivo
> À auto-importância, envolvia-a, e escondia-a
> De sua própria vista — isso passado, ele perdeu
> Toda alegria na natureza humana; foi consumido,
> E envergonhado, e agastado, por leviandades e desprezo,
> E indignação infrutífera; atormentado pelo orgulho;
> Em desespero pelo desprezo de homens que prosperavam
> Perante sua vista em poder ou fama, e conquistavam,
> Sem merecimento, o que ele desejava; homens fracos,
> Fracos demais até mesmo para sua inveja ou seu ódio!
> Assim atormentado, depois de um caminhar a esmo
> De infelicidade, e interiormente oprimido
> Pela doença — em parte, temo eu, provocada
> Pelo cansaço da vida — fixou residência,
> Ou, melhor dizendo, instalou-se ao acaso mesmo,
> Entre essas colinas escarpadas; onde agora vive,
> E gasta o triste resto de suas horas,
> Mergulhado em melancolia comodista, que não deseja
> Sua própria volúpia; — resolvido a isso,
> Com isso satisfeito, que ele viverá e morrerá
> Esquecido — a uma distância segura de "um mundo
> Que não lhe comove a mente".

A topografia de *Excursion* coincide em sua maior parte com a da região de Cumberland, mas Brecon Beacons, a oeste de Llyswen, encaixa-se bastante nas "colinas escarpadas". Há até indícios de que Wordsworth se recordava de detalhes mais literais de sua visita ao lugar, em 1798. Antes, nesse mesmo ano, Thelwall tinha escrito para o dr. Crompton, descrevendo:

> Atravessando uma extremidade de nosso pomar corre um riacho lindo... cortando um pequeno vale romântico para desaguar no Wye. Ali, como passatempo, construí uma cascata de dois ou três metros de altura & estou fazendo um refúgio rústico (um estúdio isolado para o verão) no vale abaixo. O menino [seu filho Sidney] descobriu esse lugar & está tão encantado com ele quanto eu...

O menino passava horas inteiras ouvindo a água — "as velhas dizem que ele se afogará. Eu digo que ele será filósofo". E acrescentou, à moda de Wordsworth: "Suas paixões violentas adquirirão, à medida que crescer, o freio da meditação. Conheço, por experiência, o poder & a influência de tais hábitos; & minha máxima é que Sêneca e Sócrates pregam bem, mas rochas & riachos & quedas d'água, muito melhor".[162]

Além dessa descrição de seu "passatempo (minha cascata & refúgio)", pode-se selecionar diversas passagens de *Excursion*. Assim, no Livro II, o Mascate e o Poeta encontraram um "alpendre" erguido entre as rochas, com a ajuda das mãos de uma criança, onde — horror! — encontram uma cópia de *Candide*, "produto monótono da pena de um zombador".[163] Mais surpreendente ainda são vários trechos do Livro III que descrevem um "abrigo escondido" debaixo das rochas sobre as quais corria a água, um abrigo que o Solitário descreveu como seu "dólmen druídico", e na vizinhança do qual "um menino do campo, de bonito semblante" está atarefado "consertando os defeitos/deixados na construção de uma represa mal-vedada".[164] Os personagens permanecem algum tempo nesse abrigo:

> Que parecia feito para o exame de consciência;
> Ou, para confissão, de acordo com a necessidade do [pecador,
> Escondido da vista de todos os homens.[165]

Indubitavelmente Thelwall terá conduzido Wordsworth e Coleridge até o seu assunto favorito e persistiram vestígios da lembrança.

Mas a identificação de Thelwall como o principal, o mais significativo e o mais perfeitamente sentido modelo para o Solitário não repousa sobre esses pequenos indícios. Está muito mais na interioridade do tema, no exame de consciência de uma mente zombadora, racionalista, mas entusiástica e sensível. Esperamos que este ensaio tenha sido revelador o bastante e talvez deva ser acrescentado que Thelwall, em diversas ocasiões, declarou que não era cristão;[166] se era ateísta convicto, ou um "teísta", isso já é menos claro.[167] Naturalmente Wordsworth terá convivido, no círculo de Godwin, com muitos outros racionalistas e céticos, alguns deles, como Basil Montagu, mais chegado a ele do que Thelwall. Não se pode propor nenhuma identificação muito exata. Em certo sentido, o Solitário é um retrato compósito, para o qual Thelwall, Fawcett e outros podem ter contribuído. Num outro sentido, também importante, o modelo do Solitário foi o próprio Wordsworth — ou o alter-ego jacobino de Wordsworth. Isso foi imediatamente percebido por Hazlitt: "Seus pensamentos são o verdadeiro sujeito... Ele vê todas as coisas nele mesmo... Até os diálogos... são solilóquios do mesmo personagem, adotando diferentes pontos de vista a respeito do assunto. O recluso, o pastor e o mascate são três pessoas em um poeta."[168]

Em certo sentido isso ocorreu devido ao "intenso egoísmo intelectual" de Wordsworth. Hazlitt disse: "O poder de sua mente se consome em si mesmo. É como se não houvesse nada senão ele mesmo e o universo."[169] Entretanto, temos de continuar dizendo que na transição da grande versão de *Prelude* de 1805 até *Excursion*, nove anos mais tarde, testemunhamos um triste declínio de suas energias e autenticidade poéticas. Há muito que os críticos já detectaram isso, embora poucos na época soubessem o bastante sobre o inédito *Prelude* para assinalar o contraste. Com exceção dos trechos de *Excursion* escritos nos primeiros anos — principalmente o Livro I, "The Ruined Cottage"[170] —, a idéia da filosofia como experiência vivida dá lugar a um didatismo respeitoso. Em *Prelude*, somos colocados diretamente na presença da crença: em *Excursion* nos dizem em que acreditar. O *Prelude* de 1805 é na realidade um ensaio heróico sobre a auto-revelação. De 1795 a 1805 — por dez anos completos —, Wordsworth trabalhou tanto para recuperar-se quanto para transpor em arte a experiência jacobina e a perda do ideal. O poema foi composto enquanto ele ainda se achava em estado de conflito, mas num certo momento depois de 1805[171] ele concebeu a figura do Solitário e a experiência jacobina (que também havia sido parte de si mesmo) foi simplesmente expulsa, colocada ali como um objeto de fora, o Solitário, um alvo para a crítica e a censura. Essa parte do self do poeta, assim descartada, não é mais reconhecida como uma parte de sua própria sensibilidade. E até mesmo a oportunidade para a dramatização do conflito não é aproveitada: Poeta, Mascate e Pastor pressionam infindavelmente o Solitário, instruindo-o sobre os pontos de vista bons e maus, e o objetivo desse ensinamento é dar-lhe alguns bons versos para que ele faça sua réplica.

Isso está longe do método de *Prelude*. Somos arrastados para dentro do vórtice do conflito. Quando se depara com o fracasso de suas espectativas utópicas, Wordsworth afirma e transmite a força do utopismo. Ele não o expulsa como um objeto para receber a censura externa. Em relação ao Terror:

> Muito melancólicos naquela época, ó Amigo!
> Eram meus pensamentos durante o dia, meus sonhos eram [tristes;
> Durante meses, durante anos, muito depois do último golpe
> Daquelas atrocidades (falo a verdade nua,
> Como se estivesse com você numa conversa privada)
> Eu dificilmente tive uma noite de sono tranqüilo
> Tais visões horrendas tinha eu de desespero
> E tirania, e instrumentos de morte,
> E longas orações em que em sonhos eu suplicava
> Perante injustos Tribunais, com uma voz
> Sofrida, um cérebro perturbado, e um sentimento
> De traição e deserção no lugar
> O mais santo que eu conheço, minha própria alma.[172]

É uma imagem extraordinária, porque ele está suplicando perante o tribunal injusto de sua própria alma. Em *Excursion* não há passagem comparável a esta. O dedo da culpa pode estar apontando para o Solitário, mas não há a idéia de que seus interlocutores compartilhem nenhuma responsabilidade pelo processo histórico. Isso está em algum outra parte fora de suas almas satisfeitas. E em qualquer processo revolucionário os piores são destinados a vencer:

Por suas energias superiores; mais severa
Confiança um no outro; fé mais firme
Em seus perversos princípios, os maus
Conquistaram facilmente uma vitória sobre os fracos
Os vacilantes, os inconstantes bons.[173]

Isso é Burke posto em versos.[174]

O Solitário é uma forma mediante a qual Wordsworth pôde pôr uma parte de si mesmo para fora, uma autonegação. Mas o que é negado não é apenas ele mesmo, mas também a possibilidade de ação política afirmativa racional — para reformular as instituições e leis, desafiar os costumes e as formas medievais. A própria pretensão dessa aspiração é agora apresentada como um objeto de desdém. Assim, voltando-se para as afeições e relações domésticas, Wordsworth está, de certo modo, expulsando da história as virtudes públicas.

O Solitário, portanto, é o fracasso do próprio alter-ego jacobínico de Wordsworth, objetivado e manipulado. "Não quero lhe fazer mal"— e entretanto mal lhe fez. E, se vemos John Thelwall como um modelo, então a manipulação fica mais clara, pois Thelwall foi arrastado a uma desconsolada solidão não apenas devido a suas próprias fraquezas e ilusões desfeitas e "ao fracasso da Revolução Francesa", mas pelo peso de toda a cultura tradicional e do poder tradicional sobre ele. A prova ausente em *Excursion* é a da contra-revolução. Contudo, sua imagem de "jacobinismo" teve profunda influência no século XIX e teve até mesmo um renascimento recente nos obituários bicentenários relacionados com a Revolução Francesa.

Devemos concluir chamando a atenção para o que foi a verdadeira sepultura do modelo do Solitário. Como muitos outros reformistas, Thelwall apoiou a segunda guerra contra a França. Chegou até a escrever um *Poem and Oration on the Death of Lord Nelson* (1805), enquanto acertava os ponteiros com os *whigs* com um *Monody,* quando da morte de Charles James Fox (1806). No final de 1805, ele escreveu uma longa carta a Thomas Hardy na qual passava em revista suas opiniões políticas:

> Quem quer que seja considerado culpado pelo desencadear da atual guerra (que eu confesso encarar como o restolho & e a conseqüência derivada da última...), eu não a vejo como uma questão entre uma forma ou um princípio de governo e outro — mas como uma luta para decidir se a França ambiciosa terá soberania universal sobre a Europa, & a Grã-Bretanha será uma região despovoada — Questão esta que, tenho certeza em minha própria mente, deverá ser decidida em nossas próprias costas... Eu lhe confesso que (com todas as dolorosas lembranças de meus erros à minha volta) estou pronto para usar minhas atuais cadeias como armas contra o inimigo, em vez de submeter-me aos pesados grilhões que a França *Imperial* imporiam.
>
> Mesmo quando a França era Republicana; & as especulações Republicanas atingiram o seu ponto máximo entre nós, você sabe muito bem que eu nunca fui um desses que olharia para o exército francês em busca da liberdade inglesa, ou que teria sido encontrado entre as fileiras do Invasor: mas, a partir do momento em que Bonaparte pôs o pé no território do Egito, eu não mais considero a luta entre os dois países como uma questão de princípios, mas sim de poder...

> Tais eram minhas especulações até mesmo na minha esplêndida solidão em Llyswen. Ainda assim, contudo, minha admiração acompanhava as qualidades pessoais de Bonaparte — eu ainda tentava acreditar que ele era algo mais que um mero soldado ambicioso — que ele não era simplesmente o maior da humanidade — que ele mostraria ao mundo que era possível ser ao mesmo tempo grande e bom; ter grande talento militar, & contudo reverenciar a Liberdade. Quando, mais tarde, o muçulmano republicano tornou-se um cônsul católico, eu não o abandonei imediatamente (como fizeram alguns dos melhores amigos da Liberdade nesta nação) nem depositei nele a confiança entusiástica que parecia, conforme pensei, envolver você & alguns outros. Mantive minha mente em equilíbrio & observei-lhe os movimentos — julgando-o por seus próprios Atos & suas próprias proclamações de estado. Estas, entretanto, não me deixaram muito tempo em dúvida. Passo a passo, com a mais profunda e capciosa política, eu o vi avançando para a usurpação de todo o poder,& a destruição de todo sagrado princípio da Liberdade...

Foi o "tirano Bonaparte que destruiu, talvez para sempre, todas as gloriosas conjeturas do engrandecimento do homem, & arruinou as melhores esperanças da Europa".[175]

Algumas dessas linhas poderiam ter sido ditas pelo Solitário. Thelwall não se juntou àquele reduzido grupo, que incluía Hazlitt, que achou refúgio num truculento bonapartismo. Não se sabe se ele reconheceu seu próprio retrato no Solitário. Elogiou *Excursion*, embora se queixando de que Wordsworth lhe tomou emprestado algum material sem dar-lhe o devido crédito — mas não está claro em que consistiu esse empréstimo.[176] Ele permanece por enquanto como um exemplo a mais dos perigos que se abatem sobre os reformistas que permitem que suas esperanças e estratégias políticas fiquem por demais envolvidas com o resultado de acontecimentos em outros países. Nós temos visto muitos exemplos disso em nossa própria época.

NOTAS

1. John Thelwall em *Champion*, 6 de junho de 1819.
2. Ver *John Thelwall: Political Writings*, org. Gregory Claeys (a ser publicada em breve); Iain Hampsher-Monk, "John Thelwall and the Eighthteenth Century Radical Response to Political Economy", *Hist. Jl*, xxxiv (1991); Geoffrey Gallop, "Ideology and the English Jacobins: The Case of John Thelwall", *Enlightenment and Dissent*, v (1986).
3. Ver Thomas Holcroft, *A Letter to the Right Honourable William Windham* (Londres, 1795).
4. Thelwall retirou-se durante algum tempo da L.C.S. mas reassumiu uma posição na liderança da instituição na campanha contra a aprovação dos Two Acts no final de 1795: Albert Goodwin, *The Friends of Liberty* (Londres, 1979), pp. 364, 389. John Horne Tooke venceu as eleições parlamentares de 1796 por Westminster.
5. [Cecil Thelwall], *The Life of John Thelwall, by his Widow* i (Londres, 1837), p. 367.
6. Os Acts foram 36 Geo.III, c.7 & 8. O segundo foi um "Ato para evitar com mais eficácia Reuniões e Assembléias Sediciosas". A Cláusula XII era dirigida a Thelwall e declarava que qualquer prédio, sala etc. onde fossem levadas a efeito palestras, debates, etc. sobre "qualquer suposta injustiça, ou quaisquer assuntos relativos a Leis, Constituição, Governo e Política *destes reinos*", deverá ser declarado casa de desordem e conseqüentemente punido. Destaquei as palavras que deram a Thelwall uma brecha para suas palestras romanas.

7. Ele explicou que estava suspendendo as palestras por seis meses (após os quais expiraria o período em que poderia ser tomada uma medida baseada nos Two Acts) a fim de testar a lei: *The Tribune: A Periodical Publication, Consisting Chiefly of the Political Lectures of J. Thelwall*, 3 vol. (Londres, 1795-6), iii, pp.331-2.
8. *Courier*, 22 de agosto de 1796.
9. John Thelwall, *An Appeal to Popular Opinion against Kidnapping and Murder including a Narrative of the Late Atrocious Proceedings at Yarmouth* (Londres, 1796), p. 13. Ver também carta de Thelwall, datada de 8 de julho de 1796, de Norwich, em *Moral and Political Magazine of the London Corresponding Society*, i (julho 1796): "a cabeça e o coração — a compreensão e boa vontade da cidade estão decididamente conosco", inclusive diversas pessoas de consideráveis bens e "muitos outros cidadãos excelentes de ambos os sexos... com fama na literatura e no lazer". Quanto ao jacobinismo intelectual de Norwich, ver C.B. Jewson, *Jacobin City* (Glasgow, 1975); Trevor Fawcett, "Measuring the Provincial Enlightenment: The Case of Norwich", *Eighteenth Century Life*, nova ser., viii, n. 1 (outubro, 1982).
10. Anne Plumptre a "Dear Citizen" [George Dyer], n.d.: Norfolk Record Office, Norwich, MS.4262. Anne não deve ser confundida com sua irmã mais velha, mais ilustre, Annabella, também uma ardorosa reformista.
11. Na realidade, Thelwall foi convidado a ir a Norwich pela talentosa autora (e colaboradora de *Cabinet*) Amelia Alderson, subseqüentemente Opie: ver Charles Cestre, *John Thelwall* (Londres, 1906), p.128, n. "A.A." (presumivelmente Amelia Alderson) também conhecia George Dyer e também se dirigia a ele como "Caro Cidadão": Emmanuel College, Cambridge, Archives, Col.9.13 (1), n.d. (mas 1795?).
12. Henry Crabb Robinson a Thomas Robinson (seu irmão), 7 de junho de 1796, e Thomas Amyot a H. C. Robinson, 16 de agosto de 1796: Dr. William's Lib., Londres, correspondência de Crabb Robinson. Ver também meu "Disenchantment or Default?", em C. C. O'Brien e W. D.Vanech (org.), *Power and Consciousness* (Londres, 1969), p.158. Quanto a Amyot, ver *Diary, Reminiscences and*

Correspondence of Henry Crabb Robinson, ed. Thomas Sadler, 3ª. ed., 2 vols. (Londres, 1872), i.p.14.

13. Amyot a H. C. Robinson, 8 de junho de 1796: Dr. William's Lib., correspondência de Crabb Robinson.
14. The Complete Works of William Hazlitt, org. P. P. Howe, 21 vols. (Londres, 1930-4), xii, *The Plain Speaker*, "On the Difference between Writing and Speaking", p.264.
15. *Moral and Political Magazine of the London Corresponding Society*, i (outubro, 1796), descrevendo a palestra de Thelwall sobre os Two Acts, em 9 de novembro de 1795.
16. *Diary, Reminiscences and Correspondence of Henry Crabb Robinson*, org. Sadler, i. p. 176 (28 de julho de 1811).
17. Um longo relato sobre a eleição em *Moral and Political Magazine of the London Corresponding Society*, i (julho, 1796), assinado "R. D" [R. Dinmore?]. Quanto a Anne Plumptre, ver nota 10, acima. Thelwall tem um instigante comentário sobre a morna candidatura de Gurney em *The Rights of Nature* (Londres, 1796), i. p. 26.
18. Um Amante da Ordem [William Godwin], *Considerations on Lord Grenville's and Mr. Pitt's Bills* (Londres, 1795). O incidente é discutido em Cestre, *John Thelwall*, pp. 134-40, e no seu Apêndice, pp. 201-4.
19. *Tribune*, ii (1796), prefácio, p. xvii; e iii, n. 38 (1796), pp. 101.5.
20. Amyot a H. C. Robinson, 16 de agosto de 1796 (ver nota 12, acima). Na verdade, Godwin continuou a manter distância de Thelwall (e de todos os ativistas). William Taylor era uma grande autoridade em literatura alemã e na tradução da mesma.
21. T. J. Mathias, *The Pursuits of Literature*, 9ª. ed. (Londres, 1799), p. 355. Numa nota de rodapé, Thelwall é descrito como um "infatigável incendiário" (p. 356).
22. No Public Record Office, de Londres (daqui em diante citado como P. R. O.), K.B. 1/29, e em Thelwall, *Appeal to Popular Opinion*. No meu relato, menciono ambas as fontes.
23. Subseqüentemente, 22 pessoas contribuíram com cinqüenta libras cada para processar os agressores. Entre os depoimentos feitos sob juramento, havia quatro comerciantes, um cavalheiro, um carpinteiro, uma mulher solteira, um violinista (e seu filho), um carroceiro,

carpinteiro naval, um cocheiro, um guarda-livros, um cervejeiro. Não consegui descobrir qual foi o desfecho do caso, exceto que Thelwall recordou, muitos anos depois, que o capitão Roberts, o chefe da gangue, foi promovido ao comando de um navio de 74 canhões e enviado às Índias Ocidentais "para ficar a salvo da justiça". Ver depoimentos em P.R.O., K.B. 1/29; Thelwall, *Appeal to Popular Opinion, passim*; *Selections from the Papers of the London Corresponding Society*, org. Mary Thale (Cambridge, 1983), p. 365; [Cecil Thelwall], *Life of John Thelwall*, i, p. 436.

24. Baseado em um relato no *Courier*, 22 de agosto de 1796 (talvez por Thelwall?) republicado em Thelwall, *Appeal to Popular Opinion*.
25. Os livros incluíam *Roman Antiquities of Dionysius of Halicarnassus*, *Plutarch's Lives* e o tratado de Walter Moyle sobre *The Lacedmonian Government*; Thelwall, *Appeal to Popular Opinion*, p. 25. Thelwall também se baseou muito em *An Essay upon the Constitution of the Roman Government*, de Moyle, que ele reeditou com comentários sob o título de *Democracy Vindicated* (Norwich, 1796); ver Hampsher-Monk, "John Thelwall and the Eighteen-Century Radical Response to Political Economy", pp. 2, 16.
26. Ver Linda Colley, *Britons: Forging the Nation*, 1707-1837 (New Haven, 1992), esp. cap. 5. Não desejo desfazer da persuasiva análise de Linda Colley, mas apenas sugeri que devíamos também lembrar contra quem o legalismo era dirigido. Thelwall comentou com agudeza que "*God save the king*... tornou-se o mote do tumulto e da comoção civil": Thelwall, *Appeal to Popular Opinion*, p. 48.
27. Havia um boato, no qual Thelwall acreditava, de que ele seria posto num navio russo e enviado à Sibéria!
28. Reminiscência de Thelwall no *Champion*, 25 de outubro de 1819. Noticiou-se que Windham teria dito na Câmara dos Comuns (23 de novembro de 1795) que os ministros "estavam preparados para exercer um vigor maior que o das leis": Anôn., *The History of the Two Acts* (Londres, 1796), p. 386.
29. Os outros eram William Frende e George Dyer. John Thelwall, escrevendo para Thomas Hardy de Yarmouth, em 24 de agosto de 1796, enviou calorosas mensagens de solidariedade 'ao Amigo em

particular, & àquela Boa vontade Ambulante (que é) George Dyer": ver Apêndice.

30. *Anti-Jacobin*, n.17, de 5 de março de 1798, p.135, "The New Coalition".
31. O *Independent Whig* talvez visse o *Champion* como um competidor e atacou Thelwall repetidamente: 22 de novembro de 1818, 21 de fevereiro, 13 e 27 de junho de 1819.
32. *Champion*, 6 de junho de 1819.
33. Os relatos ligeiramente diferentes em *ibid.* e no "Prefatory Memoir" para John Thelwall, *Poems Chiefly Written in Retirement* (Hereford, 1801), p.xxx (daí em diante, Thelwall, "Prefatory Memoir").
34. Registro Anual, 1797, "Chronicle", pp.15-16. O dr. Peter Crompton (ver nota 90, abaixo) escreveu para Thelwall, no dia 11 de setembro de 1800, lembrando-lhe da capela "onde eu e muitos outros fomos quase golpeados na cabeça": Pierponto Morgan Library, Nova York, MA 77(19).
35. *Champion*, 25 de outubro de 1819. O amigo é identificado como James Moorhouse, um certo "velho Jack", que continuou um ativo reformista em Stockport até os anos pós-guerra, quando foi indiciado por sua participação no comício de Peterloo.
36. Goodwin, *Friends of Liberty*, p. 414; Jewson, Jacobin City, pp. 81-2: *Address from the Patriotic Society of that City* (Norwich, 1797, cópia na Coleção Sligman, Universidade de Colúmbia, Nova York).
37. De acordo com Charles James Fox, durante os distúrbios, uma efígie de Priestley foi carregada pelas ruas com um coração de animal dentro dela, o qual, quando espetado com um pique, fazia a efígie escorrer sangue. A efígie foi depois queimada e o coração comido! *History of the Two Acts*, p. 422.
38. Ver "Rough Music", no meu *Customs in Common* (Londres, 1991).
39. *History of the Two Acts*, p. 421.
40. Entre os grupos de caça à raposa encontrados nesses anos legalistas incluem-se o Atherstone (1804), Berkeley (reorganizado em 1807), Bicester (1800), Carmarthenshire, Cattistock, Cheshire (1802), Craven, Eggesford (c. 1798), Captain Johnstone's (1808), Ledbury, Clube de Caça de New Forest, Newmarket e Thurlow (1793), Oakly (1800), Puckeridge (c. 1799), S. Staffs, Surrey Union (1799),

Weatland, Worcester: *Bailey's Fox-Hunting Directory*, 1897-8 (Londres 1897).

41. Thelwall, "Prefatory Memoir", p. xxx.
42. *Ibid*, pp. xxx-xxxii; Goodwin, *Friends of Liberty*, pp. 405-6; Cestre, *John Thelwall*, pp. 125-7.
43. No momento ocorria o motim naval em Spithead.
44. Um referência irônica a seu aprisionamento na Torre enquanto esperava ser julgado por alta traição, em 1794.
45. Thelwall a Thomas Hardy, Derby, 19 de março de 1797: ver Apêndice. Quanto ao elogio de Thelwall no funeral de Hardy em 1832, ver [Cecil Thelwall], *Life of John Thelwall*, i, pp. 430-6.
46. Em dezembro de 1797, Thelwall enviou uma carta ao comitê da Sociedade de Correspondência de Londres na qual ele altivamente recriminava os membros por suas disputas internas e sugeria que, em vez disso, eles deveriam aproveitar o tempo para "leituras e discussões políticas". Enviou 12 cópias de seu próprio *The Rights of Nature* e propôs que 12 homens fossem designados para ler o livros para as seções; *Selections from the Papers of the London Corresponding Society*, org. Thale, p. 377, n.
47. *Monthly Magazine*, agosto de 1799, p. 532. Longos trechos de "A Pedestrian Excursion through Several Parts of England and Wales", extraídos do seu periódico, apareceram em sucessivos números do *Monthly Magazine*, mas, infelizmente, a publicação foi interrompida antes de alcançar Somerset. Já existiu uma versão mais completa do periódico e Cestre colheu subsídios dela: ver Apêndice.
48. O término da correspondência de Coleridge, que começou em abril de 1796, pode ser encontrada em *Collected Letters of Samuel Taylor Coleridge*, org. E. L. Griggs, 6 vols. (Oxford, 1956-71), i. Ao que tudo indica, só restou uma carta de Thelwall a Coleridge, na British Library, Londres, Poole Papers, Add. MSS. 35.344; ver também "An Unpublished Letter from John Thelwall to S. T. Coleridge", de Warren E. Gibbs, *Mod. Lang. Rev.*, xxv (1930), pp. 85-90.
49. *Tribune*, ii, n. 16 (1796), pp. 16-17.
50. *Monthly Magazine*, setembro de 1799, p. 619. Os fragmentos continuaram a ser publicados em novembro de 1799, janeiro, fevereiro e abril de 1800 e terminam em Stonehenge.

51. Ver esp. *John Thelwall: Political Writings*, org. Claeys.
52. Thelwall a J. Wimpory, 15 de fevereiro de 1797; Houghton Library, Universidade de Harvard, fms. Eng. 957.2 (19). Cf. Coleridge a Thelwall, 9 de fevereiro de 1797, em *Collected Letters of Samuel Taylor Coleridge*, org. Griggs, i, n. 176, pp. 306-8.
53. John a Stella Thelwall, "All fox den", 18 de julho de 1797: Pierpont Morgan Lib., MA 77 (17). Ver também J. Dykes Campbell, *Samuel Taylor Coleridge* (Londres, 1894), p. 73.
54. *Monthly Magazine*, setembro de 1799, p. 618. Seu companheiro era J. Wimpory, um fabricante de sapatos de Gosport, Hants, que teve de deixá-lo em Bath.
55. O melhor relato está em Nicholas Roe, *Wordsworth and Coleridge: The Radical Years* (Oxford, 1988), pp. 234-62, que contextualiza o episódio do contexto. Ver também, do mesmo autor, o excelente "Coleridge and John Thelwall: The Road to Nether Stowey", em Richard Gravil e Molly Lefebure (orgs.), *The Coleridge Connection* (Basingstoke, 1990), pp. 60-80. Esses relatos substituem o anterior em A. J. Eaglestone, "Wordsworth, Coleridge, and the Spy", em E. Blunden e E. L. Griggs (orgs.), *Coleridge Studies by Several Hands* (Londres, 1934), pp.73-87. Relatos mais resumidos aparecem em sra. Henry Sandford, *Thomas Poole and his Friends*, 2 vols. (Londres, 1888), i, pp. 232-44; Mary Mooman, *William Wordsworth: A Biography*, 2 vols. (Oxford, 1957-65), i, pp. 329-33; Stephen Gill, *William Wordsworth: A Life* (Oxford, 1989), pp. 126-8.
56. J. Vellum havia sido expulso de sua fazenda arrrendada em Rutland e Thelwall disse que ele havia sido expulso por um lorde da Bedchamber [Lorde Winchelsea?] devido a suas ligações "jacobínicas": Thelwall, "Prefatory Memoir", p. xxxvi; [Cecil Thelwall], *Life of John Thelwall*, i, p. 144, n.
57. John para Stella Thelwall, 18 de julho de 1797 (ver nota 53, acima).
58. The Collected Works of Samuel Taylor Coleridge, 16 vols (Bollingen ser., lxxv, Princeton, 1969-), xiv, *Table Talk,* org. Carl Woodring, 2 vols. i, 24 de julho de 1830, pp. 180-1, e n. 6. O incidente impressionou os três homens e cada um deixou um relato do acontecido. Na recapitulação anódina de Wordsworth, Coleridge disse: "Este é um lugar para uma pessoa se reconciliar com todos os choques e

conflitos do vasto mundo." "Não", disse Thelwall, "para fazê-la esquecer-se deles por completo". Ver Christopher Wordsworth, *Memoirs of William Wordsworth*, 2 vols. (Londres, 1851), i, p. 105; *The Poetical Works of William Wordsworth*, org. E. de Sleincout e Helen Darbishire, 5 vols. (Oxford, 1940-49), i. p. 363, anotação de Fenwick para "Anectode for Fathers". O relato de Thelwall é fictício: no seu romance *The Daughter of Adoption*, 4 vols. (Londres, 1801), i, p. 283, o lindo vale localiza-se em S. Domingo, onde "Henry" diz, brincando: "Que cenário e que hora... para se tramar traição." "Que cenário e que hora", retrucou Edmund, com a mais imperturbável das fisionomias, "para alguém se esquecer de que a traição já foi necessária no mundo!"

59. *Poetical Works of William Wordsworth*, org. de Slincourt e Darbishire, i, p. 363, anotação de Fenwick em "Anecdote for Fathers".
60. Coleridge a Josiah Wade, 1º de agosto de 1797, em *Collected Letters of Samuel Taylor Coleridge*, org. Griggs, i, n. 200, p. 339. Mas Coleridge acrescentou que Thelwall era "único democrata ativista, isto é, honesto".
61. J. Walsh a John King, Stowey, 16 de agosto de 1797: P.R.O., H.O. 42/41: "Dizem aqui que Thelwall deve voltar logo a esse Lugar e que deve ocupar uma parte de Alfoxton House."
62. Coleridge a Thelwall, 21 de agosto de 1797, em *Collected Letters of Samuel Taylor Coleridge*, org. Griggs, i, n. 204, p. 343.
63. Roe, *Wordsworth and Coleridge*, p. 258; Sandfor, Thomas Poole and his *Friends*, i, p. 235. Coleridge sugeriu a Thelwall que ele poderia retornar em algumas semanas, alojando-se em Bridgwater e familiarizar o povo com "a *monstruosidade* da coisa".
64. Versos escritos em Bridgewater, em Somersetshire, no dia 27 de julho de 1797; durante uma "Longa Excursão, em Busca de um Retiro Tranqüilo", em Thelwall, *Poems Chiefly Written in Retirement*, pp. 126-32. Outros trechos deste poema são citados em meu *The Making of the English Working Class* (Penguin, Harmondsworth, 1970), pp. 180-1 e "Disenchantment or Default?", pp. 160-1.
65. *Anti-Jacobin*, n. 36, 9 de julho de 1798, p. 286. Thelwall provavelmente já conhecia Southey e ele conhecia Lamb, que chegou a Stowey

uma semana antes dele: ver Winifred F. Courtney, *Young Charles Lamb*, 1775-1802 (Londres, 1982), pp. 144-6.

66. Portland ao prefeito de Bristol, 7 de agosto de 1797: P.R.O., H.O. 43/9.
67. "On Leaving the Bottoms of Glocestershire", em Thelwall, *Poems Chiefly Written in Retirement*, p. 139. Os nomes das famílias são: Norton, Newcomb e Partridge. Cestre cita diversas passagens de Gloucestershire e de Gales em "Pedestrian Excursion" (o manuscrito em suas mãos nessa época: ver Apêndice) — isso diz respeito principalmente a salários e condições no sistema manufatureiro.
68. *Complete Works of William Hazlitt*, org. Howe, viii, *Table-Talk*, "On Genius and Common Sense", p. 34. Hazlitt usa o acontecido para ilustrar a associação inconsciente de idéias.
69. John Taylor era um jornalista que escrevia para o *Anti-Jacobin*, e que às vezes servia de informante, especialmente em 1794, quando apresentou mais de sessenta informes, muitos sobre as palestras de Thelwall: ver Emily Lorraine de Montluzin, *The Anti-Jacobins*, 1798-1800 (Basingstoke, 1988), pp. 151-4; Clive Emsley, "The Home Office and its Sources of Information and Investigation, 1791-1801", Eng. Hist. Rev, xciv (1979); *Selections from the Papers of the London Corresponding Society*, org. Thale, passim.
70. Há um admirável estudo de P. J. Cornfield e Chris Evans, "John Thelwall in Wales: New Documentary Evidence", *Bull. Inst. Hist. Research*, lix (1986), pp. 231-9. Ele deve ser lido juntamente com meu próprio relato, que, até onde possível, não o repete, mas se alimenta de novas fontes.
71. Thelwall a Thomas Hardy, Derby, 25 de outubro de 1797: ver Apêndice.
72. *Diary, Reminiscences and Correspondence of Henry Crabb Robinson*, org. Sadler, i, p. 15. "Stella" era na realidade Susan Vellum.
73. Thelwall a Thomas Hardy, Derby, 25 de outubro de 1797: ver Apêndice.
74. Thelwall a Thomas Hardy, 16 de janeiro de 1798, em Cornfield e Evans, "John Thelwall in Wales: New Documentary Evidence", pp. 234-6.

75. Thelwall a Vellum (em Oakham), 10 de março de 1794, em P.R.O., T.S. 11/951/3495.

76. Ver notas 10-11, acima. O primeiro emprego de "Seu fraternalmente" que eu detectei está numa carta ao "Citizen Editor" de *Moral and Political Magazine of the London Corresponding Society*, i (julho, 1796) de "R.D." de Norwich [R. Dinmore?"].

77. O romance de Thelwall — *The Daughter of Adoption* — tem amplo material sobre a educação das crianças, sem punições, "subornos" etc.; ver vol. i, pp. 58 ff.

78. Thelwall ao dr. Peter Crompton, em Eton House, perto de Liverpool, 3 de março de 1798, Houghton Lib., fms. Eng. 947.2 (21).

79. Noticiou-se que Phillips ganhava 1.500 libras por cada número da revista: J. E. Cookson, *The Friends of Peace* (Cambridge, 1982), p. 90. Quanto ao dr. John Aikin, irmão da sra. Barbauld, ver ibid., pp. 99-100. Ver também G. Carnall, "The *Monthly Magazine*", *Rev. Eng. Studies*, nova ser., v (1954).

80. *Monthly Magazine*, maio de 1798, pp. 343-6; julho de 1798, pp. 20-21. Houve também diversas contribuições assinadas com três asteriscos (***.) que, segundo constatação interna, eram de Thelwall: *ibid.*, 1798, pp. 177-9; junho 1798, pp. 418-21; dezembro, 1798, p. 409.

81. Ver Nicholas Roe, *The Politics of Nature* (Basingstoke, 1992), cap. 6, "The Politics of the Wye Valley". Ver também Richard Warner, *A Walk through Wales* (Bath, 1798).

82. H. C. Robinson a J. T. Rutt, 28 de outubro de 1799: em Dr. William's Lib., corrrespondência de Crabb Robinson; também a seu irmão, Thomas Robinson, 21 de outubro de 1799.

83. Mais de um informante fez relatórios ao Home Office sobre a volumosa correspondência de Thelwall; assim R. Gwynne — "ele constantemente escreve ou recebe de doze a vinte cartas por dia", e E. Edwards — "um grande número de Cartas a cada entrega do Correio": ambos em abril de 1798, e citados em Corfield e Evans, "John Thelwall in Wales: New Documentary Evidence", p. 236.

84. Thelwall agradeceu a Crompton pela doação de 15 libras (na verdade, uma boa quantia): Thelwall a Crompton, 3 de março de 1798

(ver nota 78, acima). Hardy enviou 15 libras (que ele talvez tivesse angariado?): Thelwall a Thomas Hardy, 20 de setembro de 1799: ver Apêndice.

85. William Rathbone, um rico *quaker* (subseqüentemente unitarista), mandou dez libras a Thelwall: Thelwall a Crompton, 3 de março de 1798 (ver nota78, acima).
86. Reverendo W. Shepherd da capela batista de Gateacre, um ardoroso reformista, que durante muitos anos assessorou a viúva de Thelwall nas memórias que esta reuniu do marido; ver Apêndice.
87. Presumivelmente o reverendo Joseph Smith.
88. Thelwall escreve "que esse pobre valoroso sujeito Rushton", talvez porque esse ardoroso abolicionista era cego?
89. Quanto a Roscoe e esse completo círculo, ver Ian Sellers, "William Roscoe, the Roscoe Circle, and Radical Politics in Liverpool, 1787-1807", *Trans. Hist. Soc. Lancs. & Cheshire*, cxx (1968), pp. 45-62; R. B. Rose, "The 'Jacobins' of Liverpool, 1789-1793", *Liverpool Bull.* (Libraries, Museums & Arts Committee), ix (1960-1).
90. Crompton era médico e cervejeiro; mudou-se de Derby para Liverpool (Eton House, Wavertree) em 1798. Apresentou-se como candidato ao Parlamento por Nottingham em 1796 e de novo em 1807.
91. Ver Corfield e Evans, "John Thelwall in Wales: New Documentary Evidence", p. 238, n. 62. Há um fragmento de carta de Thelwall a Joseph Strutt, n.d., na qual ele diz: "a Tempestade passou mas não esqueço o Mastro ao qual me agarrei na hora do naufrágio": Birmingham City Reference Library (Archives), Galton MSS. 507.
92. Não há provas definitivas de que Thelwall conhecia algum dos dois irmãos Wedgwood, mas isso é possível. O interesse deles em apoiar os radicais literatos é comprovado pela gorda mesada dada a Coleridge em 1798, e a indústria de cerâmica Wedgwood fabricou naquele mesmo ano um serviço de café mostrando a Grã-Bretanha entre duas figuras femininas, uma com um ramo de oliveira e a outra com o barrete da liberdade.
93. Um cavalheiro informou que Thelwall "vai uma vez por Quinzena a uma Sociedade de Jacobinos na Crown and Sceptre na Cidade de Hereford: Corfield e Evans, "John Thelwall in Wales: New Do-

cumentary Evidence", p. 236. Esses devem ter sido membros remanescentes da Hereford Philanthropic Society, que se dispersara: ver *Selections from the Papers of the Corresponding Society*, org. Thale, p. 364.

94. Essa questão foi levantada para Thelwall por Gunther Lottes, *Politsche Aufklärung und plebejische Publikum* (Viena, 1979). Ver também H. T. Dickinson, *Liberty and Property* (Londres, 1979), p. 251.
95. Ichabod Wright de Mapperley, perto de Nottingham, 17 de julho de 1802: em P.R.O., H.O. 42/65. Joseph Birch era um comerciante *whig* trazido de Liverpool. Ver também M. I. Thomis, "The Nottingham Election of 1802", *Trans. Thoroton Soc.*, lxv (1961), pp. 94-103.
96. Entretanto, houve recentemente uma revisão muito bem recebida desse ponto de vista: ver John Dinwiddy, "England", em Otto Dann e John Dinwiddy (orgs.), *Nationalism in the Age of the French Revolution* (Londres, 1988), e Mark Philp (org.), *The French Revolution and British Popular Politics* (Cambridge, 1991), introdução e contribuições dos organizadores a cargo de Dinwiddy e Roger Wells. Também, é claro, Roger Wells, *Insurrection* (Gloucester, 1983) e *Wretched Faces* (Gloucester, 1988); e, quanto aos ultraradicais Grub Street "Jacks", ver Iain McCalman, *Radical Underworld* (Cambridge, 1988).
97. *Roe, Wordsworth and Coleridge*, pp. 2-3, 263. A invasão da Suíça deu margem a que Coleridge compusesse o poema de retratação, "France: An Ode".
98. Thelwall a Thomas Hardy, 24 de maio de 1798, transcrito em J. Holland Rose, *William Pitt and the Great War* (Londres, 1911), p. 352: ver Apêndice.
99. Thelwall a "Dear Bard", 10 de maio de 1798: National Library of Wales, Aberystwyth, MS. 21283 E n. 471. Meus agradecimentos tanto a David Jones quanto a Chris Evans.
100. A visita aconteceu entre 4 e 10 de agosto de 1798: Mark L. Reed, Wordsworth: *The Chronology of the Early Years* (Cambridge, Mass., 1967), p. 245. Wordsworth contou a algumas pessoas com quem se correspondia que Coleridge "me fez a proposta numa noite e partimos no dia seguinte às seis da manhã": Wordsworth a Henry

Gardiner, 3 de outubro de 1798, em *The Early Letters of William and Dorothy Wordsworth* (1787-1805), org. E. de Selincourt (Oxford, 1935), p. 201. Wordsworth homenageou o nome da fazenda em Llyswen no seu poema "Anecdote for Fathers".

101. Ver Kenneth R. Johnston, "The Politics of 'Tintern Abbey'", *Wordsworth Circle*, xiv, (1983); Roe, *Politics of Nature*, princ. 6.
102. Brecknockshire Quarter Sessions Book of Orders (1787-1815) (nos escritórios do conselho do condado), meados do verão de 1798, p. 223. Thelwall, cavalheiro, *versus* Roos Davies: "O Réu tendo se declarado culpado e o querelante inclinado à clemência", Davies foi multado em seis *pence* e intimado a manter a paz por dois anos.
103. Thelwall, "Prefatory Memoir", pp. xxxvi-xxxvii.
104. *Ibid*, p. xxxvii. Também p. xlviii, onde ele fala do "ponto fundamental de moralidade" entre os galeses, para os quais "a nacionalidade deve vir antes do direito".
105. Resposta do sr. Thelwall às Calúnias, Deturpações e Falsificações Literárias, Contidas nas Observações Anônimas sobre sua Carta ao Editor da *Edinburgh Review* (Glasgow, 1804), p. 26.
106. *Monthly Magazine*, 1° de julho de 1800, p. 532.
107. Thelwall, "Prefatory Memoir", p. xxxvii.
108. A Little Welch Farmer' Brecnocshire, em *Monthly Magazine*, novembro de 1798, pp. 323-4.
109. *Ibid.*, julho 1800, pp. 529-34.
110. *Ibid*, p. 532.
111. Thelwall, "Prefatory Memoir", p. xxxix. O rascunho de um mandado de busca por um "pacote de papéis de traição" no transporte de Hereford, dirigida ao sr. Thelwall, assinada por Portland, está em P.R.O., H.O., 42/46. Thelwall disse que o pacote continha uma carta de crítica de um amigo literato, e outra para Stella Thelwall da irmã do amigo; Winifred Courtney me sugeriu que essas pessoas seriam Charles e Mary Lamb. (Os Wordsworth na época estavam na Alemanha.)
112. Thelwall continuou a trabalhar nele por muitos anos e ele assegurou a Crabb Robinson que ganharia fama como um poeta épico: *Diary, Reminiscences and Correspondence of Henry Crabb Robinson*, org. Sadler, i, p. 37.

113. Sandford, *Thomas Poole and his Friends*, i, p. 234.
114. Thelwall a Thomas Hardy, 20 de setembro de 1799: ver Apêndice.
115. *Monthly Magazine*, fevereiro de 1800, p. 94.
116. Thelwall, *Poems Chiefily Written in Retirement*, p. 147.
117. *Ibid*, p. 159.
118. *Ibid*, p. 145.
119. Ver Cornfield e Evans, "John Thelwall in Wales: New Documentary Evidence", pp. 237-8.
120. Thelwall, "Prefatory Memoir", p. xlvi. Thelwall queixou-se de que "a tendência moral do Trabalho" havia sido "de certa forma questionada". Na minha opinião, a obra não tem tendência moral e não se pode dar nenhum crédito à declaração de Thelwall de que "a moral abstrata do conto é... Que a pureza da relação sexual consiste, exclusivamente, na inviolável singularidade da ligação... seja qual for nossa opinião teórica da parte cerimonial da instituição, é um dever moral absoluto, no atual estado da sociedade, conformar-se com o uso tradicional". Em outras palavras, Thelwall desejava montar tanto no cavalo godwiniano quanto no convencional. Entretanto, o romance mal aborda o tema.
121. *Ibid.*, p. xxxviii.
122. *Ibid.*, p. xliii.
123. Ele contava com o antigo círculo de amigos para ajudá-lo. Pediu a Hardy para angariar colaboradores para seu livro de poemas: Thelwall a Thomas Hardy, 28 de fevereiro de 1801: ver Apêndice. E ele escreveu a George Dyer solicitando uma longa lista de livros sobre assuntos antigos: Thelwall a George Dyer, Hereford, 12 de agosto de 1801; Biblioteca Pública de Nova York, coleção Carl H. Pforzheimer, Misc. 672.
124. Thelwall a Joseph Strutt, de Leeds, 20 de dezembro de 1801; Birmingham City Ref. Lib. (Archives), Galton MSS. 507/1. Ver também Corfield e Evans, "John Thelwall in Wales: New Documentary Evidence", pp. 238-9.
125. A mais antiga referência que encontrei relativa às palestras de Thelwall sobre elocução está em Sheffield: *Leeds Mercury*, 14 de novembro de 1801.

126. Thelwall, *Rights of Nature*, ii, p. 32. Ver também R. Dinmore (de Norwich), *An Exposition of the Principles of English Jacobins* (Norwich, 1797), e resenha em *Moral and Political Magazine of the London Corresponding Society*, ii (janeiro, 1797).
127. Burton R. Pollin e Redmond Burke, "John Thelwall's Marginalia in a Copy of Coleridge's *Biographia Literaria*", Bull, Biblioteca Pública de Nova York, lxxiv (1970), p. 93.
128. Courtney, *Young Charles Lamb*, Apêndice B, p. 346.
129. Analytical Rev., abril de 1798. Também *Anti-Jacobin Rev.*, dezembro de 1798, pp. 687-9, que aprovou calorosamente o retrato de "Citizen Rant".
130. Coleridge a Thelwall, 23 de janeiro de 1801, em *Collected Letters of Samuel Taylor Coleridge*, org. Griggs, ii, n. 376, p. 668.
131. Coleridge a Thelwall, 23 de abril de 1801, *ibid.*, n. 395, pp. 723-4. Na época, Thelwall estava escrevendo sua "Prefatory Memoir" para o novo volume de *Poems*. Uma boa apreciação do relacionamento Coleridge-Thelwall está em Roe, "Coleridge and Thelwall: The Road to Nether Stowey".
132. John a Stella Thelwall, 29 de novembro de 1803, Biblioteca Pierpont Morgan, MA 77 (18).
133. Pollin e Burke, "John Thelwall's Marginalia in a Copy of Coleridge's *Biographia Literaria*", p. 82. Isso se deu quando Coleridge escrevia em apaixonada defesa da segunda guerra.
134. *Ibid.* Ele observa que Coleridge "falou comigo em Keswick de seu projeto de escrever uma elaborada demonstração da verdade da revelação cristã, que começaria com uma negação da existência de deus" (p. 88).
135. "Stella" (Susan Vellum) morreu em 1816. Thelwall casou-se de novo, com Henrietta Cecil Boyle, cerca de 1819.
136. Cecil Thelwall a Wordsworth, 12 de novembro de 1838: Dove Cottage Papers. Wordsworth respondeu, de certa maneira formalmente, que ele "conservava um sentimento bastante amistoso em relação ao Sr. T.": *The Letters of William and Dorothy Wordsworth*, 2ª. ed., vi, *The Later Years*, pt. 3, 1835-1839, revisão e organização Alan G. Hill (Oxford, 1982), pp. 639-41.

137. Um reformista de Norwich informou que Thelwall falou "de Leads até Cozen's Shop. Ele é um formidável orador. Acredito que 4.000 a 5.000 pessoas ouviram distintamente cada palavra": Jewson, *Jacobin City*, p. 62.
138. Ver Denyse Rockey, "The Logopaedic Thought of John Thelwall, 1764-1834: First British Speech Therapist", *Brit. Jl Disorders of Communication*, xii, n. 2 (outubro, 1977); Denyse Rockey, "John Thelwall, and the Origins of British Speech Therapy", *Medical Hist.*, xxiii (1979); Robin Thelwall, "The Phonetics Theory of John Thelwall", em R. E. Asher e Eugénie J. A. Henderson (orgs.), *Towards a History of Phonetics* (Edimburgo, 1981). Thelwall fundou um instituto para o treinamento da fala em Liverpool em 1805, e logo o transferiu para Londres.
139. Thelwall a Thomas Hardy, de Manchester, 19 de março de 1803: ver Apêndice.
140. Thelwall a Thomas Hardy, de Rochdale, 10 de junho de 1803. Ver Apêndice. Assinado "Seu, em fraternidade cívica e cordial".
141. *Edinburgh Rev.*, abril de 1803, pp. 197-202.
142. Na realidade, qualquer orquestração veio da parte de William Erskine, um amigo de Walter Scott.
143. John Thelwall, *A Letter to Francis Jeffray, Esq., on Certain Calumnies and Misrepresentations in the Edinburgh Review* (Edimburgo, 1804), p. 45.
144. Anônimo. [Francis Jeffrey], *Observations on Mr. Thelwall's Letter to the Editor of the Edinburgh Review* (Edimburgo, 1804), pp. 15-16.
145. Mr. Thelwall's Reply to the Calumnies, Misrepresentations, and Literary Forgeries, Contained in the Anonymous Observations on his Letter to the Editor of the Edinburgh Review.
146. Wordsworth a Thelwall, meados de janeiro de 1804, em *The Letters of William and Dorothy Wordsworth*, 2ª. ed., i, *The Early Years, 1787-1805*, revista e organizada por Chester L. Shaver (Oxford, 1967), pp. 431-5. Ver também as úteis notas do organizador sobre toda a questão, e também (quanto ao ponto de vista de Jeffrey) Henry, Lord Cockburn, *Life of Lord Jeffrey*, 2ª. ed., 2 vols. (Edimburgo, 1852), i, pp. 154-5.

147. Coleridge a Southey, 25 de janeiro de 1804, em *Collected Letters of Samuel Taylor Coleridge*, org. Griggs, ii, n. 538, p. 1039.
148. Collected Works of Samuel Taylor Coleridge, iv, *The Friend*, org. Barbara E. Rooke, 2 vol., ii, n. 2 (8 de junho de 1809), p. 25, n. Mas há também nas cartas 10 e 11 (19 e 26 de outubro de 1809), *ibid.*, pp. 134-149, uma eloqüente condenação à caça às bruxas de caráter antijacobino.
149. *New Letters of Robert Southey* org. Kenneth Curry, 2. vols. (Nova York, 1965), i, p. 511.
150. Pollin e Burke, "John Thelwall's Marginalia in a Copy of Coleridge's *Biographia Literaria*", pp 81, 82, 93-4.
151. Marilyn Butler, *Romantics, Rebels and Reactionaries* (Oxford, 1981), cap. 6.
152. *Edinburgh Rev.*, novembro de 1814, p. 5
153. *Ibid*, p. 30.
154. Wordsworth, *Excursion*, ii., 235-62.
155. *Ibid.*, 266-72.
156. *Ibid.*, iii. 787-99.
157. *Poetical Works of William Wordsworth*, org. de Selincourt e Darbishire, v, pp. 374-55.
158. George McLean Harper, *William Wordsworth*, 2 vols. (Nova York, ed. de 1960), i, p. 189. Ver também M. Ray Adams, "Joseph Fawcett and Wordsworth's Solitary", P.M.L.A., xlviii (1933); Roe, *Wordsworth and Coleridge*, pp. 23-7.
159. Complete Works of William Hazlitt, org. Howe, iii, *The Life of Thomas Holcroft* (1810), p. 171, n. 1.
160. Thelwall, "Prefatory Memoir", p. xxxviii.
161. Wordsworth, *Excursion*, ii, 293-314.
162. Thelwall a Crompton, 3 de março de 1798 (ver nota 78, acima).
163. Wordsworth, *Excursion*, ii, 410-91.
164. *Ibid.*, iii, 50-66 ss.
165. *Ibid.*, 472-4.
166. Ele contou ao dr. Crompton que "se eu algum dia viesse a me tornar cristão de novo, certamente seria um *quaker* unitarista": Thelwall a Crompton, 3 de março de 1798 (ver n. 78 acima). Em *Rights of Nature*, i, p. 26, ele se refere aos *quakers* como "um grupo de ho-

mens a quem, de todos os religiosos, eu mais admiro e amo". Ele também (*ibid.*,ii, p.111) chamou a um padre que realizava uma cerimônia de casamento de "um conspirador numa camisola preta" balbuciando palavras mágicas.

167. Thelwall parece se referir com certa simpatia aos teístas numa contribuição anônima para o *Monthly Magazine*, 1° de setembro de 1800, pp. 127-30.

168. Hazlitt fez a resenha de *Excursion* em diversos números do *Examiner*: ver *Complete Works of William Hazlitt*, org. Howe, iv. p. 111. Mas Hazlitt lançou também um ataque mais virulento contra a estreiteza de mentalidade das pessoas do campo do que qualquer coisa encontrada em Jeffrey.

169. *Ibid.*, xix, *Literary and Political Criticism*, "Character of Mr. Wordsworth's New Poem, The Excursion", p. 11.

170. Ver esp. Jonathan Wordsworth, *The Music of Humanit* (Londres, 1969).

171. Os especialistas acreditam hoje que o Solitário foi inicialmente concebido e inserido no caderno de rascunhos de *Excursion*, em 1809: ver Kennneth R. Johnston, "Wordsworth Reckless Recluse: The Solitary", *Wordsworth Circle*, ix (1978), pp. 131-144.

172. Wordsworth, *Prelude*, x, 370-81.

173. Wordsworth, *Excursion*, iv, 305-9.

174. Cf. Burke: "na capacidade, na destreza, na agudeza de seus pontos de vista, os jacobinos são superiores a nós": citado em Thelwall, *Rights of Nature*, i, p.47.

175. Thelwall a Hardy, de Liverpool, 12 de dezembro de 1805: ver Apêndice. Thelwall repetiu algumas dessas opiniões nas suas anotações em *Biographia Literaria*: "Nenhum amigo esclarecido da Liberdade ou do Homem poderia desejar sucesso à desmedida ambição de Napoleão." Mas ele se recriminava também da "pequena ajuda que dei através da minha voz & pena aos hipócritas que, fingindo lutar pela independência das nações, procuravam reduzir toda a Europa à abjeta sujeição à aristocracia real de legitimidade confederada". Pollin e Burke, "John Thelwall's Marginalia in a Copy of Coleridge's Biographia Literaria", pp. 82-83.

176. Ver *Diary, Reminiscences and Correspondence of Henry Crabb Robinson*, org. Sadler, i, p. 248 (12 de fevereiro de 1815): Thelwall "declarou que *Excursion* tinha versos mais admiráveis que os de Milton". Sugeriu-se que os supostos empréstimos poderiam ter sido de temas e da estrutura do longo poema de Thelwall, *The Peripatetic* (1793), embora atualmente essa idéia já tenha sido descartada. Os empréstimos poderiam também ter sido da situação passada de Thelwall, mas será que ele desejaria que isso fosse reconhecido? Jonathan Wordsworth conta que Thelwall "marcou a cadência em cada verso" de sua cópia de *Excursion* mas eu não vi essa cópia: introdução à reedição da Woodstock Books de *Poems Chiefly Written in Retirement* (Oxford, 1989).

Depois que essas notas haviam sido escritas, foi publicado material de autoria de Thelwall em dois volumes:

Caeys, Gregory (org.), *John Thelwall: Political Writings* (University Park, Penn State Press, 1995).

Penelope Corfield e Chris Evans (org.), *Youth and Revolution in the 1790s: Letters of William Pattison, Thomas Amyot and Henry Crabb Robinson* (Londres, Alan Sutton, 1996).

Apêndice

Os problemas de sobrevivência, procedência e provável perda dos manuscritos de Thelwall são complexos. Sua viúva, Cecil, completou o primeiro volume de *Life* (1837), que se encerra com a aprovação dos Two Acts, no final de 1795. Um segundo volume foi prometido, "contendo um relato de sua história doméstica e de seus trabalhos no campo da literatura, da Ciência da Elocução". Cecil Thelwall evidentemente encetou o trabalho nesse segundo volume, o qual nunca chegou a ser publicado. Sobreviveu uma carta dela ao reverendo W. Shepherd, da capela de Gateacre, Liverpool, um velho conhecido dos dias de "jacobino" de Thelwall, que havia concordado em dar-lhe assessoria. Nesta carta, ela se refere a "uma grande variedade de manuscritos": o segundo volume seria "inteiramente literário" (Henrietta Cecil Thelwall ao reverendo W. Shepherd, março de 1835, Manchester College, Oxford, Shepherd Papers, vol. vii, n. 79). O problema é o que aconteceu a esses manuscritos. Cecil morreu em 1863 e, ao que tudo indica, alguns desses documentos passaram, talvez por intermédio de F. W. Cosens, a James Dykes Campbell, um biógrafo de Coleridge. Por ocasião de sua morte, eles foram parar na Sotheby's, onde foram comprados por Charles Cestre, que trabalhava numa tese sobre "A Revolução Francesa e os poetas ingleses" (Cestre, *John Thelwall*, p. 15). O catálogo da

Sotheby's (junho de 1904) mostra que entre os documentos estavam suas "Notes of a Pedestrian Excursion, Documents of Employment of Time in Wales", MS (1799-1801), a *Fairy of the Lake,* MS., material autobiográfico descrevendo seu aprisionamento na Torre, com cinco volumes de cartas autografadas etc. (lotes 344-5). No texto de Cestre, que ocasionalmente se baseia nesses documentos, há outras indicações: por exemplo (p. 195, n.) numa revista havia "um grande número de artesãos, lojistas, pastores não-conformistas, mestre-escolas, que o hospedaram durante sua excursão pelo interior..."

Todo esse material seria de grande valia para fornecer um perfil do jacobinismo no final da década de 1790. Entretanto, há razão para se temer que agora já esteja perdido. Tanto David Erdman (na época na Biblioteca Pública de Nova York) quanto eu fomos, independentemente, até o professor Cestre para perguntar-lhe o que acontecera com a coleção. A Erdman ele respondeu, em maio de 1954, que "infelizmente eu emprestei ou vendi os manuscritos de Thelwall, não me lembro a quem [isso fora há cinqüenta anos]. Sinto não poder ajudá-lo". A mim ele deu uma explicação diferente, três anos depois: "Infelizmente minha biblioteca foi muito danificada e pilhada pelos invasores alemães durante a guerra. Meus livros de Thelwall desapareceram" (24 de setembro de 1957). Pesquisas subseqüentes em Paris não resultaram em nada. Há uma chance mínima de que a coleção possa ter sobrevivido em algum lugar.

Thelwall era um missivista prolífico, principalmente nos anos que passou em Llyswen, e algumas cartas sobrevivem nas bibliotecas inglesas e americanas, como indicam as notas de rodapé do meu artigo. Há um mistério em torno de suas cartas a Thomas Hardy. Não está claro quando e por que essas cartas foram destacadas dos documentos de Hardy, alguns dos quais sobrevivem na Biblioteca Britânica, Place Papers. De qualquer modo, 13 dessas cartas evidentemente sobreviveram, e numa certa época depois da Segunda Guerra Mundial oito delas foram compradas pelo poeta Edgell Rickword. Está patente pela numeração das missivas que cinco da série original estão faltando: nº 1, numa data antes de agosto de 1796; nº 6, numa data entre 25 de outubro de 1797 e 20 de setembro de 1790; e nºs 8, 9 e 10, em datas entre 20 de setembro de 1799 e 19 de março de 1803. Rickword vendeu suas cartas (presumivelmente dentro do ramo), mas antes de fazê-lo transcreveu todas elas, exceto a de nº 12, de 10 de junho de 1803, que, ele observou, era "inteiramente dedicada a intricados problemas financeiros pessoais". Ele também publicou fragmentos das cartas no *Times Literary Supplement* ("Thelwall a Hardy: From a Correspondent", 19 de junho de 1953, p. 402), onde suscitaram pouca atenção. Amavelmente Edgell Rickword mandou-me uma cópia de seus manuscritos, os quais foram por mim usados na preparação deste artigo.

Quanto às cartas que faltam, não há sinal da de nº 1; a de nº 6 (datada de 16 de janeiro de 1798, em Hereford) apareceu inesperadamente na Biblioteca Pública de Dunedin, Nova Zelândia (Coleção Reed de Livros Raros), e foi editada por P. J. Corfield e Chris Evans em "John Thelwall in Wales: New Documentary Evidence", *Bulletin of the Institute of Historical Research*, vol. lix, n. 140, novembro de 1986; uma outra carta (que poderia igualmente ser a de nº 6), datada de 24 de maio de 1798, está parcialmente transcrita em J. Holland Rose, *Life of William Pitt* (1923), vol. ii, p. 352, onde a fonte apontada são os manuscritos do sr. A. M. Broadley; e há indício de uma outra (presumivelmente a de nº 8, 9 ou 10) no Catálogo 971 (1973) de Francis Edwards Ltd., onde ela é descrita como tendo uma página, in-quarto, data de 18 de fevereiro de 1801, Hereford, e refere-se à obtenção de assinantes para os seus *Poems*. Devo agradecer a Penelope Corfield pela grande ajuda em desvendar esse mistério. É provável que mais manuscritos de Thelwall estejam espalhados por bibliotecas em três continentes e este apêndice talvez possa auxiliar a trazer alguns à luz.

Posfácio

Uma palestra que Edward deu mais de uma vez, quando ensinava o assunto da década de 1790, foi sobre "a questão da mulher" na época. A figura escolhida para incorporar esse aspecto no início do romantismo foi a de Mary Wollstonecraft, cuja vida e obra ele estudara e sobre quem pretendia escrever de modo mais completo. A única matéria curta que ele escreveu sobre ela já foi reeditada em uma coletânea anterior e é um de seus melhores artigos curtos.* Ele pretendia, contudo, colocá-la no contexto de um movimento mais amplo por reformas do que geralmente tem sido reconhecido, e também examinar o efeito da contra-revolução no pensamento e no comportamento que se seguiu ao Terror sobre as idéias de igualdade entre os sexos. Suas observações sobre o assunto não estão suficientemente completas ou ordenadas para se ter uma reconstrução integral que fizesse justiça às idéias que ele apresentou na introdução provisória. O título por ele proposto era "A derrota dos direitos da mulher" e ele começa dizendo:

***Mary Wollstonecraft* foi originalmente publicado em *New Society* (19 de setembro de 1974); o capítulo um foi republicado em *Persons and Polemics* (Merlin Press, 1994).

Esta vai ser uma palestra triste, e também uma palestra que não foi bem preparada. Há alguns anos venho tentando organizar um arquivo sobre os direitos das mulheres na década de 1790; e também sobre a derrota. Ele agora se transformou em dois arquivos: enquanto o primeiro continua magro, o segundo aumenta a cada ano.

Essa não é, estou convencido, uma representação verdadeira da situação. Algo de peso estava acontecendo na sensibilidade feminina entre as classes médias da década de 1790 — talvez até mesmo começando a acontecer entre homens e mulheres. Mas, assim que começou a crescer e encapelar-se, essa pequena onda foi sobrepujada por uma onda de contra-revolução muito mais profunda. Foi a contra-revolução que avançou no século XIX e chegou até o vitorianismo. Tudo que então restou do movimento da década de 1790 foi a memória envergonhada e contraditória de uma pessoa: Mary Wollstonecraft.

Não quero, absolutamente, menosprezar Wollstonecraft. Retornarei a ela depois. Mas a excessiva atenção dada a ela e — bem menos — a poucas mulheres escritoras, Mary Hayes, sra. Robinson, sra. Barbauld, tem sido feita à custa de uma pesquisa mais abrangente das mudanças mais amplas de sensibilidade naquela época.

Entretanto, essa pesquisa é difícil. Envolve atenção a mediocridades literárias: colunas de correspondência de periódicos, diários e correspondência particulares, o uso crítico de romances etc. Se tiver havido (na realidade) centenas ou milhares de pequenas Mary Wollstonecraft entre 1792 e 1798, será difícil encontrá-las [Anne R. Mary Hays, Amelia Alderson, Priscilla Wakefield, Ann Plumtre]. Eu não as encontrei, mas talvez possa sugerir alguns lugares e modos pelos quais elas podem ser descobertas.

> Já havia, é claro, antes da Revolução Francesa e de Mary Wollstonecraft, uma tradição forte e esclarecida em certos setores da Igreja Não-Conformista — principalmente entre os unitaristas e *quakers*. As cartas da sra. Clarkson ou da sra. Theophilus Lindsay mostram uma aguda independência e inteligência — políticas, teológicas e intelectuais. Aqui era debatida e praticada uma educação séria para moças: a própria Mary Wollstonecraft entrou em estreito contato com essa tradição em seus dias de professora. Anne Seward e a sra. Barbould estavam entre as escritoras...

Nesse ponto, ele continuou com seu hábito de dar palestras sem notas e com ilustrações tiradas de uma pilha de livros e cópias xerox das fontes originais que sempre levava consigo para a tribuna. Não é possível reconstituir uma narrativa clara a partir das notas até as fontes que se seguiram a essa introdução, e na verdade é patente que ele pretendia trabalhar mais até chegar a um ponto em que o trabalho estivesse pronto para a publicação; entretanto, é importante tornar claro que um estudo desse assunto devia ser parte integrante do volume proposto.

D.T.

O texto deste livro foi composto em Sabon, desenho tipográfico de Jan Tschichold de 1964, baseado nos estudos de Claude Garamond e Jacques Sabon no século XVI, em corpo 10/13.5. Para títulos e destaques, foi utilizada a tipografia Frutiger, desenhada por Adrian Frutiger em 1975.

A impressão se deu sobre papel Chamois fine 80g/m^2 pelo Sistema Cameron da Divisão Gráfica da Distribuidora Record.

Papel Chamois
A arte de ler